소설
11,
책
18

**ELLEVTE ROMAN, BOK ATTEN**
by Dag Solstad



이 도서의 국립중앙도서관 출판예정도서목록(CIP)은
서지정보유통지원시스템 홈페이지(http://seoji.nl.go.kr)와
국가자료공동목록시스템(http://www.nl.go.kr/kolisnet)에서 이용하실 수 있습니다.
(CIP제어번호: CIP2019028172)

# 소설 11, 책 18

ELLEVTE ROMAN, BOK ATTEN

DAG SOLSTAD

다그 솔스타 장편소설

김승욱 옮김

문학동네

일러두기

1. 번역 대본은 영어본 *Novel 11, Book 18* (Dag Solstad, Sverre Lyngstad 옮김, Vintage, 2017)을 저본으로 하고 노르웨이어본을 참조하였다.
2. 주석은 모두 옮긴이주다.

이 이야기가 시작되는 시점에, 이제 막 쉰 살이 된 비에른 한센은 콩스베르그 기차역에서 누군가를 기다리고 있다. 그가 콩스베르그에 도착한 바로 그 순간부터 십사 년 동안 함께 살았던 투리 람메르스와 헤어진 지 사 년이 되었다. 이곳에 오기 전까지 콩스베르그는 그에게 지도상에 존재하지 않는 곳이나 마찬가지였다. 현재 그는 콩스베르그 중심가, 기차역에서 엎어지면 코 닿을 거리에 있는 현대적인 아파트에 살고 있다. 십팔 년 전 콩스베르그에 도착했을 때 그에게 소지품이라고는 옷가지와 신발, 그리고 몇 상자나 되는 책밖에 없었다. 람메르스의 집에서 짐을 싸서 나올 때에도 그는 옷가지와 신발, 그리고 몇 상자나 되는 책만 가지고 나왔다. 그것이 그의 짐이었다. 도스토옙스키. 푸시

킨. 토마스 만. 셀린. 보르헤스. 톰 크리스텐센. 마르케스. 프루스트. 싱어. 하인리히 하이네. 말로, 카프카, 쿤데라, 프로이트, 키르케고르, 사르트르, 카뮈, 뷔토르.

헤어진 뒤 사 년 동안 투리 람메르스에 대해 생각할 때면, 그 관계가 끝나서 다행이라는 안도감이 함께 들었다. 그와 동시에, 자신이 왜 그녀를 좋아했는지 이제는 이해할 수도 기억해낼 수도 없다는 사실을, 슬픔이 살짝 깃든 놀라운 기분으로 인정하는 수밖에 없었다. 그러나 그가 그녀를 좋아했다는 사실에는 의심의 여지가 없다. 그렇지 않았다면, 그가 왜 티나 코르피와의 결혼을 깨고 두 살 된 아들까지 버리고서 투리 람메르스가 자신을 받아줄 것이라는 비밀스러운 희망을 따라 콩스베르그로 왔겠는가? 그가 콩스베르그에 정착하게 된 것은 투리 람메르스 때문이었다. 그녀가 아니었다면, 이제는 잊어버린 그녀에 대한 매혹이 아니었다면, 그는 결코 이곳에 정착하지 않았을 것이다. 결코. 그의 인생도 지금과는 완전히 달랐을 것이다. 콩스베르그의 시청 재무관 자리에 지원하겠다는 생각을 하는 일도 없었을 것이다. 아니, 사실 아예 재무관 자리에 지원하는 일은 꿈에도 생각하지 않고 십중팔구 정부 부처에 남아 그럭저럭 괜찮은 경력을 쌓아서 지금쯤이면 국장급이 되어 있거나 통신부나 노르웨이 철도국 같은 데서 높은 자리에 앉아 있었을 것이다. 작은 도시의 재무관이 될 일은 절대 없었을 것이다. 콩스베르그에 오는 일도 절대 없었을 것이다.

그는 처음 만났을 때 자신이 투리 람메르스에게 느낀 매혹을 다시 떠올릴 수 없다는 사실이 마음에 걸렸다. 비쩍 마르고 신경질적인 여자. 이것이 그가 기억하는 그녀의 모습이었다. 처음 만났을 때 그녀는 프랑스에서 칠 년을 살다가 파탄이 난 결혼생활을 뒤로하고 막 돌아온 참이었다. 오슬로에 정착한 그녀는 곧바로 연인을 만들었다. 그 연인이 바로 그였다. 그를 홀린 것은, 여자의 신경과민증이 주위에 미치는 영향이었을까? 그녀의 기분이 자주 휙휙 바뀌는 모습? 반년 뒤 그녀의 아버지가 돌아가시고, 그녀는 고향인 콩스베르그로 돌아갔다. 이 도시의 낡은 주택에 정착해서, 언니와 함께 꽃집을 경영하면서 콩스베르그중학교에서 프랑스어, 영어, 연극을 가르쳤다.

그녀의 아버지가 돌아가신 때는 9월이었다. 그녀는 장례식과 재산 정리를 위해 집에 갔다가 일주일 뒤 오슬로로 돌아왔다. 그리고 한 달 동안 예전처럼 살았다. 그러다 갑자기 콩스베르그로 돌아가기로 결정해버렸다. 수요일 저녁에 그녀는 연인에게 그 사실을 알렸고, 일요일에는 벌써 떠난 뒤였다. 그녀에게서 이사한다는 말을 처음 들었을 때 그는 안도감을 느꼈다. 드디어 자신의 삶이 정상으로 돌아갈 수 있게 되었구나 싶어서. 그는 티나 코르피와 결혼해 두 살배기 아들을 키우고 있었다. 티나에게는 투리의 이야기를 하지 않았다. 그것은 그에게 비밀스럽고 에로틱한 모험이었다. 사실 그녀가 지금 콩스베르그로 가서 그의 인생에서 사라져주는 것이 그에게도 좋은 일이었다. 그러면 한순간 은밀한 행복을 누렸던 기억만이 그의 의식 속에 남을 터였다.

하지만 다시 생각해보니 그녀를 실망시키면 안 될 것 같았다. 콩스베르그로, 그녀에게로 가지 않는다면 평생 후회할 것 같았다. 이 생각이 절대적인 확신으로 변해서 이제는 티나와 아들에게 돌아가 비밀스러운 사랑 없이 예전처럼 살아가는 것이 불가능해졌다. 그래서 그는 아내에게 그동안 지켜왔던 비밀을 밝히고, 결혼생활로부터 떨어져나왔다.

투리에게서 고향으로 아주 돌아가겠다는 말을 처음 들었을 때 그는 안도감만 느낀 것이 아니었다. 이 관계가 오래가지 못할 것이라는 생각도 들었다. 그가 그녀와 헤어져 살아가는 십사 년 뒤의 모습을 그때 이미 분명하게 본 셈이었다. 그녀가 그를 행복하게 만들어줄 것이라는 환상 같은 건 애당초 품지 않았다. 그런데도 그녀가 정말로 고향으로 떠나버렸음을 실감하자 그녀가 못견디게 그리워져서 그는 주변을 향해 끊임없이 신경질적인 신호를 보내는 이 여자의 곁에 있어야겠다는 진정한 도덕적 충동에 사로잡혔다. 그녀는 하루종일 한시도 가만히 있지 못했으며, 머릿속에는 수많은 아이디어가 가득했다.

그가 티나에게 자신이 사랑을 찾았으며 그 사랑을 배신할 수 없다고 말했는지도 모른다. 십중팔구 그랬을 것이다. 그런데 그렇게 엄청난 말을 뒷받침할 수 있을 만큼, 당시의 투리 람메르스를 기억해낼 수 없다는 점이 거슬렸다. 별 의미가 없는 몇 가지 일들, 예를 들어 그와 투리가 팔짱을 끼고 어딘가의 길을 건넌 기억 같은 것이 전부였다. 그때 투리가 바로 앞의 길바닥에 떨어져 있는 바나나 껍질을 발견하고 여전히 그와 팔짱을 낀 채로 허리를 숙여 그것을 집어들었다. 그리고 그것을 도로 한복판으로 던지며 즐겁게 말했다. "자동차들이 저 위에서 미끄러지면 좋겠어!" 세상에, 이 여자는 이런 식으로 고민을 해결하는구나! 그는 (그때도 뒤에도) 이렇게 생각했다. 그는 정부의 공무원이었다. 육 년 전 대학을 졸업한 뒤로 줄곧. 그리고 겨우 서른두 살의 나이에 이미 과장급으로 승진한 상태였다. 그의 연인도 동갑인 서른두 살이었으며, 직업은 교사였다. 그런 그녀가 길에 떨어진 바나나 껍질을 들어 그냥 다른 곳으로 던져버렸다. 자동차들을 향해서. 괴짜도 그런 괴짜가 없었다. 그때 그는 완전히 홀렸던 것 같다. 하지만 불편하기도 했다. 어쨌든 이 여자와 함께 살게 될지도 모른다고 생각했으니까(하지만 그렇게 된다 해도 그건 훗날의 일이었다). 이런 일들 때문에 그가 티나에게 사랑을 찾았으며 그 사랑을 배신할 수 없다고 말하게 된 걸까? 그 대신 할 수 있는 말이라면, 자신이 포기할 수 없는 모험을 하고 있다는 말이 있었다. 하지만 그런 말은 할 수 없었다. 비에른 한센, 노르웨이 해안마을의 가난한 소년이었으나 지금은 젊은 나이에 출세한 공무원인 그가 아내와 두 살배기 아들을 두고 불확실한 미래가 기다리는 콩스베르그로 떠나는 이유를 더없이 완벽하게 표현해주는 말인데도. 그를 집어삼킨 것은 바로 모험에 대한 그의 집착이었다. 그 힘이 너무나 강렬해서 그는 숨을 쉬기도 힘들었다. 투리 람메르스에 대한 사랑 때문이 아니었다. 그 사랑의 유혹 때문이 아니었다. 비에른 한센은 지상에서 가장 바람직한 행복이란 짧은 행복임을 내심 알고 있었으며, 지금 오슬로의 상트한스하우겐에 있는 투리 람메르스의 아파트에서 남몰래 그녀를 탐하며 그런 행복을 경험하고 있었다. 지금껏 겪은 적이 없는 가장 강렬한 순간이었다. 자신이 이곳에 오래 머무르지 않을 것임을 알기 때문이었다. 이것은 위험한 게임이었다. 은밀한 행복이었다. 투리 람메르스가 이 은밀한 행복의 대상이었으므로, 그는 그녀를 향한 자신의 사랑을 배신할 수 없다고 계속 되뇌기 시작했다. 하지만 그것은 사실이 아니었다. 모험이라는 요소를 빼고 나면, 두 사람의 관계를 둘러싼 상황을 제외하면, 투리 람메르스는 아무것도 아니었다. 남을 흉내내는 것 같은 그녀의 행동, 시선, 몸짓은 그를 부르르 떨게 만들었고, 그 작은 손목, 그토록 아름답고 프랑스처럼 우아한 그 손목과 그녀의 걸음걸이, 그 모든 것이 두 사람의 관계를 둘러싼 상황에서 광채를 얻었다. 그는 이 모든 것을 알고 있었다. 진실을 말하자면, 이 모든 것을 완벽하게 인식하고 있었다. 그는 상당히 의식적으로 이 게임을 즐기면서, 이 은밀한 순간들을 가꿔나갔다. 그는 아내에게 다른 말을 했어야 했다. 이것이 사랑인지 도저히 확신할 수 없다고, 그 여자를 잘 모른다고. 내가 그 여자를 아는 것은 특수한 상황, 즉 그녀가 내 매혹의 대상이 되는 상황일 때뿐이야. 그런데 그 상황이 내 마음 속 깊숙한 곳의 수많은 욕망을 충족시켜줘. 음, 내가 인생에서 기대하던 욕망들 말이지. 그런데 지금 그 여자가 그 상황을 배신하고 거기서 벗어나려 했기 때문에 나는 그 뒤를 쫓아가 그녀를 되찾으려고 시도할 수밖에 없어.

이 일에 대해 그가 유일하게 후회하는 것은 아내에게 상황을 정확히 말하지 않았다는 점뿐이었다. 그것만 빼면 모든 걸 있는 그대로 인정할 수 있었다. 십팔 년이 흐른 지금도 그는 아무것도 모르던 아내와 옆방에서 자고 있던 어린 아들을 버린 것이 옳은 일이었다고 생각했다. 그에게 모험을 상징하는 여자를 찾기 위해서 그렇게 한 것, 그가 투리 람메르스를 뒤쫓기 위해 결혼의 고리를 끊어버렸다는 바로 그 점 때문에 모험이 끝나버렸다는 사실을 알고 있었는데도 그렇게 한 것. 예전으로 돌아갈 수 있을 것이라는 희망은 없었지만, 그는 그때의 기억, 그녀의 기억, 즉 그녀와 같은 방에서 숨쉬던 기억을 보존하고 싶었다. 그녀를 실망시킬 수는 없었다. 고의적으로 부정을 저지르면서 그는 예술과 문학작품 속에서 온전히 이해하지 못한 채로 그저 홀린 듯 바라보기만 하던 강렬함과 서스펜스를 발견했다.

그래서 그는 떠났다. 티나 코르피에게 자신이 사랑의 포로이므로 그 명령에 따를 수밖에 없다고 말한 뒤에. 티나 코르피는 충격을 받은 것 같았다. 말하자면 멍하니 말문이 막힌 상태로 그녀는 의자에 앉아 그를 뚫어져라 바라보며 계속 같은 말을 반복했다. "그런 거였어. 내가 왜 몰랐을까." 그는 가슴 아픈 장면이 펼쳐질까봐 걱정했다. 특히 자신과 티나가 서로 고함을 질러대는 바람에 옆방에서 자고 있던 아들이 깨어나고, 결국 자신과 티나가 그 방으로 들어가 아들을 달래고, 아마도 그가 아들을 안아 올려야 하는 상황이 펼쳐질까봐. 하지만 그런 일은 일어나지 않았다. 비에른 한센은 자신의 물건 몇 개를 꾸려서 여러 번 오락가락하며 차로 옮겼다. 그동안 티나는 여전히 멍한 상태로 의자에 앉아 그가 안으로 들어올 때마다 울부짖듯이 같은 말을 반복했다. "그런 거였어." 마침내 준비가 끝난 그는 떠났다.

그는 E18번 도로 위에 떠 있는 가로등의 호박색 불빛을 받으며 드람멘강의 동편 길을 따라 드람멘까지 차를 몬 뒤 여전히 드람멘강의 동편 길을 따라 호크순으로 올라갔다. 호크순에는 갈림길이 있었다. 한쪽은 강을 건너 콩스베르그, 노토덴, 누메달, 텔레마르크 북부로 통하는 길, 즉 그가 선택할 길이었다. 그러나 그전에 그는 갈림길 직전의 길가 주점인 에이케르스투아 앞에 차를 세우고 안으로 들어갔다. 늦은 시간인데도 많은 손님들이 고기 패티를 올린 오픈 샌드위치를 먹고 커피를 마셨다. 비에른 한센처럼 자가용을 몰고 온 사람들이거나 화물차 기사들이었는데, 그들의 무겁고 육중한 트럭들이 주점 앞에 서 있었다. 비에른 한센은 곧장 전화 부스로 가서 투리 람메르스에게 전화를 걸었다. 전화기에 동전을 넣고 번호를 누르는 동안 그는 몹시 떨렸다. 자신이 간다고 미리 그녀에게 말하지 않은 탓이었다. ("난 유부남과 사귀고 싶지 않아." 투리 람메르스는 콩스베르그로 떠나면서 이렇게 말했다. 지극히 침착한 태도였기 때문에 그녀가 그에게 자신을 붙잡기 위한 모종의 행동을 바라고 있다는 느낌은 전혀 들지 않았다.) 그녀의 목소리가 들리는 순간 동전이 상자 속으로 떨어지는 소리가 들리면서 그는 그녀와 대화를 나눌 수 있게 되었다. 그는 자초지종을 설명하고, 자신이 콩스베르그로 가는 도로 출구 근처, 드람멘에서 북쪽으로 약 20킬로미터 떨어진 길가 주점에 있다고 말했다. 그리고 그쪽으로 가도 되겠느냐고 물었다. 그녀는 된다고 대답했다.

그는 다시 차에 올라 콩스베르그로 향했다. 순식간에 그는 노르웨이 한복판에 들어와 있었다. 사람이 살기에 적합하지 않고, 숲이 우거지고, 외진 벽촌 같은 노르웨이. 수도에서 겨우 72킬로미터 떨어져 있을 뿐인데도 그랬다. 때는 한겨울이고, 눈이 많이 내렸다. 고속도로인데도 길은 좁고 미끄럽고 구불구불했다. 제설기가 높이 쌓아두고 간 눈은 차갑고 단단했다. 평평한 벌판이 하얀 어둠과 협곡과 도랑 밑에 파묻혔다. 간간이 보이는 농가들. 가문비나무 숲. 홀로 밤을 밝히는 등불이 아무렇게나 자리잡은 현대적인 일층 건물 벽에 고정되어 있었다. 하얀 눈이 소용돌이치며 그 건물을 후려쳤다. 얼어붙은 호수, 얼음에 갇힌 강. 더러워진 가문비나무들. 바위에 매달린 고드름들이 길 위로 가파르게 늘어져 비에른 한센의 자동차 불빛을 받아 반짝였다. 그가 예상했던 것보다 시간이 많이 걸렸다. 이런 겨울 풍경 속에서는 속도를 올릴 수 없기 때문이었다. 그는 좁고 구불구불하고 미끄러운 길을 따라 그 풍경 속으로 더욱더 깊이 파고들어갔다. 마침내 가파른 내리막길에 다다랐을 때, 작은 도시의 모습이 보였다. 그러고 나서 곧 그는 대로를 벗어나 가로등이 밝혀진 콩스베르그 시내로 들어섰다.

저녁 늦은 시간인데도 놀라울 정도로 많은 사람들이 나와 있었다. 마지막 회차의 영화 상영이 이제 막 끝난 탓이었다. 열한 시 십분이었다. 비에른 한센은 택시 타는 곳을 찾아 대충 차를 몰았다. 기차역 근처에 승강장이 있어서 그는 그곳에 차를 세웠다. 그리고 차에서 내려 손님을 기다리며 택시 안에 앉아 있는 운전기사에게 다가갔다. 그가 쪽지에 적어온 투리 람메르스의 주소를 읽어주자 운전기사는 자세히 길을 가르쳐주었다. 오 분 뒤 비에른 한센은 규모가 제법 되지만 다소 낡아 보이는 주택 앞에 차를 세웠다. 주소를 확인하니 투리 람메르스의 집이 맞았다.

그녀가 문간에 나와 그를 기다리며 서 있지는 않았다. 그가 초인종을 누른 뒤 그녀가 문을 열어줄 때까지 시간이 좀 걸린 것 같았다. 하지만 그녀는 그를 보고 기쁜 표정이었다. 벽난로에 불을 지펴두고, 음식과 마실 것을 차려 그를 기다리고 있었다고 했다. 그녀는 차분하고 느긋하게 보였다. 바람이 솔솔 불어오는 커다란 주택에서 비에른 한센의 예상보다는 훨씬 더 느긋하게 지내고 있는 것 같았다.

그리고 그도 이 낡은 집에서 십사 년을 살게 되었다. 투리 람메르스의 파트너로서. 여전히 그는 콩스베르그에 살고 있었다. 처음에는 오슬로의 정부 청사로 통근하는 생활을 했다. 투리 람메르스가 어떤 사람이던가? 오슬로라는 분주한 대도시에서 그녀는 매력적인 여성이었고, 우연히 그녀와 만난 비에른 한센은 그녀에게 반해버렸다. 이제 고향으로 돌아와 어릴 때 살던 집으로 들어간 그녀는 예전에 가끔씩만 드러나던 (매우 매력적인) 특징들을 만들어준 환경 속에서 살고 있었다. 오슬로에서 그녀의 연인이던 시절에 비에른 한센은 그녀의 과거 중에서 주로 프랑스와 관련된 부분에만 관심을 보였다. 프랑스에서 칠 년을 보내며 그녀는 (그가 생각하기에) 더 현명해졌으며, 몸가짐도 우아해졌다. 그리고 그에게는 (그녀를 매력적인 여성으로 만들어준 그 '모험'이라는 요소 때문에) 그것이 없어서는 안 되는 요소가 되었다. 특히 그녀의 몸짓이 그러했다. 손을 지중해식으로 움직여서 목소리에 미학적인 느낌을 더해주는 그 몸짓에 그는 거의 아이처럼 매혹되었다. 그녀의 말이 거의 들리지 않을 정도로. 말을 할 때 그녀의 모습에 그는 그 정도로 열중하고 있었다. 따라서 그가 지방 소도시에서 자란 그녀의 다른 일면을 알게 된 것은 어디까지나 부수적인 일에 불과했다. 그것도 그녀가 남쪽 나라에서 익힌 이국적인 모습과 연관되어 눈에 띄었을 뿐이었다. 콩스베르그에 사는 구제불능 언니에 대해 이야기하는 프랑스 여자. 하지만 지금은 이 모든 것이 투리 람메르스의 일상이 되었다. 비에른 한센도 마찬가지였다. 람메르스 일가는 한때 콩스베르그와 그 일대의 땅 절반을 소유했다. 숲, 농지, 상점, 건축 부지, 목공소 등등. 하지만 그녀의 아버지가 돌아가시고 남은 것은 꽃집 하나와 주유소 하나, 그리고 람메르스 일가의 오래된 주택 하나뿐이었다. 언니는 돈이 잘 벌리는 주유소를 물려받아 남편에게 경영을 맡겼다. 투리는 많은 고민 끝에 집을 물려받았다. 꽃집은 언니와 공동 소유가 되었다. 이 모든 것이 결국 다툼으로 이어져, 비에른 한센이 십사 년 뒤 마침내 람메르스의 집에서 나와 따로 집을 구할 때까지도 해결되지 못했다. 다툼의 원인은 근본적으로 자매 중 누가 람메르스의 이름을 대표하는가 하는 문제였다.

겉으로 보기에 투리 람메르스는 그런 문제들을 초월한 것 같았다. 그녀의 파트너인 비에른 한센도 오랫동안 그렇게 생각했다. 그녀는 뼛속까지 반反부르주아주의자였다. 돈 때문에 수선피우는 것을 경멸했으며, 언니에 대해서도 돈을 긁어모은다는 식으로 표현했다. 상당히 진심이 담긴 표현이었다. 투리 람메르스와 비에른 한센이 람메르스의 집에서 파티를 열었을 때, 이백년이나 된 소스 그릇이 손에서 미끄러져 깨지는 바람에 소스가 깨진 사금파리들과 함께 바닥에 쏟아진 적이 있었다. 투리 람메르스는 그때도 눈을 반짝이고 웃음을 터뜨리며 이렇게 소리쳤다. “이건 역사적인 순간이야! 이백 년의 세월이 내 손에서 떨어져 무로 돌아갔어!” 손님들은 기립박수를 쳤다. 하지만 비에른 한센은 소스 그릇이 깨지는 광경을 보고 그녀가 고통을 느꼈음을 알고 있었다. 그가 그녀의 남편으로 살기 시작한 지 이미 이 년이 지난 뒤였기 때문이다.

그러나 그것을 아직 잘 모를 때의 어느 날 저녁, 그는 오슬로의 정부 청사에서 퇴근해 집에 돌아와 늦은 저녁을 먹으며 일간 신문인 〈로겐달스포스텐〉에 정신을 팔고 있었다. 그때 그녀가 어떤 광고를 손으로 가리켰다. 비에른 한센은 자신이 느릿느릿하고 내향적인 사람이라, 그리 능동적이지 않다고 생각했다. 그녀가 가리킨 광고는 콩스베르그시의 재무관 자리가 비어서 자격을 갖춘 사람들의 지원을 받는다는 내용이었다. 비에른 한센은 그 광고를 읽은 뒤 의아한 시선으로 투리를 바라보았다. 이 광고에 혹시 그녀의 반反관료주의적인 유머감각을 일깨운 부분이 있었던가? 하지만 투리는 다시 광고를 가리키며 말했다. "당신을 위한 자리야. 시 재무관, 이건 당신한테 딱 맞는 일이잖아, 안 그래?" 비에른 한센은 다시 그녀를 보며 웃었다. "그래, 뭐, 안 될 것도 없지."

그래, 안 될 것도 없었다. 기왕 콩스베르그에 살고 있으니, 이 도시의 재무관 자리에 지원하지 못할 이유가 없지 않은가. 말이 떨어지기가 무섭게 비에른 한센은 진지한 표정으로 지원서를 제출했다.

시 재무관이란 무엇인가? 세금 징수관이다. 정해진 세금과 납

부금이 제때 중앙 및 지방 정부에 납입되도록 하고, 그렇게 되지 않았을 때 필요한 조치를 취하는 일이 그의 역할이다. 원래 세금 징수관은 대단히 높은 직책이었다. 왕의 부하인 집행관들이 하던 일이었다. 그러다 나중에 재무관의 몫이 되었다. 그는 신뢰와 존경을 받는 시청 공무원이었지만, 그 직책의 뿌리는 도시형 공동체에 있었다. 세금 징수관이 집행관에서 재무관으로 바뀌었다는 사실은 국가의 성격이 관료적인 정부에서 광범위한 지역 민주주의를 기반으로 한 체제로 바뀌었음을 보여준다. 20세기에 소도시 재무관은 고위 공직이 아니었다. 그들은 자신이 일하게 될 도시의 일반적인 채용 과정을 거쳐 채용되었으며, 보통 경영대학이나 상과대학 졸업생일 뿐 전문적인 교육을 받지는 않았다. 승진도 재무관실 내에서 이루어졌다.

재무관실의 기존 직원들은 비에른 한센의 지원서를 환영하지 않았다. 그의 학위와 정부 부처 경력을 놓고 보면 이 자리에 넘치는 자격을 갖춘 셈이었으므로, 오랫동안 재무관실에서 일한 다른 두 지원자보다 앞서 있었다. 그 두 사람은 각각 자신이 가장 높은 자리까지 올라갈 자격이 있다며 얼마 전부터 서로 인상을 구기고 있던 참이었다. 그런데 비에른 한센이 두 사람의 코앞에서 자리를 채간 것이다. 두 사람은 비에른 한센이 사무실에 나와 동료들을 만난 첫날부터 즉시 힘을 합쳤다. 그들에게 비에른 한센은 투리 람메르스의 집에서 그녀와 함께 사는 외지인이자, 서른두 살의 나이에 지나치게 많은 학위를 딴 속물이었으며, 약해빠진 녀석이었다.

비에른 한센은 콩스베르그로 완전히 옮겨왔다. 그리고 충동적으로 재무관 자리에 지원해서 합격했다. 그는 어깨만 으쓱하고 말았다. 그가 도대체 왜 시 재무관이 되어야 한단 말인가? 하필이면 재무관이라니. 그는 말문이 막힌 채 정말 대단한 충동이었다고 생각했다. 하지만 투리는 집안을 돌아다니며 노래를 불렀다. "내 남편은 시 재무관! 내 남편은 시 재무관! 난 재무관이랑 같이 산다네! 난 재무관이랑 같이 산다네!" 비에른 한센은 그녀를 바라보며 경탄했다. 웃음이 나오는 것을 참을 수 없었다.

투리 람메르스의 쾌활함에 뻔뻔함 또한 섞여 있는 것이 그에게는 매혹적이었다. 이렇게 응원을 받은 그는 어깨를 으쓱하면서도 매일 일하러 나갔다. 그에게 이 일자리가 좋게 말해도 경력면에서 막다른 길이 될지도 모른다는 생각이 있었을까? 음, 그는 그 사실을 알고 있었지만 그냥 어깨만 한번 으쓱하고 말았다. 그에게는 콩스베르그에서 직장을 잡는 것이 더 중요했다. 멀리까지 통근하는 일이 차츰 피곤해졌기 때문이다(두 사람의 관계에도 스트레스가 되었다). 정부 부처에서 일을 계속하는 것은 싫지 않았지만, 콩스베르그에서라면 이야기가 달라졌다. 그리고 지금 그는 확실히 콩스베르그에서 살고 있었다.

비에른 한센은 오슬로 피오르 인근의 소도시 출신이었다. 그의 부모는 그리 넉넉한 형편이 아니었지만, 그는 자연스레 대학에 갈 생각을 했다. 머리가 빨리 돌아간다는 것이 그 이유였다. 그는 열아홉 살 때 고등학교를 졸업하고, 십육 개월 동안 군복무를 한 뒤 앞으로 무슨 일을 하며 살아갈지 마음을 정해야 했다. 비에른 한센은 오슬로로 가서 공부를 하기로 했다. 사실 그는 예술과 문학, 철학과 삶의 의미에 가장 마음이 끌렸지만 대신 경제학을 선택했다. 산수와 수학 성적이 항상 좋았다는 점이 가장 큰 이유였지만, 부모처럼 가난하게 살지 않으려면 출세해야 한다는 생각이 어렴풋이 든 때문이기도 했다. 어쨌든 그는 부모의 고단한 삶에서 벗어나고 싶었다. 비록 예술과 문학, 철학과 삶의 의미를 고단한 삶과 동일시하지는 않았어도, 그런 주제들이 사치스럽게 보이기는 했다. 예술과 문학은 그에게 적합한 학문이 아니었다. 여유시간에 갈고 닦을 수 있는 대상이지, 지위를 얻는 수단이 될 수는 없었다. 그는 지위를 얻는 것이 바로 학문의 목적이라고, 진정 냉철하고 현실적인 판단을 내리고 있었다. 그래서 선택한 것이 경제학이었다. 경제학을 공부하는 방법은 두 가지가 있었다. (베르겐에서) 상학을 공부하는 방법과, (오슬로에서) 정치경제학을 공부하는 방법. 비에른 한센은 정치경제학을 선택할 수밖에 없었다. 경영학을 공부하면 민간기업에 취직할 수 있을 테고 그곳 또한 틀림없이 짜릿한 정글일 테지만, 비에른 한센의 위치나 도덕이나 사회를 바라보는 시각 등등과는 아주 거리가 멀었으므로 그에게는 고려의 대상도 되지 못했다. 이렇게 모종의 사회적인 의식 때문에 정치경제학을 선택함으로써 결과적으로 그는 행정부와 관련된 직업 또한 선택한 셈이 되었다. 그러니 다른 대안이 없어져서 그는 공무원이 되기로 마음을 정했다.

투리 람메르스를 만났을 때 그는 공무원 육 년차였다(비에른 한센은 항상 "나는 정부 부처에서 일했다"고만 말했다. 콩스베르그에 온 뒤 지난 십팔 년 동안 정확히 어떤 부처인지는 한 번도 말하지 않았다). 누가 그에게 어떤 부처냐고 물어보면 그는 "어, 그냥 어떤 부처예요. 정확히 어디였는지는 잊어버렸어요"라고 대답했다. 모두들 그가 거짓말을 하고 있으며 당시 승진을 코앞에 두고 있었다는 사실을 아는데도, 그에게서 더이상의 대답을 이끌어낼 수 없었다. 그는 승진을 아주 자연스러운 일로 생각했으므로, 차관이 된 자신의 모습을 쉽사리 상상해볼 수 있었다. 정부 부처에서 일하는 동안 그는 상당히 행복했다. 예산 추정치를 산출해내는 작업은 짜릿했고, 그 추정치가 다른 모습으로 변형되어 수많은 노르웨이 사람들의 일상에 실질적인 영향을 미칠 것이라는 사실 또한 모르지 않았다. 이런 생각을 하다보면 자신이 하는 일에 흥미를 잃을 수가 없었다. 비에른 한센은 중요한 일을 하고 있었다. 이 일을 계속하는 자신의 모습도 쉽사리 상상할 수 있었다. 그러나 투리가 명랑한 목소리로 콩스베르그시 재무관 자리에 지원해보라고 그를 부추겼을 때, 그는 아무런 고민 없이 정부 부처의 일자리에 안녕을 고했다. 그뒤 십팔 년 동안 그 시절을 그리워한 적도 없었다.

그가 시 재무관이 된 것은 투리를 위해서인가? 그녀가 부추기지 않았다면 그는 어쨌든 시 재무관이 되지 않았을 것이다. 그녀가 시 재무관이 된 자신의 파트너를 생각하며 즐거워하지 않았다면. 상당히 정신 나간 짓이었지만 투리의 눈이 반짝거리는 것을 보고 그는 이렇게 생각했다. "그래, 하자! 까짓것, 좋아, 하자!" 그리고 자신이 실제로 그 일을 하는 모습을 생각하며 거친 만족감을 느꼈다. 그건 그때까지의 모든 것과 최종적인 단절을 의미하는 조치였다. 그것은 그를 마침내 투리 람메르스와 묶어버렸다. 이 도시와, 크고 낡은 람메르스의 집에서 두 사람이 일궈가는 관계와 그를 묶어버렸다. 이미 어리석은 점들이 수없이 드러났는데도 그를 여전히 매혹하고 있는 모험과도.

하지만 그가 처음부터 몹시 진지하게, 아니 거의 열정적으로 그 일을 시작하는 것을 보고 투리는 깜짝 놀랐다(사실 그도 놀랐다). 승진하지 못한 기존의 두 직원이 그에게 적의를 품고 있음을 그가 처음부터 감지한 것이 거기에 어느 정도 영향을 미쳤다. 사실 그는 자신이 그 두 사람에게 더러운 짓을 한 것 같았다. 이 자리는 두 사람의 자리였으므로 두 사람이 경쟁했어야 마땅했다. 그러다 경쟁에서 탈락한 사람은 경쟁에서 이긴 상대에게 영원히 앙심을 품고 아주 비열한 수작을 부리며 열심히 음모를 꾸몄을 터였다. 지금처럼 서로 힘을 합치다못해 절친한 친구가 되어 신임 재무관인 비에른 한센을 향해 적의를 드러내는 일은 벌어지지 않았을 테지. 남을 이끌어야 하는 자리(부하직원이 열여섯 명이었다)에 거의 산책하듯 한가로이 들어와 앉게 된 그는 자신의 머리를 날카롭게 다듬어줄 것이 주위에 있음을 깨달았다. 음모와 속임수. 재무관실의 쉰 살쯤 된 직원이 당연히 자신의 것이 되어야 할 시 재무관 자리에 앉지 못하고 바보 취급을 당했다는 생각이 들 때 끌어낼 수 있는 악의는 형언하기 힘든 수준이다. 콩스베르그 재무관실의 경우처럼 그런 사람이 두 명 있을 때(이른바 유유상종)는 때로 상당히 긴장된 분위기가 조성될 수 있었다. 무미건조하게 삐걱거리는 관료들이 하루를 보내는 사무실은 대개 먼지가 가득하다는 것이 일반적인 인식이지만, 이 재무관실은 구석구석에서 상처들이 생생하게 반짝이며 곪아가고 있었다. 하지만 이런 분위기가 그를 단단히 단련시켜주었다. 인간으로서는 아니더라도, 재무관으로서 성숙하게 만들었다. 사실 그것이야말로 여기서 가장 중요한 것이었다.

비에른 한센이 콩스베르그의 재무관이라는 자신의 자리에 첫날부터 열기라고 하기에는 조금 모자라지만 그래도 진지한 태도를 보여준 또다른 이유는, 이것이 바로 그가 맡은 일이라는 점이었다. 그는 직접 지원서를 내서 이 자리를 얻었다. 이것이 평생에 걸쳐 완수해야 할 임무는 아닐지언정, 그래도 그가 맡은 일이었다. 비에른 한센에게 일은 필요악이었다. 이미 언급했듯이, 그는 자신이 자격을 갖추고 싶은 필요악이 무엇인지를 기반으로 전공을 선택했다. 사람은 일이 끝난 뒤에야 인생의 진정한 의미를 위해 시간을 쏟을 수 있다. 비에른 한센에게 인생의 진정한 의미는 곧 여자였다. 투리 람메르스라는 여자와 함께 사는 것. 하지만 사회가 계속 돌아가려면, 그래서 정육점에서 스테이크용 고기를 살 수 있고, 아이들과 청소년들을 위한 학교가 있고, 입을 옷이 있고, 복도에는 전등 스위치가 있고, 수도를 틀면 물이 나오고, 통신수단이 있는 사회가 되려면 사람들이 먼저 '일'이라고 불리는 공동체의 사업에 참여해야 했다. 사람들 중 누군가는 통신수단을 이용해 말을 할 것이고, 또다른 누군가는 통신수단을 만들 것이고, 또다른 누군가는 상점을 열 것이고, 또다른 누군가는 그 상점으로 통신수단을 운반할 것이고, 통신수단이 고

장나면 누군가가 그것을 고쳐 사회가 계속 돌아가게 할 것이다. 콩스베르그에 눈이 내리면 단단히 뭉친 눈을 굴착기가 게걸스레 먹어치워 길가에 쌓아올려서 바퀴들이 계속 굴러갈 수 있게 해줄 것이다. 이런 모든 일 중에서 비에른 한센은 시 정부와 나라를 운영하는 데 필요한 자원을 거둬들이는 사무실의 관리자 자리에 앉게 되었다. 이 지방도시의 가차 없는 세금 징수관이 된 것이다. 엄격한 공무원이.

콩스베르그는 노르웨이 중부의 로겐강 옆에 있다. 로겐강은 아름다운 호선을 그리며 시내를 통과하는데, 이 강을 경계로 구시가지와 신시가지가 나뉜다. 멋들어진 다리로 연결된 양쪽 시가지는 광부 일이나 뗏목 타기 같은 노동을 찬양하는 사실주의 조각품으로 장식되어 있었다. 현대적인 중심가는 노르웨이의 다른 도시들과 아주 흡사했다. 대로 양편에 늘어선 상점들에는 뜨개바늘에서부터 최신 컴퓨터에 이르기까지 현대문명이 만들어낸 물건들이 가득했다. 이곳이 콩스베르그의 번화가였다. 구도심에는 대부분의 관청이 몰려 있고, 낡은 목조건물들이 그 주위를 에워싸고 있었다. 1970년대 초에 지어진 건물들이었다. 언덕 위에는 웅장한 교회가 있었다. 옛 귀족의 저택에는 유서 깊은 경찰서가 있고, 교회 광장 주위에는 우울해 보이는 교도소와 기타 시설들이 있었다. 소방서도 있었다. 다양하게 이용되는 시민회

관도 잊으면 안 된다.

콩스베르그는 은광 산업을 중심으로 건설된 도시였다. 덴마크-노르웨이 왕국 유일의 은광들이 이곳에 있었기 때문에, 크리스티안 4세가 1600년대에 이 도시의 기초를 놓았다. 수천 명의 노동자들과 독일의 광산 전문가들, 덴마크 관리들이 이곳에 살았다. 봄부터 가을까지는 초록색이고 겨울에는 하얗게 변하는 산들에 에워싸인 위치도 좋았다. 강물도 봄부터 가을까지는 파랗게 흐르다가 겨울에는 하얗게 얼어붙었다. 여기에 콩스베르그 무기공장과 조폐국(여전히 노르웨이 동전을 생산하고 있었다), 그리고 다른 기업들이 있었다. 상점, 상인, 치과의사, 법률가, 의사, 공무원, 상점 판매원 아가씨, 사무직 여직원, 교사, 시청 직원 등도 있었다. 노동자들도. 그들 모두가 세금을 내야 했다.

비에른 한센은 놀라울 정도로 짧은 시간 안에 콩스베르그를 고향처럼 편안히 여기게 되었다. 재무관으로서도 편안히 자리를 잡았다. 람메르스의 집에서 재무관실이 있는 시청까지 가는 길에서 마주치는 여러 사람과 고갯짓으로 인사하며 지나칠 만큼 친분을 쌓는 데도 시간이 오래 걸리지 않았다. 그는 이 길을 하루에 두 번씩 지나갔다. 아침에는 사무실로 출근하느라, 오후에는 사무실에서 퇴근하느라. 근무시간에는 주로 사무실에 있었다. 중간에 시의회에서 열리는 회의에 참석해 세수에 관한 최신 보고서를 발표할 때도 있었다. 그는 세수 현황과 세수 예측이 얼마나 부합하는지 시의원들에게 보여주었다. 쾌적한 생활이었다. 일에 책임이 따르기는 했지만, 스트레스가 될 정도는 아니었다. 전체적으로 정해진 절차만 따르면 되었으므로, 그 절차를 잘 안다면 모든 일이 저절로 굴러가는 것이나 다름없었다. 일거리를 집까지 가져온 적은 한 번도 없었다. 사람들도 어디서나 그를 친절하게 대해주는 것 같았다. 밀린 세금을 납부하지 않거나 부가세를 제대로 내지 않는 사람들을 가차없이 깨부수는, 무서운 정부 당국자로 그를 보는 사람은 거의 없는 듯했다. 그가 공식문서에 자신의 이름을 쓰고 서명하는 것은 곧 그 서류의 내용이 정부의 결정이므로 이의를 용납하지 않겠다는 뜻임을 생각하는 사람도 거의 없는 것 같았다. 그의 부하직원들은 '재무관 비에른 한센'이라고 적힌 서류로 무장하고 당당히 밖으로 나가 주택의 초인종을 누르고 예의바르게 안으로 들어갔다. 그리고 집주인이 뭐라고 항의하든 들은 척도 안 하고 텔레비전, 가구, 그림 등을 미납 세금에 대한 담보물로 들고 나왔다. 비에른 한센의 명령으로 기업들이 파산하는 경우도 있었다. 그 영향은 불행한 기업주에게만 미치는 것이 아니라, 그곳에서 이마에 땀을 흘리며 일하던 사람들에게 더욱 크게 미쳤다. 그런데도 그가 거리를 걸을 때면 사람들이 친구처럼 그에게 인사를 건넸다. 그도 친절하게 인사에 답했다. 재무관실 내부에 갈등이 있다는 소문, 즉 콩스베르그에서 성실히 일해온 두 훌륭하고 충성스러운 직원이 외지인인 그에게 반발하고 있다는 소문이 있음에도, 신임 재무관인 그는 상당히 많은 사람들과 고갯짓으로 인사를 주고받는 사이였다. 그가 일을 하다보면 이 도시의 많은 주민들과 만날 수밖에 없다는 사실, 특히 기업가나 공직자와 만날 수밖에 없다는 사실이 여기에 어느 정도 영향을 미쳤다. 하지만 가장 큰 이유는 그가 인사를 주고받는 사람들이 대부분 그와 같은 모임 소속, 다시 말해서 콩스베르그 극회 소속이라는 점이었다.

그렇다. 그는 콩스베르그 극회에 가입했다. 그뿐만 아니라 활동도 열정적으로 하고 있었다. 그를 이 모임에 끌어들인 사람은 바로 투리 람메르스였다. 그녀는 젊었을 때 아마추어 극단에서 연기를 한 적이 있는데, 고향으로 돌아온 뒤 잠시도 지체하지 않고 콩스베르그 극회에 가입했다. 젊었을 적 그녀의 친구들 여럿이 아직도 회원으로 활동하고 있는 단체였다. 고향을 떠나 있는 동안 투리 람메르스는 자신을 갈고닦았다. 노르웨이와 프랑스에서 연극을 공부해서 지금은 콩스베르그중학교의 연극 교사였을 뿐만 아니라, 그보다 더 평범한 과목인 영어와 프랑스어도 가르쳤다. 이곳에 온 첫날부터 그녀는 이 도시의 귀한 자산이었으므로, 사람들은 두 팔 벌려 그녀를 환영했다. 그리고 오래지 않아 그녀는 비에른 한센에게도 모임 가입을 권유했다. 그는 연기를 해본 적이 없다면서 망설였지만, 그녀는 연기 말고도 그가 할 수 있는 일이 많다고 응수했다. 무엇보다 중요한 것은 모임의 일원이 되는 일이라는 말도 했다. 하지만 비에른 한센은 자신이 연기를 하지 않는 한 모임에서 이류 회원이 될 것 같았다. 그건 그가 원하는 일이 아니었다. 투리는 크게 반발하며, 그가 틀림없이 훌륭한 배우가 될 수 있을 거라고, 지금까지 시도한 적이 없어서 모를 뿐이라고 말했다. 게다가 콩스베르그 극회의 회원들은 모두 동등하다는 원칙이 있으므로, 주역도 돌아가면서 맡는다고 말했다. 그래야 모든 회원이 참여할 수 있기 때문이었다. 또한 하룻밤 공연을 올리기 위해서는 연기 말고도 할일이 아주 많았다. 결국 비에른 한센은 그 모임에 나가서 파트너의 리허설을 따라다니다가 정식으로 가입해서 그 모임의 진정한 일원이 되었다.

콩스베르그 극회는 일 년에 한 편씩 작품을 무대에 올렸다. 크리스마스 때부터 준비한 작품을 이듬해 가을에 콩스베르그극장에서 여섯 번 공연하는 방식이었다. 비에른 한센이 가장 먼저 맡은 일은 잡일꾼 겸 무대 담당이었다. 그는 잔심부름을 다니고, 가입신청서를 처리하고, 티켓 판매를 관리하고, 회계를 담당하고, 예산안 준비를 돕고, 재무관실과 시청에서 공연을 홍보했다. 공연 중에는 무대 뒤에서 분주히 배경과 세트를 교체했다. 객석에 앉은 사람들은 막이 닫힌 무대에서 비에른 한센이 땀을 뻘뻘 흘리며 무거운 가구를 끄는 소리, 안락의자를 쿵 하고 내려놓는 소리를 들을 수 있었다. 그러다 막이 다시 올라가면 그는 곧바로 무대 뒤로 가서 다음 장면을 초조하게 지켜보았다. 사람들이 무대에 빨려드는지, 노래하는 치과의사 헤르만 부스크가 비에른 한센의 옆을 지나쳐 환한 조명을 향해 불안하게 나아가며 두려움을 초월할 수 있는지가 그의 관심사였다. 비에른 한센은 이런 분위기에 깊이 감동해서 자기밖에 들을 수 없는 목소리로 "행운을 빕니다"라고 속삭였다.

그는 정말로 그들에게 녹아들었다. 아마추어 작품을 무대에 올릴 때의 그 분위기가 좋았다. 사람들도 사귈 수 있었다. 투리와 그가 여가시간을 함께 보낼 수 있다는 점도 있었다. 아니, 극회 활동에 그는 단순히 여가가 아니라 거의 열정을 쏟고 있었다. 극회에서 투리는 사람들을 이끄는 빛 같은 존재였다. 연극을 가르치는 교사라는 직업상 연극 전문가에 가까웠기 때문이다. 투리는 무대에 서는 것을 좋아했고, 관객을 사로잡을 줄 알았다. 비에른 한센은 무대 뒤에 서서, 콩스베르그 주민들이 투리의 매력에 철저히 사로잡히는 모습을 지켜보곤 했다. 그가 이곳으로 옮겨온 이유가 된 여자, 자신의 파트너인 그 여자가 그는 몹시 자랑스러웠다. 투리가 관객을 정복하고 무대로 돌아올 때도 그는 그녀를 지켜보았다. 그녀의 온몸이 가늘게 떨리고, 표정은 몽롱했다. "훌륭했어." 그가 속삭이자 그녀는 화들짝 놀라더니 다음 장면을 준비하기 위해 서둘러 분장실로 달려갔다. 투리 람메르스가 고향인 콩스베르그로 돌아온 것이 콩스베르그 극회에는 확실히 잘된 일이었다. 실제로 그녀는 극회의 핵심인물이 되었다. 무대 안팎에서 일이 어떻게 돌아가야 하는지 그녀는 모두 알고 있었다. 하지만 그녀는 프리마돈나가 아니었다. 사실 단 한 번도 주연을 맡은 적이 없었다. 그녀는 주연을 다른 사람들에게 맡기고, 자신은 작은 역할로 빛나는 편을 택했다. 비록 작은 역할 중에서는 핵심적인 역할이었으나, 그래도 주연이 아닌 것은 변하지 않았다. 다른 사람들은 항상 그녀에게 주연을 맡으라고 권유했지만, 그녀는 거절했다. 그건 옳지 않은 일 같다면서. 하지만 무대 뒤의 주역은 그녀였다. 의상에 대해서는 언제나 그녀의 의견이 가장 중요했다. 최종적인 결정권을 쥔 사람도 그녀였다. 투리 람메르스의 마음에 들지 않는 연출가는 콩스베르그 극회의 무대를 맡을 수 없었다. 람메르스의 집은 자연스레 작품 준비가 이루어지는 주요 무대가 되었다. 의상을 꿰매는 일, 아이디어를 생각해내는 일이 이곳에서 이루어졌고, 회원들이 파티를 여는 곳도 이곳이었다. 콩스베르그 극회 관련자들은 밤이나 낮이나 아주 자유롭게 이 집을 들락거렸다. 철도회사에서 일하는 아도니스 얀 그로트몰, 콩스베르그 무기공장의 기술자이며 묵직한 베이스 목소리와 엉터리 노르웨이어로 언제나 무대에서 성공을 거두는 브라이언 스미스. 영어밖에 모르지만 뜨개질(레이스) 교사 자격을 갖춘 스미스 부인. 의사인 시외츠 박사와 늙은 우체국장 산스브로텐. 투리 람메르스에게 주연을 허락받고 언제나 고마워하는 아름다운 여자들. 치과의사이며 비에른 한센의 절친한 친구이기도 한 헤르만 부스크. 그 밖에 나이 많은 상점 판매원, 젊은 학생, 정원사, 낙농장 일꾼, 다양한 연령대의 수많은 남녀 교사들, 보건국 사람들. 노동자도 두 명 있었다.

사람들 사이에는 열정이 넘쳤지만, 조금 오만해지는 듯한 기미도 있었다. 콩스베르그 극회 관련자들은 스스로 창의적인 영혼이라고 생각했으며, 취미인 극회 활동을 소명으로 여겼다. 다른 사람들도 모두 활기를 불어넣는 힘을 갖고 있으나 보통 억누르거나 길들여 다스리는 반면, 연극 무대에서는 연기를 통해 그 힘을 자유로이 펼칠 수 있다고 보았기 때문이다. 유희하는 인간, 즉 호모루덴스가 그들의 이상이었다. 비에른 한센 또한 그 이상을 자신의 운명으로 삼았다. 이제는 그도 단순히 투리 람메르스의 동반자가 아니라 진정한 모임의 일원이었다. 공연이 시작하기 전에 막 뒤에 서서 작은 틈새로 관객석을 바라볼 때, 사람들이 막이 오르는 순간을 기대하며 환한 극장 안으로 연이어 들어오는 모습을 볼 때, 그는 극회의 다른 사람들과 마찬가지로 홀린 듯한 기분을 느꼈다. 극회가 무대에 올리는 작품은 보통 소극笑劇 아니면 오페레타였다. 매년 회원들은 명실상부한 소극(특히 무대에서 성공이 보장되는, 등장인물들이 서로 정체를 착각해서 벌어지는 코미디)을 공연할지 아니면 오페레타를 올리는 위험을 감수할지를 놓고 논쟁을 벌였다. 오페레타를 올린다면, 대개 그 해 겨울에 개막한 오페레타나 뮤지컬 작품을 골랐다. 〈마이 페어 레이디〉 〈티롤의 여름〉 〈오클라호마〉 〈뵈르 뵈르손〉. 1970년대의 이야기였다. 비에른 한센은 〈오클라호마〉에서 단역으로 데뷔했다. 코러스의 일원으로 카우보이 복장을 하고 춤을 추는 역할이었다. 그는 이 연기를 위해 단순한 스텝 몇 가지를 배웠으며, 작은 목소리로 노래도 불렀다. 결과는 좋았다. 나중에는 매년 무대에 참여했으므로, 많은 사람 앞에서 자기만큼 오페레타 노래의 후렴구를 많이 부른 노르웨이인은 거의 없을 거라고 당당히 말할 수 있었다. 전에는 한 번도 무대에 서본 적이 없는데도, 그의 연기는 괜찮았다. 상당히 당혹스러울 정도였으나, 투리 람메르스는 별로 놀랍지 않다면서, 자기가 그와 이미 부부로 살고 있지 않았다면 내년에 그를 아주 큰 역할의 후보로 올렸을 것이라고 말했다.

콩스베르그에서 비에른 한센의 생활은 이러했다. 이것이 그의 삶이었다. 투리 람메르스는 그가 반드시 함께 살아야 하는 여자였다. 그러지 않으면 모든 걸 후회하게 될 것 같았다. 투리 람메르스는 그 모임의 생명이자 영혼이었다. 그녀의 아름다움과 세련된 태도에 모두들 눈이 멀었다. 그럼 두 사람은 왜 결혼하지 않았을까? 비에른 한센 자신이 그런 이야기를 꺼낸다면 투리 람메르스가 체면이 손상된 사람처럼 반응할 것 같아서였다. 그는 이미 모든 것을 버리고 콩스베르그에 와서 그 어떤 보장도 없이 그녀와 함께 살고 있지 않은가. 극회 사람들이 보기에, 람메르스의 집에 비에른 한센이 있는 광경은 더 말할 나위 없이 자연스러웠다. 그는 모든 것을 버릴 기회, 투리 람메르스의 옆에서 그렇게 할 기회를 손에 넣은 남자였다. 투리 람메르스가 콩스베르그 극회 사람들 사이에서 아주 환하게 빛나는 모습을 보면서, 비에른 한센도 그렇게 생각했다. 하지만 그는 그녀에게서 다른 것도 발견했다. 그녀가 이미 오래전에 끝나서 더이상 존재하지 않는 어떤 것의 영향을 항상 받고 있다는 사실. 투리 람메르스는 어디에도 가지 않았다. 그녀의 인생은 어느 방향으로도 향하지 않았다. 오로지 지금 있는 그 자리에 남아 반짝거릴 뿐이었다. 그녀의 모든 열정, 모든 계획, 모든 에너지가 매일 매시간 교실에서, 꽃집에서, 극회에서, 비에른 한센과 함께하는 삶 속에서 출구를 찾았다. 그리고 이 모든 것은 그 이상의 의미가 없었다.

그가 위험한 게임을 하고 있었던 걸까? 어느 날 밤 깨어 보니 옆자리에 그녀가 없었다. 그가 콩스베르그에 온 지 일 년쯤 지난 때였을 것이다. 이곳의 새로운 생활이 이제는 익숙했다. 침대 옆자리가 빈 것을 발견한 그는 시계를 보았다. 네시였다. 그녀는 저녁때 리허설을 한다고 외출했다. 그는 잠이 오지 않아서 그냥 뒤척이며 누워 있었다. 그녀는 다섯시 삼십분에 돌아왔다. 어디서 오는 걸까? 어디서 오는 거지? 그녀는 자유로운 인간이 아닌가. 비에른 한센은 이런 상황에서 인간의 자유에 대해 토론할 용기가 나지 않아 그냥 잠을 청했다. 두 시간 뒤 일어나 보니 그녀는 여느 때처럼 아침 식탁에 앉아 있었다. 그녀는 얀의 집, 그의 하숙집에서 밤새 이야기를 나눴다고 밝혔다. 비에른 한센은 고개를 끄덕였다. 얀은 놀라운 미모를 자랑하는 철도회사 직원으로, 현재 연습중인 〈티롤의 여름〉에서 지기스문트 역할을 맡았다. 거기에 투리 람메르스와 함께 출연하는 장면이 있었다. "그렇군." "그렇군, 그렇군이라니. 그게 무슨 질투할 거리나 된다고." "질투라니!" "질투 아니라고?" 투리 람메르스가 웃음을 터뜨렸다. 가소롭다는 듯이 큰 소리로. 비에른 한센이 질투를 인정할 때까지, 그녀가 얀과 함께 있는 것이 거슬린다고 인정할 때까지 계속 웃었다.

그건 사실이었다. 그는 실제로 질투했다. 얀이 그녀와 똑같은 시간에 리허설을 한다는 사실을 그는 알고 있었다. 새벽 네시에 깨어나 그녀의 자리가 빈 것을 보았을 때, 그는 혹시 그녀가 철도회사의 그 아도니스와 함께 어디 다른 데서 자고 있는 게 아닌가 하고 생각했다. 그 호모루덴스가 그녀의 마음속 깊은 곳에 자리한 욕망을 갑자기 일깨웠는지도 모른다고. 버림받은 기분이었다. 그녀를 잃게 될까봐 두려웠다. 투리는 그가 이 사실을 인정하자 흡족해했다. 그리고 그에게 질투할 가치가 없는 일이라고 주장했다. 그가 질투하는 것은 사실상 자신을 모욕하는 거나 마찬가지라면서. 그녀는 그도 이미 알고 있듯이 아무 일도 없었다고 말했다. 다만 얀과 깊은 대화를 나눴을 뿐이었다. 그러다보니 시간이 날 듯이 흘러갔다. 얀이 인생에 대해 어떤 기대를 품고 있는지 털어놓았고, 그녀는 그 이야기에 열심히 귀를 기울였다. 그녀는 인생에 사실은 뭔가 대단한 의미가 있고, 여기가 아니라 다른 곳, 자신이 살고 싶은 다른 곳에서는 완전히 다른 삶을 살 수 있을 것이라는 믿음을 아직 간직하고 있는 젊은이의 말을 열심히 들어주었다. 이 젊은이가 이렇게 갑자기 마음을 연 것에(그는 무척 매력적인 남자였으며 아직도 커다란 꿈을 품고 있었다) 온통 주의를 빼앗긴 나머지 시간의 흐름을 완전히 잊어버렸다. 그녀는 자신이 많이 늦었기 때문에 비에른이 중간에 깨어나 괴로운 생각을 할 줄 알았다면 일찌감치 집으로 돌아왔을 것이라고 말했다. 이런저런 이유로 비에른은 그녀의 말을 믿었다. 나중에도 그는 아무 일도 없다는 그녀의 말을 항상 믿었다.

투리 람메르스가 그날처럼 리허설에 참여한 뒤(그는 참여하지 않았다) 이른 아침에야 집으로 돌아오는 날이 점점 많아졌다. 그와 함께 리허설에 참여한 날도 그녀는 쉽사리 집에 돌아가려고 하지 않았다. 극회 사람들이 많이 참석한 파티가 끝난 뒤에도 그녀는 그와 함께 집에 돌아가고 싶어하지 않았다. 그녀는 무대의상을 차려입고 남자와 함께 앉아서 반짝반짝 빛났다. 자부심 강한 진정한 호모루덴스인 남자는 그녀의 존재에 고무되어 자신을 한계까지 밀어붙이는 연기를 펼쳤다. 대사는 즉흥적으로 생각해냈다. 하지만 그녀가 그만 일어나서 파트너와 함께 집에 가야 하기 때문에 그 연기가 무너지고 말았다. 재무관실의 업무는 아침 아홉시부터 시작이었다. 그런데 이유를 잘 이해할 수는 없었지만, 재무관이 잠을 충분히 자지 못하면 재무관실의 모든 업무가 멈춰버린다고 했다. 충분한 수면시간이 얼마나 되는지는 재무관 본인이 임의로 정했다. 이해할 수 없는 일이었다. 콩스베르그중학교는 람메르스 선생님이 극회 파티장에서 곧장 출근하더라도 아무 문제 없이 돌아갔다. 그녀의 제자들이 무사히 졸업장을 받았다는 사실이 그 증거였다. 람메르스 자매가 운영하는 꽃집도 아침 아홉시 정각에 문을 열었지만 판매원들이 모두 자리를 지켰으므로, 람메르스 자매 중 동생이 질투 많은 파트너에게 갑자기 끌려나가지 않고 동이 틀 때까지 밤새 춤을 춘다 해도 손님이 줄어드는 일은 없을 터였다. 그런 날이면 비에른 한센은 그녀 옆에서 부지깽이처럼 뻣뻣하게 걸었다. 그래도 그는 그녀를 잃을지도 모른다는 걱정이 순전히 기우일 뿐이라는 그녀의 말을 믿었다.

그렇다면 그는 왜 질투심을 느꼈을까? 파티에서 돌아올 때 왜 그녀 옆에서 부지깽이처럼 뻣뻣하게 걸었을까? 유쾌한 극회 회원들이 파티를 마치고 람메르스의 집을 떠난 뒤 왜 억눌린 분노로 부들부들 떨며 자신이 진짜 하고 싶은 말을, 그녀를 영원히 잃어버린 것 같다는 말을 그녀에게 비명처럼 고래고래 털어놓았을까? 그런 일이 몇 번이나 일어났다. 투리 람메르스는 극회의 눈부신 중심이었다. 사람들은 그녀 주위에서 찬탄하느라 여념이 없었다. 그녀의 파트너인 비에른 한센도 마찬가지였다. 투리가 중심이라는 말이 곧 그녀가 앉은 자리 또한 한복판이라는 뜻은 아니었다. 오히려 반대였다. 투리 람메르스의 매력 중에는 겸손함도 포함되어 있었으니까. 그녀는 주연을 다른 사람들에게 맡겼을 뿐만 아니라, 한복판의 자리 또한 다른 사람들에게 남겨주었다. 그리고 본인은 변두리의 작은 탁자에 앉아 즐거워했다. 그런 그녀를 처음에는 남녀가 모두 에워쌌다가 나중에는 두세 명의 남자들만 남았다. 하지만 마지막에는 남자 한 명과 그녀, 두 사람뿐이었다. 남자는 자신이 직접 지은 대사를 곧바로 읊기 시작했다. 에이크사범대학을 졸업한 교사인 그가 콩스베르그의 산악지대에서 마법에 걸렸다는 번득이는 대사와 함께 연기를 펼쳤다. 모든 아마추어 배우들이 원하는 관객, 자신의 일인극을 기꺼이 관람할 준비가 된 관객을 마침내 찾아냈기 때문이다. 두 눈은 별처럼 반짝이고, 입술은 그를 기다리는 듯하고, 몸짓에는 프랑스의 분위기가 녹아 있는 여자가 멀면서도 가깝게 보였다. 구석자리에서 오로지 그녀만을 위해 은밀히 펼친 이 일인극이 군중장면으로 바뀌었음을 그는 알아차리지 못했다. 외로이 단역을 맡은 그가 찬양의 대상인 투리 람메르스 앞에 무릎 꿇은 모두를 대표했다. 다들 비에른 한센을 곁눈질로 흘깃거리고 있는가? 아니, 세월이 흐르면서 신입 회원들만이 그를 곁눈질로 흘깃거렸다. 처음에만. 투리 람메르스가 비에른을 배신하는 일은 없다는 사실을 모두 알기 때문이었다. 이런 사실로 인해 그녀를 우러러보는 그들의 마음이 변하지도 않았다. 그녀는 자신과 같은 탁자에 마법에 걸린 듯 앉아 있는 선택된 한 명에게 무한한 찬탄을 허락할 뿐만 아니라 심지어 자신을 정복하는 것까지 허락했지만 그뿐이었다. 그 선택된 한 명 역시 자신이 결국은 그 자리에서 일어나 혼자 집으로 돌아가게 될 것임을 알고 있었다(그런 경우가 아니더라도 어쨌든 잠은 혼자 잘 수밖에 없었다. 투리 람메르스가 선택된 남자의 집이나 아파트나 셋방에 들르더라도 항상 상대에게 열정적인 키스도 허락하지 않은 채 그곳을 나서기 때문이었다. 기껏해야 부드럽고 다정한 키스를 허락할 뿐이었다. 비에른에게 이런 이야기를 솔직하게 털어놓을 때도 있었다. 하지만 그런 키스조차 이미 날이 밝아올 무렵에야 허락하곤 했다). 비에른 한센도 이 점을 알고 있었다. 그가 가면을 유지할 수 있는 것도 그 덕분이었다. 그러나 극회 회원들이 모두 떠나자마자 그는 뚜껑이 열려서 질투심을 있는 대로 드러냈다. 어쨌든 투리 람메르스가 보기에는 그랬다. 그의 입장에서 보면 사실 그것은 가장에 지나지 않았지만. 그가 그런 행동을 하는 것은 그녀를 위해서였다.

질투심으로 제정신을 잃는 파트너가 옆에 없어도 투리가 그날의 선택된 극회 회원을 향해 여성적인 매력을 있는 힘껏 발산할 수 있을지 모른다는 생각은 감히 할 수 없었다. 그녀에게 많은 고통을 주게 될 그런 생각을 견딜 수 없었다. 그런 생각을 했다가는 무슨 일이 벌어지겠는가. 얀이 세 시간 동안 그녀에게 구애하다가 일어서서 다른 손님들과 함께 돌아가고 그녀가 혼자 남았을 때 옆방에서 소설을 읽던 남편이 그녀에게 다가와 다정하게 물을 것이다. "차 한잔 마실래?" 그러고 나서 그가 짐을 꾸려

나가버릴지도 모른다. 람메르스의 집에서. 콩스베르그에서. 두 사람을 묶어주던 유대가 사라져버렸으므로.

그래서 비에른 한센은 사랑하는 여자를 지켜보았다. 질투심으로 어두워진 마음을 안고, 그녀가 스타벤펠트 판사나 연극에 미친 페르 브뢴눔과 재잘재잘 이야기하는 모습을 지켜보았다. 페르 브뢴눔은 그녀가 한동안 추파를 던지던 노동자다. 그녀는 콩스베르그 구시가지에 있는 그의 저주받은 아파트에서 밤에 요염하게 몇 시간을 보내기도 했다. 하지만 사실 비에른은 신경쓰지 않았다. 투리 람메르스가 부정을 저지르고 있다고는 생각하지 않았기 때문이다. 아니, 그런 생각을 할 수 없었다. 만약 부정을 저질렀다면, 그녀는 그에게 솔직하게 말했을 것이다.

그래도 가끔 발작처럼 질투심이 이는 것을 어쩔 수 없었다. 그럴 때면 그는 질투의 고전적인 증세를 모두 그녀에게 드러냈다. 그것은 단순한 가장이 아니었다. 그의 마음속 어두운 구석에 존재하는 질투심이 실제로 느껴졌다. 버림받았다는 느낌과 어두운 분노, 혐오감과 거부감, 이 모든 감정이 어둡고 깊게 그의 몸을 관통하면 그는 가늘게 몸을 떨었다. 하지만 이것 역시 연기일 뿐이었다. 그는 집안을 서성이며 절망 속에서 그녀를 비난할 때도 항상 자신을 차갑게 관찰했다. 그녀는 감정을 드러내며 그의 말을 받아들였다. 그녀가 가라앉지 않도록 지탱해주는 그만의 방법이 이것이었다. 그는 이 방법으로 그녀가 딛고 있는 땅 그 자체를 숭배했다.

즉, 그도 다 알고 있다는 뜻이었다. 자신의 행동이 무슨 의미인지 알고 있었다. 콩스베르그에서 투리 람메르스와 함께 살기로 결정한 사람은 그 자신이었다. 콩스베르그시 재무관 자리를 선택한 사람도 자신이었다. 여가시간에는 아마추어 연극에 참여했다. 그녀를 사랑하는 마음이 너무나 커서 질투심으로 미쳐버릴 수도 있을 것 같았다. 그 자신이 이 강렬한 유혹을 더욱 갈고닦기 위해 모든 것을 포기하지 않았던가. 이 강렬한 유혹을 제외하면 이제 그에게 무엇이 남았나. 어쨌든 그는 다 알고 있었다. 자신의 행동이 무슨 의미인지 알고 있었다. 투리와 칠 년 동안 함께 살고 나니, 이렇게 가짜 질투심을 폭발시키는 자신의 행동이 두 사람의 관계를 유지해주는 가장 중요한 요소임을 분명히 깨달을 수 있었다. 그는 그녀를 꿰뚫어보았다. 이제는 그녀에게 아무런 환상이 없었다.

인생이란. 투리 람메르스와 칠 년 동안 함께 살았으니 그는 곧 마흔 살이었다. 중년 남자가 되는 것이다. 그런데 지금까지 그가 삶에서 얻은 것이 무엇인가? 콩스베르그의 시 재무관이라는 자리는 가벼운 것이 아니었다. 자신이 아마추어 배우로서 어느 정도 재능이 있다는 사실도 확신하고 있었다. 가을이면 그는 육 일

동안 저녁에 콩스베르그 영화관의 무대를 밟으며 즐거워했다. 그래, 즐거워했다. 마음속 깊은 곳으로 파고드는 기묘한 감정이었다. 람메르스의 집에서 투리 람메르스의 파트너로 칠 년을 산 그는 병원에서 일하는 시외츠 박사와 교사 두 명과 함께 무대에서서 정확히 똑같은 순간에 정확히 똑같은 어조로 똑같은 대사를 읊는 기쁨을 아주 잘 알고 있었다. 그를 포함한 네 사람은 콩스베르그극장의 무대가 한창 달아올랐을 때 정확히 똑같은 순간에 정확히 똑같은 힘으로 왼발을 굴렀다. 저 아래 어둠 속에 빽빽이 앉아 있는 사람들 앞에서 환한 조명을 받으며. 그 순간에는 전율이 몸을 훑고 지나가고, 서로의 정확한 동작에 관능적인 기쁨이 느껴진다. 저 아래 어둠 속에서 수천의 입과 그 두 배의 눈이 그들 모두를 지켜보고 있었다. 자신이 무엇을 할 수 있는지 보여주고 있는 네 명의 단역배우까지도 포함해서. 그는 그런 느낌이 정말 좋았다. 팀의 일원으로 공연 전체에 도움을 주는 일뿐만 아니라 그런 식으로 앞에 나서는 것도. 하지만 그런 것이 진짜 인생인가? 비에른 한센은 점점 더 책 속으로 도피하면서 이런 의문을 품었다. 그는 책 속에서 숨을 쉬고, 생각에 잠길 수 있었다. 투리 람메르스가 누구인가? 그녀는 비에른 한센이 뭔가 고민하며 밤새 불을 밝히는 것을 보고, 그와 함께 책을 읽고 싶다고 말했지만 그가 별로 반기지 않는 것을 알아차렸다. 그녀 역시 마혼이 가까운 나이인데도, 흔히들 하는 말처럼 여전히 손가락으로 남자를 부릴 수 있었다.

그는 그녀를 주시했다. 그녀를 계속 지켜보고 질투하는 흉내를 내면서 그녀를 살폈다. 그녀는 콩스베르그 극회의 자연스러운 중심이었다. 그리고 콩스베르그 극회는 당시에 가장 인기 있는 오페레타 작품들을 일 년에 육 일 동안 무대에 올리려고 열심히 노력하는 데서 충족감을 얻는 열렬한 사람들의 모임이었다. 그들은 많은 사람들 앞에서 작품을 무대에 올리고 환한 조명을 받았다. 칠 년 동안 비에른 한센도 그 열렬한 사람들 중 하나였다. 낮에는 재무관, 밤에는 열렬한 연극인. 그걸로 된 건가? 뭔가 더 있는 것이 아닌가? 마흔 살을 코앞에 둔 비에른 한센은 더 많은 것을 원한다고 부르짖었다. 그래서 혹시 더 큰 것을 시도해봐야 하는 게 아니냐는 암시를 던지기 시작했다. 그들이 보이는 열정, 무대에 선 경험, 정확하게 동작을 맞추고 무대에서 능력을 보여주며 느끼는 기쁨, 이것들을 이용해서 오페레타보다 더 큰 것을 시도할 수는 없을까. 오페레타가 배우들은 물론 관객들에게도 즐거움을 안겨주는 것은 사실이지만, 동시에 사람을 지치고 낙담하게 만들 수도 있었다. 무대의 불이 꺼지고 관객들도 모두 돌아간 뒤 분장실에 앉아 분장을 지울 때면 지적으로 텅 빈 것 같은 기분이 들기 때문이었다. 그러니 진정한 인생을 순간적으로 느낄 수 있는 수준으로 올라가면 어떨까? 입센을 한번 공연해본다면?

이 년 동안 비에른 한센은 입센을 공연해보자는 암시를 계속 던졌다. 하지만 반응은 별로 없었다. 특히, 지적인 알맹이가 없는 오페레타의 특성상 공연이 끝난 뒤 그들이 느끼는 공허함을 지적해서 열정을 일깨우려는 시도는 소용이 없었다. 그들이 믿는 모든 것을 공격하는 말이었기 때문이다. 그런 주장을 내세운 것은 비에른 한센의 어리석은 실수였다. 적어도 그들 중 일부는 확실히 그가 말한 낙담을 느끼고 있었는데도 소용없었다. 하지만 극회 회원 두 명이 그를 지지했다. 그들은 그냥 평범한 회원이 아니었다. 노래하는 치과의사 헤르만 부스크가 그 두 명 중 하나였다.

헤르만 부스크는 대단히 훌륭한 바리톤 목소리를 지니고 있었기 때문에, 콩스베르그극장에서 일 년에 엿새 동안만 공연하는 작품보다 더 중요한 무대에 어울린다고 생각하는 사람이 많았다. 그는 극회를 정신적으로 이끄는 사람 중 하나였으므로, 설사 주연을 맡지 않더라도 그다음으로 중요한 역할을 맡았다. 하지만 그가 가장 인상적인 모습을 보여주는 것은 리허설 때였다. 그것도 대개 예상 밖의 순간에 노래를 부를 때. 사람들이 모두 소지품을 챙겨 나가려는 순간에 헤르만 부스크가 저녁 내내 연습하던 노래를 갑자기 부른 적이 얼마나 많은지 모른다. 모든 것이 잘 굴러가고 있었다. 그가 피땀 흘려 연습한 성과가 갑자기 들려오자 사람들은 홀린 듯이 귀를 기울이며 모두 같은 생각을 했다. '이걸 무대에서 부르면 다들 말문이 막힐 거야.' 실제로도 그랬다. 이런 예측에 조금 못 미치는 결과가 나온 것 같기는 해도. 어쩌면 기대가 너무 컸는지도 모른다. 헤르만 부스크는 무대에서 진정 위대한 모습을 보여준 적이 없었다. '노래하는 치과의사'라는 별명이 헛소리가 아님을 눈부시게 증명할 실력은 있었지만, 비좁은 연습실에서 모두들 인적이 끊긴 어두운 거리로 나가려고 문고리를 잡은 그 순간에 노래를 듣고 갖게 된 기대치에는 미치지 못했다. 그런 헤르만 부스크가 입센 공연에 관심을 보였다. 그러자 비에른 한센의 주장을 더이상 무시할 수 없게 되었다. 헤르만 부스크와 비에른 한센은 이렇게 놀라운 주장을 한 덕분에 서로 좀더 친해졌다. 몇 시간 동안 함께 앉아 이런저런 이야기를 나누며 친한 친구가 되었다. 사실 비에른 한센은 헤르만 부스크를 가장 절친한 친구로 생각할 정도였다.

투리 람메르스도 그를 지지해주었다. 놀라운 일이었다. 투리는 입센과 아무 관계가 없는 사람인데. 물론 입센을 좋게 평가하며 그의 작품을 고전으로 대접하기는 했지만 그리 좋아하지는 않았다. 그가 이 사실을 아는 것은 수도에 있을 때 국립극장에서 입센의 작품을 여러 번 함께 봤기 때문이었다. 그녀는 침묵 속에서 그 공연들을 감내했다. 그래서 그녀가 사랑하는 극회에서 입센의 〈들오리〉를 무대에 올리려고 적극적으로 움직이려는 것 같다는 사실을 그는 쉽게 믿을 수 없었다. 사실 투리는 관객으로서 오페레타도 그리 좋아하지 않았다. 너무 진부하다는 것이었다. 그녀가 노르웨이 극단의 연례 뮤지컬 공연을 보러 그와 함께 오슬로에 갈 때 열성적인 태도를 보이는 것은 사실이었지만, 그것은 순전히 무대를 보며 몇 가지 재주를 배워 오기 위해서였다. 그래도 투리가 가장 가깝게 느끼는 것은 오페레타였다. 원래 비에른 한센은 전위적인 작품이 그녀의 취향이라고 생각했다. 오슬로에서 자신이 유부남으로서 그녀를 만날 때 그랬기 때문이다. 하지만 콩스베르그로 이사한 뒤 극회에 합류한 그녀는 온통 오페레타 얘기뿐, 전위극에 대해서는 아무 말도 하지 않았다. 그래도 그녀 입장에서 볼 때 어떤 면에서는 전위극과 오페레타 사이에 공통점이 하나 있었다. 극의 내용에 아무 의미도 없다는 점, 모든 것이 가면무도회 같다는 점. 투리가 전위극에 빠진 것은 순전히 그 가면 때문이었다. 두 사람 사이에는 아이가 없었다. 투리 람메르스는 어머니가 되지 않았다. 그녀는 가끔 추파를 던지듯이 그 사실을 언급하며 자기 인생의 비극이라고 말했다. 하지만 사실 투리 람메르스는 아이를 원하지 않았다. 아이를 가질 준비가 되어 있지 않았다. 지금은 그럴 시기가 아니었다. 만약 아이를 가질 거였다면, 1960년대에 프랑스에서 첫 남편과 살 때 낳았을 것이다. 비에른은 그녀가 작은 아이를 품에 안고 정신없이 프랑스를 떠나는 모습을 상상해볼 수 있었다. 파리 북역에서 코펜하겐행 야간열차를 기다리는 모습(코펜하겐에서 오슬로로 갈 것이다). 하지만 파리에서 칠 년 동안 살다가 오슬로로 돌아온 그녀에게는 아이가 없었다. 자유롭고 뿌리가 없는 그녀는 애인을 사귀었다. 그리고 나중에 유년시절을 보낸 고향으로 돌아갈 때 그 남자도 함께 데려갔다. 투리 람메르스는 앞으로도 아이를 낳고 싶은 생각이 없었다. 마음속 깊은 곳에서 그녀는 자신의 혈통이 이어지지 않기를 바랐다. 그녀에게 오페레타는 자신이 생각하는 연극, 즉 의상, 가면, 가발, 빠른 변환, 속도, 속도를 실현할 수 있게 해주는 눈부신 핑계가 되어주었다. 하지만 지금 그녀는 콩스베르그 극회가 헨리크 입센의 〈들오리〉를 무대에 올려야 한다는 파트너의 주장을 지지했다. 그것도 아주 적극적으로. 의리를 보여주기 위해서일까? 그와 다른 사람들에게? 그녀는 비에른 한센의 충실한 파트너로서 그가 몹시 열정을 보이는 이 계획을 실현할 수 있게 기꺼이 싸워줄 수 있는 사람으로 보이고 싶은 걸까? 이것이 그의 계획이라는 이유로 그녀가 열정적으로 달려들고 있었지만, 사실은 극회가 뭔가 위상을 높여줄 작품,

그러니까 헨리크 입센의 〈들오리〉를 공연해야 한다는 파트너의 주장만 아니라면 어찌되든 상관없다고 생각한다는 사실을 모두들 알고 있었다.

다시 말해서, 투리 람메르스가 지지하고 나선 것은 멋진 제스처였다. 극회의 핵심적인 인물인 그녀가 이 모임에서 비교적 익명의 존재인 남편에게 모처럼 도움이 필요하다니 호의를 베풀겠다는 표시. 그 덕분에 투리 람메르스를 존경하는 마음이 더욱 커지기는 했지만, 헨리크 입센의 〈들오리〉 공연에 찬성한다는 목적을 생각하면 그녀의 지지가 오히려 역효과를 냈다. 왜 굳이 무리를 해야 하는가? 이 극회가 좀더 높은 곳으로 올라가려는 포부를 품어야 한다는 생각을 투리 람메르스의 파트너가 하게 되었다는 이유만으로, 그들이 애당초 능력이 미치지 못하는 작품을 공연해야 하는가? 사람들은 구석진 곳에서 이렇게 투덜거렸지만, 헤르만 부스크 같은 중요인물뿐만 아니라 오페레타 공연이 성공적으로 끝난 뒤 막이 내려가고 나면 찾아오는 공허감을 잘 알고 있어서 한 번만이라도 불가능한 일에 도전해보는 것도 괜찮겠다고 생각하는 사람들 역시 이 계획에 찬성했으므로 극회의 다음 작품은 헨리크 입센의 〈들오리〉로 결정되었다.

투리 람메르스가 비에른 한센에게 직접 얄마르 에크달 역을 맡아 무대에 서는 게 어떻겠느냐는 제안을 내놓았을 때도 반대하는 사람이 없었다. 비에른 한센만 빼고. 그는 스스로 주연을 맡으려고 이런 계획을 내놓은 것이 아니었다. 그런 생각은 한 번도 한 적이 없었다. 하지만 그의 반대의견은(어차피 상당히 온건한 주장이었다) 간단히 무시되었다. 비에른 한센이 얄마르 에크달로 출연하는 것은 당연한 일이었다. 예정된 대실패에 그가 한 묶음으로 묶이게 될 것이라는 점, 무대에서 연기하며 그 사실을 몸으로 실감하게 될 것이라는 점 때문에 그를 지지한 사람이 많았다. 그도 알고 있었다. 그래서 그 역을 받아들였다. 위대한 그레게르스 베를레 역할은 노래하는 치과의사 헤르만 부스크의 몫이었지만, 그는 이 역을 거절했다. 자신에게는 너무 큰 역이라는 것이 이유였다. 오히려 그는 에크달의 늙은 아버지 역할을 잘할 수 있을 것 같다고 말했다. 자기보다 더 잘할 것 같은 사람이 있다면 또 모르지만. 그래서 브라이언 스미스가 그레게르스 베를레 역에 낙점되었다. 콩스베르그 무기공장에서 일하는 이 영국인 기술자는 노르웨이어에 서툴렀으므로, 입센의 작품에서 타협을 모르는 상인의 아들인 그레게르스 베를레 역에 새로운 차원을 열어줄 것 같았다. 시외츠 박사에게는 렐링 박사 역이 돌아갔다. 이것 역시 투리 람메르스의 제안을 따른 결정으로, 명백히 관객의 마음을 사려는 시도였다. 콩스베르그병원의 의사가 연극에서, 그것도 헨리크 입센의 작품에서 의사 역을 맡다니. 렐링 박사는 자신의 명민한 머리에 도취한 의사였다. 하지만 시외츠 박사는 이 역을 거절했다. 투리가 모든 매력을 동원해서 그를 설득해보았지만, 그는 거절했다. 시외츠 박사가 어떤 사람인지 아무도 몰랐다. 그는 호모루덴스 타입인 콩스베르그 극회 회원들 사이에서 접근하기가 쉽지 않은 진지한 사람이었다. 키가 크고 마른 몸에 의사 가운을 입은 남자. 섬세한 손가락을 보면 피아니스트 같았다. 그들이 아는 한 피아니스트는 아니었지만, 그는 크로스컨트리 스키를 즐기는 사람이기도 했다. 겨울이면 아침 일찍 마을을 에워싼 산으로 올라가서 스키를 신고 고원을 전속력으로 질주하는 모습이 사람들 눈에 띄었다. 무대에서는 항상 단역만 맡았다. 병원에서 당직 순번을 바꿔야 무대에 설 수 있는 그는, 극회가 그동안 공연한 모든 오페레타에서 언제나 배경에만 머무르는 무명인이었다. 그는 렐링 박사 역을 거절했다. 하지만 헤드비그 역을 위해 선택된 여자는 거절하지 않았다. 그 역을 맡을 사람은 스물한 살의 간호대학생밖에 없었다. 특히 그녀가 귀여운 아이처럼 생겼다는 점이 중요했다. 투리 람메르스도 출연하게 되었다. 그녀가 맡은 역은 알마르 에크달의 아내이자 헤드비그의 어머니인 이나 에크달이었다.

연출가는 수도에서 온 사람이었다. 외지 사람을 연출가로 고용하는 일은 흔했다. 전국을 돌아다니며 지방의 아마추어 극단이 공연하는 오페레타나 소극을 연출해주는 사람들이 아주 많았다. 하지만 그런 사람들 중에서 입센의 작품을 연출할 사람을 찾아내는 것은 쉽지 않았다. 그들은 한참 만에 오슬로에서 일이 없어 놀고 있던 연출가를 찾아냈다. 그는 콩스베르그로 와서 리허설에 참가하며 줄기차게 술을 마셨다. 그리고 아무것도 기억하지 못했다. 하지만 알마르 에크달(즉 비에른 한센)은 기억했다.

그냥 간단히 말하자면, 공연은 완벽한 실패작이었다. 지독하게 형편없는 공연이라서 예정됐던 육 회 공연이 사 회로 줄었고, 마지막 네번째 공연 때는 돈을 내고 들어온 관객이 열여덟 명밖에 없었다. 연출가가 한물간 사람이었던 것은 사실이다. 게다가 주정뱅이이기까지 했다. 하지만 비에른 한센은 그를 비난할 수 없다는 사실을 알고 있었다. 연출가는 그저 극회가 어떤 상황인지, 지금까지 어떤 수준이었는지를 보여주는 역할을 했을 뿐이었다. 그들은 그런 공연을 해낼 능력이 없었다. 비에른 한센은 밑줄을 그어가며 입센의 희곡을 열심히 연구했다. 그래서 그 작품을 철저히 이해했으므로, 자신의 마음속에서 알마르 에크달의 염세적인 세계관이 느껴지는 것 같다고 생각했다. 하지만 다 소용없는 짓이었다. 물론 어떤 연기를 펼쳐야 하는지 머리로는 알고 있었지만, 실제로는 상상했던 것과 아주 다른 연기가 나왔다. 거슬리는 연기였다. 아, 알마르 에크달의 순진함이라니. 비에른 한센은 그 점을 다 파악해서 자신의 것으로 만든 줄 알았다. 그의 그런 모습을 옹호하고 연기해서, 일찍이 어떤 배우도 해내지 못한 연기를 할 생각이었다. 에크달의 순진함은 그가 감히 정면으로 마주볼 수 없는 깊은 고통에서, 그가 잘못한 것이 하나도 없는데도 엄청난 비극에 빠지고 말았다는 사실에서 오는 좁은 마음에서 우러나온 것이었다. 하지만 비에른 한센은 이것을 전혀 표현하지 못했다. 무대에 선 그에게는 이런 모습이 전혀 없었다. 그냥 단순히 대사만 오갈 뿐이었다. 무대에서 비에른 한센은 완전히 무뚝뚝하고 지루한 존재였다. 몸짓을 해봐도 소용없었다. 다른 사람들도 마찬가지였다. 그레게르스 베를레도, 에크달의 늙은 아버지도, 헤드비그도, 어린 헤드비그도. 얄마르 에크달은 어린 헤드비그를 너무나 깊이 사랑했기 때문에 더이상 그녀를 차마 볼 수 없었다. 비에른 한센은 무대에서 한심한 연기를 했다. 자기가 보기에도 그런 것 같았다. 관객은 그를 비웃지 않았다. 전혀. 오히려 그를 격려하려고 관심을 보이고, 하품을 참았다. 심지어 미지근하게 박수도 쳐주었다. 하지만 만족스럽지 않았다.

그들이 감당할 수 없는 공연이었다. 그들은 이 작품을 공연할 자격을 하나도 갖추지 못했음이 분명하게 드러났다. 비에른 한센은 얄마르 에크달의 고통스러운 몸짓을 보여줄 수 있는 카리스마가 부족했다. 씁쓸하지만 그것이 진실이었다. 연기력이 부족하니 카리스마도 없었다. 속으로 인물의 심리를 느끼는 것만으로는 부족했다. 이 사실이 1983년 늦가을(정말 그때였나?) 콩스베르그극장에서 네 번에 걸쳐 증명되었다.

그는 처음부터 줄곧 그 사실을 알고 있었다. 그 공연이 불가능하다는 사실을. 연기에 대해서 적어도 그 정도는 알고 있었다. 연기는 하나의 직업이자 예술이라는 것을. 그래서 자신은 정말로 알마르 에크달이 된 것 같은 환상을 만들어낼 수 없음을 깨달았다. 하지만 그걸 해보고 싶다는 욕망이 지독하게 강렬해서 그는 이 뻔한 사실을 생각조차 하지 못했다.

다른 사람들도 마찬가지였다. 개개인의 역량 면에서도 극단으로서도 그들은 이 세계적 수준의 작품을 공연할 능력이 없었다. 알마르 에크달이 무대에서 지루하게 표현되었다면, 그레게르스 베를레 역을 맡은 영국인 기술자 브라이언 스미스도 나을 것이 없었다. 그의 어색한 노르웨이어도 알마르 에크달과의 대화에 전혀 도움이 되지 않았다. 도움은커녕 그 반대였다. 귀엽게 보여야 할 어린 헤드비그는 불행히도 그 연약한 인물에게 생명을 불어넣지 못했다. 다락방 장면에서 헤드비그가 너무 과장된 연기를 펼쳤기 때문에, 알마르 에크달은 크고 텅 빈 무대에 오로지 두 사람만 등장하는 그 섬세한 순간에 겁에 질려 뻣뻣하게 굳어버렸다.

그리고 공연이 끝난 뒤 두 사람 모두 똑같이 불만스러워했다. 다른 배우들은 자신들의 패배를 침착하게 받아들였으므로, 슬픔에 잠긴 것은 비에른 한센과 어린 헤드비그뿐이었다. 비에른 한센은 자신이 지난 이 년 동안 그토록 열렬하게 주장했던 공연이 어차피 불가능한 일이었음을 아는데도 슬픔을 떨칠 수 없었다. 하지만 어린 헤드비그는 이 공연이 가능할 거라고 믿었기 때문에 좀 달랐다. 스물한 살인 그녀는 드람멘간호학교 2학년이었다. 연극을 준비하는 동안 그녀는 매일 오후 리허설을 위해 콩스베르그까지 기차를 타고 왔다. 연습이 끝난 뒤 드람멘의 셋방으로 돌아갈 때는 역에서 마지막 기차를 탔다. 그녀가 간호학교를 육 개월 동안 휴학하고, 학자금으로 대출받은 일만오천 크로네를 헤드비그의 영혼과 친해지는 데 써버렸다는 사실을 사람들은 나중에야 알았다. 그 결과는 재앙이었다. 그녀는 연극 속에 등장하는 이 열네 살 소녀의 생각에 매혹되었다. 아마 그녀 덕분에 자신의 마음속 깊은 곳에 감춰져 있던 것들을 많이 깨달았기 때문일 것이다. 워낙 일상적인 일들과는 동떨어져 있어서 누구에게도, 심지어 가장 친한 친구에게도 말로 설명하지 못한 것들이었다. 연극을 준비하는 과정에서 그녀는 그것들이 자신의 근본에 맞닿아 있으며, 별로 마찰이 없는 부모와 자신의 관계에도 영향을 미친다는 사실을 알게 되었다. 그런데도 그녀는 정작 무대에 섰을 때 무서울 정도로 과장된 연기를 해서 모든 것을 파괴해버리고 말았다. 심지어 무엇이 문제인지도 알지 못했다. 그저 문제가 있다는 점만 알 뿐이었다. 그녀는 사 회 모두 공연을 마친 뒤 매번 슬픔에 잠긴 알마르 에크달의 어깨에 기대 울음을 터뜨렸다. 리허설 때도 공연중에도 그녀는 계속 가구가 갖춰진 드람멘의 셋방에서 살았다. 콩스베르그에 사는 부모에게 자신이 헨리크 입센의 〈들오리〉에서 헤드비그로 출연하는 일에 얼마나 많은 것을 걸었는지 감히 인정할 수 없었기 때문이었다. 부모의 집에는 그녀의 방이 항상 준비되어 있는데도. 그녀는 매번 공연이 끝난 뒤 드람멘으로 돌아가 간호학교에 계속 다니는 척했다. 공연 첫날에도 공연 뒤풀이에 참석하지 않고 돌아갈 정도였다.

어린 헤드비그가 공연 첫날 막이 내린 뒤 분장실에서 비에른 한센의 어깨에 기대 울고 있을 때, 이나 에크달이 반짝이는 모습으로 들어왔다. 이나 에크달(즉 투리 람메르스)이 반짝거리는 데에는 이유가 있었다. 한심하기 짝이 없는 이 공연에서 뭐라도 건진 사람은 그녀가 유일하다는 점. 그녀는 슬픔에 잠긴 비에른 한센과 울고 있는 헤드비그를 보고 이렇게 말했다. "공연은 그만하면 괜찮았어. 커튼콜도 있었고." 그녀의 억지 격려는 전혀 도움이 되지 않았다. 하지만 무대에서 보여준 그녀의 연기는 성공적이었다. 폭풍처럼 관객들을 휩쓸 정도였다. 그래서 기분이 들뜬 그녀는 스물한 살의 귀엽고 젊은 여성이 자기 파트너의 어깨에 머리를 기대고 있다는 사실을 언뜻 인식하지 못했다. 다른 배우들과 스태프가 그녀 주위에 몰려들어 그녀의 연기를 칭찬하고 있었기 때문이다. 그녀의 연기 덕분에 그날 공연이 무사히 지나갔다면서. 사람들은 그녀가 공연 내내 다른 사람들과는 엇갈린 연기를 하면서 동료들을 배신했기 때문에 무대에서 성공을 거두고 그날 공연을 구해낼 수 있었다는 사실을 전혀 생각하지 못했다. 투리 람메르스는 입센의 연극에서 모든 것을 무너뜨릴 어두운 비밀을 품은 것처럼 보이는 여성 캐릭터를 대표해야 한다는 사실을 잘 알고 있었다. 그녀는 본질적으로 진지한 이나 에크달의 삶과 비밀을 표현하려고 성실하게 노력했지만, 피상적인 수준에 그쳤다. 그런 면에서 그녀는 극회의 다른 사람들보다 더 나을 것도, 더 못할 것도 없었다. 하지만 관객이 반응하지 않는다는 사실을 확인한 뒤 그녀는 기존의 방식에서 벗어나 자신이 맡은 인물에게 매력을 부여했다. 그러자 관객들은 정신이 번쩍 들어서 만족스러운 표정으로 쿡쿡 웃어댔다. 투리는 과장된 몸짓, 싸구려 기교로 이나 에크달을 연기했다. 꼬리를 흔들어 객석에 앉은 동네 사람들을 매혹했다. 사람들은 일순간 그녀에게 기꺼이 무릎을 꿇었다.

비에른 한센은 지루한 알마르 에크달의 모습으로 무대에 서서 이 모든 것을 목격했다. 이나 에크달과 함께 선 무대에서. 무대에는 두 사람밖에 없었다. 맨 끝에서 두번째 장면이었다. 연극이 실패했음이 이미 분명해졌지만, 그 역시 우스꽝스럽게 묘사된 얄마르 에크달을 제대로 그려내고 싶었다. 그는 얄마르 에크달이 몹시 비극적인 인물이라는 점을 반드시 분명하게 알리고 싶었다. 얄마르 에크달은 어지러운 의문들로 이어진 문의 열쇠였다. 헤드비그가 죽은 지금, 그는 그레게르스 베를레의 마지막 말에 맞서서, 만약 그레게르스 베를레가 내놓을 수 있는 것이 겉만 번드르르한 말뿐이라면 인생은 살 가치가 없는 것임을 관객들에게 보여주어야 했다. 비에른 한센은 이런 의미를 이끌어내고자 했지만, 완전히 실패했다. 그런데 투리 람메르스의 얼굴을 한 이나 에크달은 옆에서 반짝이고 있었다. 그는 쓰러졌지만, 그녀는 그와 함께 쓰러지려 하지 않았다. 오히려 꼬리를 흔들어댄 덕분에 관객들은 이 재능 없는 사람들의 무대를 잠시나마 잊어버리고 투리 람메르스의 유혹에 넘어가주었다. 그녀가 그 장면을 훔친 것이다. 비에른 한센이 스스로 추진한 프로젝트의 끝을 향해 용감하게 연기를 계속하는 동안, 투리는 자신의 매력을 사람들 앞에 모두 드러냈다. 그녀는 자비로운 스포트라이트를 받으며 무대에 서 있었다. 얼굴에는 두텁게 분장을 하고, 자신이 관객을 폭풍처럼 휘어잡았다는 사실에 들떠서 온몸을 부들부들 떨며 서 있었다. 아주 가까이에 서 있던 비에른 한센은 그 모습을 똑똑히 볼 수 있었다. 투리는 모든 것을 배신했다. 이 공연의 의미와 그의 의도를 전부. 어떻게든 이 무대에서 건질 수 있는 것을 건지기 위해서였다. 투리 람메르스는 성공을 거두지 못한 비에른 한센의 진지함을 자신의 매력으로 압도하고자 했다. 그것은 그들이 미리 합의했던 모든 것에 어긋나는 일이었으므로, 비에른 한센은 이런 식으로 뒤통수를 맞은 것에 조금이라도 놀라야 마땅했다. 그녀를 비난하면서, 현장에서 깊게 가라앉은 목소리로 이렇게 물어야 했다. "왜, 왜 나한테 이런 짓을 하는 거야?" 하지만 그는 그러지 않았다. 그녀가 왜 그런 행동을 했는지 스스로 의문을 품지도 않았다. 그저 안도감을 느낄 뿐이었다. 그녀가 난파선에서 뭐라도 건져내려는 것처럼 애쓰고 있기 때문이 아니라, 그와 함께 침몰하는 것을 거부했기 때문에.

사실 그는 이렇게 엄청난 공연을 시도한 자신의 계획을 투리가 열심히 지지해주는 것이 불편했다. 그녀의 충실한 모습이 오히려 그를 질식시키는 듯했다. 비에른 한센이 막 벗어나려는 시점에 그녀의 노력은 그와 그녀를 한데 묶어버렸다. 투리 람메르스는 이제 빛을 잃었다. 그녀의 나이는 마흔네 살이었고, 세월이 그녀의 얼굴과 몸에 남긴 파괴의 흔적이 분명하게 드러난 것은 이미 오래전의 일이었다. 그녀의 얼굴은 날카롭고 단단해졌다. 예전의 부드러움이 얼마나 그리운지! 하지만 과거는 영원히 사라졌다. 비에른 한센이 구축한 삶의 기반이 되었던 많은 생각들도 함께 사라졌다. 그는 이곳, 콩스베르그를 집으로 삼았다. 투리 람메르스의 옆에서. 그가 모든 것을 버리고 온 것은, 그녀의 몸과 얼굴이 뿜어내는 유혹을 따르지 않는다면 평생 후회할 것 같아서였다. 그런데 이제는 그 얼굴과 몸에서 영원히 사라져버린 과거의 기억 외에는 아무것도 느낄 수 없어서 견딜 수가 없었다. 그는 오래전부터 이런 변화를 짐작하고 있었다.

투리 람메르스는 여전히 그녀와 비에른 한센이 어울리는 사람들 사이에서 자연스레 중심을 차지하고 있었다. 콩스베르그 극회와 관련된 사람들은 서로 상당히 가까운 사이였고, 핵심 멤버는 비에른 한센이 이곳으로 이사온 십이 년 전과 거의 똑같았다. 몇 명만 바뀌었을 뿐이다. 몇 명이 떨어져나가고, 다른 사람들이 새로 들어오는 식으로. 기존 회원들과 마찬가지로 신참들도 투리 람메르스를 이 모임의 중심으로 자연스레 대우하는 법을 배웠다. 하지만 그녀는 이제 예전과는 상당히 달라져 있었다. 베테랑들에게도(그들이 그 사실을 알든 모르든), 신참들에게도. 그들은 항상 그녀 주위에 모여들어 북적였고, 그녀의 자리는 여전히 중심을 조금 벗어난 곳이었다. 하지만 같지 않았다. 예전에는 이런 모임이 끝날 때 그녀가 언제나 남자 한 명과 함께 자리에 남아 (남자의 입장에서는) 머리가 어질어질한 일대일 대화를 나눴다. 그 남자는(다른 사람들도) 그것이 아무 의미도 없는 일이며 그녀와의 사이에 뭔가 일이 생길 가망은 없다는 걸 알면서도 그것만으로 충분하다고 생각했다. 그런데 지금은 비에른 한센이 나타나 이제 그만 집으로 돌아갈 때가 되었다고 말하는 순간에, 그녀의 자리에 남자 두세 명이 가끔 남아 편안하고 유쾌한 대화를 나누곤 했다. 가끔은 남자 한 명에 (투리를 제외한) 여자 두 명, 혹은 남자 두 명에 여자 두 명 등 다양한 조합의 사람들이 남기도 했다. 전에는 남자들이 투리를 바라보았지만, 지금은 그녀에 대해 이야기하는 것으로 만족했다. 비록 깊이 찬탄하는 목소리라 해도 다른 건 다른 거였다. 물론 그들이 그녀에게 직접 말을 걸기도 했다. 그럴 때면 그들은 그녀가 상징하는 것, 그녀의 역할, 그녀가 하는 일의 중요성 등에 대한 찬탄을 노골적으로 드러냈다. 그녀가 콩스베르그 극회를 위해 지금까지 해온 일에 대한 감탄도 적지 않았다. 그들은 남녀를 막론하고, 신구 회원을 막론하고, 투리에게 찬사를 쏟아부었다. 그녀가 평생을 함께할 파트너인 비에른 한센에게도 말을 걸었다. 투리 람메르스가 얼마나 황홀한 여성인지 그에게 알려주었다. 그런 열정이라니! 그런 대담성이라니! 처음에 비에른 한센은 투리 람메르스가 정말

황홀한 여성이라고 방금 자신에게 말한 서른 살 기술자의 정직한 눈을 바라보며 조금 당혹스러웠다. 정말 유능한 사람이에요! 어떤 사람들은 투리가 용기 있고, 재미있는 사람이라는 말도 했다. 게다가 얼마나 젊은데요, 정신적으로.

비에른 한센은 이런 말을 어쩔 수 없이 들으면서, 지독한 고독을 느꼈다. 그들 자신은 알아차리지 못했는지 몰라도, 비에른 한센은 그들이 파트너의 얼굴에 남은 세월의 흔적에 반응하고 있다는 것을 알았다. 그들은 그녀의 매력이 그녀와 이 모임의 지나간 과거에서 우러나오는 것처럼, 그러니 별로 법석을 떨 일이 아닌 것처럼 그녀에 대해 말했다. 그는 그들에게 버림받은 기분이었다. 그들은 미스 람메르스에게 경의를 표하며 그녀의 머리 모양, 예쁜 옷, 극단에서 단결력과 열정을 유지해주는 중요한 역할에 찬사를 보냈다. 하지만 장난을 치듯 가벼운 말투였다. 그녀가 이미 시들었다는 사실은 그들에게 문제가 되지 않았다. 모두 알다시피 세월이 흐르는 것은 당연한 일이다. 그들은 그녀와 일상을 살아가는 일은 비에른 한센에게 맡겨두고, 어깨를 으쓱하며 떠나갔다. 예나 지금이나 똑같았다.

투리도 예전처럼 행동했다. 그녀는 언제나 똑같았다. 프랑스에서 몸에 익었다는 유명한 몸짓을 하고, 여전히 눈빛만으로 남자에게 저항할 수 없는 매력을 발산했으며, 그 남자와 단둘이서만 있는 순간을 만들어낼 수 있었다. 매력이 없어진 것과는 거리가 멀었다. 남자의 시선을 끄는 기본적인 방법도 여전히 잘 알고 있었다. 하지만 이제는 그녀의 매력에 예전만큼 관심을 보이는 남자가 없었다. 오래된 핵심 멤버에 속하는 남자라면 그녀의 게임에 동참하는 것처럼 보였지만, 점점 행동이 과장된 연기처럼 변해서 한심하다고까지는 할 수 없어도 어쨌든 아주 우스꽝스러워졌다. 신참 회원들은 당황했다. 그들은 그녀를 뛰어난 연기 선생으로 존중해야 한다고 배웠지만, 그녀가 꾸밈없이 애교를 부릴 때는 어떤 반응을 보여야 할지 알지 못했다. 그녀의 태도는 초대장과 같은 효과를 발휘했다. 옛날 같으면 그들이 목숨을 구하겠답시고 그 초대장을 찢어버리는 짓은 하지 못했을 것이다. 예전에는 투리 람메르스가 추파를 던지더라도 언제나 (비에른에게) 충실하다는 사실을 모두 알고 있었는데도 그녀가 아주 매력적이었기 때문에 그녀를 대할 때는 마치 필생의 모험을 하는 사람들 같았다. 하지만 지금은 추파를 던지는 그녀를 보고 신참 회원들이 의심을 품었다. 그들은 그녀가 정말로 자신에게 작업을 건다고 믿고는 도망칠 길을 찾으려 했다. 비에른 한센은 이런 장면을 몇 번이나 지켜보았다. 집에서도 마찬가지였다. 투리 람메르스는 항상 노래를 연습해야 한다며 남자들을 집으로 데려왔다. 비에른 한센이 오후에 퇴근해서 돌아와보면, 피아노가 있는 방의 닫힌 문 뒤에서 매력적인 오페레타 노래들이 들려오곤 했다. 그 방의 문을 열고 들어가면, 투리 람메르스가 극회의 남성 회원 한 명과 함께 있었다. 지금도 투리 람메르스는 요염하게 행동하며 남자들과 직접 눈을 맞추고 친밀하게 굴었다. 예를 들어, 남자의 재킷 소매를 다정하게 툭툭 두드리는 것은 투리의 오랜 요령 또는 버릇이었다. 하지만 세월이 흐른 지금은 서른 살의 기술자가 반가움에 눈을 반짝이며 구원자를 본 듯 비에른 한센을 맞이했다. 그리고 힘들고 물질적인 컴퓨터 세계에서 연극이 자신의 자아실현에 얼마나 중요한지 떠들어대며 피아노 악보대의 악보들을 움켜쥐고 밖으로 뛰어나가버렸다. 비에른 한센은 투리와 단둘이 남아 무기력하게 서 있었다. 저 기술자가 피아노 앞에 앉아 있는 투리 람메르스에게 홀딱 반했다면 얼마나 좋았을까. 고개를 뒤로 젖히고 얼굴을 똑바로 바라보는 그녀에게 푹 빠진 나머지, 그녀가 손가락으로 자신의 겉옷 소매를 가볍게 스친 것에 당혹스러움과 황홀감을 동시에 느끼며 비에른 한센이 방에 들어왔다는 사실을 알아차리지 못했다면 좋았을 텐데. 아니면 알아차렸더라도 이 여자와의 은밀한 순간을 조금이라도 더 음미하려고 알아차리지 못한 척했다면 좋았을 텐데! 그랬다면 비에른 한센이 투리 람메르스와 단둘이 서서 이렇게 지독한 고독을 느끼며, 그녀의 이중턱, 또렷해진 주름살, 전에는 부드러웠지만 이제는 피부가 건조해진 팔을 보고 그녀가 영원히 사라져버렸음을 또렷이 깨닫게 되지 않았을 텐데.

그렇다면 투리는? 그녀는 알지 못하는 걸까? 모든 것이 영원히 끝났음을? 틀림없이 알 테지만 전혀 놀라지 않았다. 연기 선생인 그녀에게 누구보다 열정적인 태도를 보이던 서른 살의 기술자가 도망칠 기회가 생긴 것을 고마워하며 달려나가버렸을 때도 그녀는 놀라지 않았다. 둘 다 조금 민망했던 것은 사실이지만, 그래도 아무 일도 없었던 것처럼 행동했다. 사실, 뭘 어떻게 할 수 있겠는가? 투리 람메르스는 예전과 똑같이 행동하는 편을 선택했다. 모임의 중심이 되는 편을. 사실 그녀에게는 쉬운 일이었다. 지난 십이 년 동안 그녀에게 남자는 단 한 명, 즉 비에른 한센뿐이었기 때문이다. 그래서 그가 콩스베르그에서 호모루덴스를 대표하는 그들이 뮤지컬 대신 입센을 공연해야 한다고 주장했을 때 그녀가 놀랍게도 갑자기 그를 지지하고 나선 걸까? 그가 호모루덴스들의 일원이 되는 것을 오래전에 포기했음을 그녀는 틀림없이 짐작했을 것이다. 그가 코러스로 무대에 올라 오페레타 노래를 부를 때의 소외감이 너무 커서 그가 환상을 깨고 싶어 한 것도. 그 환상은 그에게 유일한 인생이 된 지난 십여 년의 세월 동안 계속 이어지던 것이었다. 비에른 한센은 만약 자신의 제안이 무대에서 좋은 결과를 낳는다면, 콩스베르그 극회가 비에른 한센의 '대형 공연'을 계속하고 싶어하는 쪽과 언제나 인기를 끄는 공연을 하며 음악과 리듬에 맞춰 자신을 표현하는 지금의 방식을 원하는 쪽으로 갈라지리라는 것을 알고 있었다. 투리 람메르스는 절대적으로 후자를 선호했지만, 비에른의 편에 서서 입센의 손을 들어주었다. 그러면서 그녀는 이 모임의 중심으로 예전과 똑같이 행동했다. 그 시절이 끝났음을 의식하면서도. 아침마다 화장하지 않은 얼굴을 거울로 보는 그녀가 그 사실을 모를 리가 없었다. 그래서 그녀가 다른 여자들 앞에서 자신이 지금만큼 젊은 기분이었던 적이 없다는 말을 자꾸 꺼내는 걸까? 그녀는 젊었을 때는 젊은 기분을 느낄 용기가 없었다고 말했다. 비에른을 비롯한 남자들 앞에서는 자신의 내면이 아직도 어린 아가씨와 같다고 말했다. 다시 말해서, 비에른을 지지해준 여자는 자신의 내면이 아직도 어린 아가씨와 같다고 마법의 주문처럼 주장하는 사람이었다. 하지만 이제는 어느 누구도 그녀의 이 말을 당연한 듯 받아들이지 않는다고 비에른은 생각했다(잔인한 생각이라고 그는 생각했다). 어쩌면 그녀는 많은 훈련과 숙련된 솜씨 덕분에(하지만 별로 우아하지는 않았다) 아직도 활기가 넘치는 자신의 동작을 보고 사람들이 젊음을 느낄 수 있을 것이라고 믿었는지도 모른다. 우아함을 척도로 삼는다면, 그녀의 동작은 사십대 여성이 잃어버린 젊음을 흉내내려고 만들어내는 한심하고 거슬리는 움직임에 불과했다. 그녀는 그것을 모른단 말인가? 그녀가 파릇파릇하던 시절에 그랬던 것처럼 남자의 옷소매를 살짝 두드릴 때의 거짓된 갈망은 또 어떤가. 남자는 그녀의 몸짓을 보고 그 근원에 대해 그녀가 받아들일 수 없는 결론을 내릴 것이다. 그녀도 틀림없이 이런 생각을 했지만 아무 소용이 없었다. 아무 소용이. 그래도 그녀는 자신이 패배했음을 깨달았다. 그래서 비에른 한센을 지지했다. 하지만 이미 너무 늦었다. 물론 그는 그녀의 지지를 받은 것이 기뻤다. 대형 작품을 공연해야 한다는 자신의 주장이 실현될 가능성이 높아졌을 뿐만 아니라, 투리와의 관계가 많은 사람이 좇는 미모가 아니라 의리와 성실성을 바탕으로 체념한 듯 차분하게 계속될 수 있음을 그녀의 행동이 암시했기 때문이다. 어쨌든 그는 그런 식으로 해석하려고 했다. 하지만 그와 동시에 다른 것도 눈에 들어왔다. 한물간 미인과 살면서 느끼는 지독한 고독. 다른 남자들이 기꺼이 그에게 양보하고 나가버린 여자. 그들은 비록 거짓은 아니지만 모호한 찬사를 그녀에게 쏟아낸 뒤 그렇게 나가버렸다. 그들은 틀림없이 이런 생각을 했을 것이다. 투리가 있어서 다행이야. 비에른이 있는 것도 다행이야. 그 사람이 그녀와 함께, 그녀의 바로 옆에서 사는 일을 맡았으니까. 비에른 한센은 투리의 드센 이목구비, 부드러움이라고는 찾아볼 수 없이 엄격한 선을 그리고 있는 그 이목구비가 거슬렸다. 게다가 그녀가 그 얼굴과는 대조적으로 갑자기 드러내는 모습들도 지나쳤다. "내 안에는 아직도 젊은 여자가 있어. 지금만큼 젊은 기분이 들었던 적이 없어"라고 말하는 모습. 그 때문에 서른 살 기술자는 두 사람에게서 손을 떼고, 마침내 비에른이 나타나 결혼한 사람의 의무로 그녀를 돌보고 독점할 수 있게 되었을 때 안도하며 밖으로 뛰어나가버렸다. 아직 앞날이 창창한 그 기술자는 그녀의 시든 품이 자신의 종착역이 될지도 모른다는 무서운 전망에서 해방되어 밖으로 뛰어나갈 수 있었다. 비에른 한센은 여전히 그 시든 품속에 있었는데, 십이 년 전에 일어난 일련의 일들 때문에.

그녀가 언제나 보여주는 의리와 성실함이 그를 그녀에게 묶어주었다. 그는 꼼짝도 할 수 없게 묶인 것 같은 기분이었지만, 어쩔 수 없었다. 그리고 비록 의심스럽기는 해도 그녀가 자신을 지지해준 것이 기뻤다. 콩스베르그 극회가 입센을 대담하게 무대에 올려야 한다는 그의 주장을 투리가 계속 열렬히 지지하고, 리허설 때는 화려하게 즐기려는 기색 하나 없이 이나 에크달 역을 열심히 연습하는 것을 보았을 때는 의심도 사라졌다. 이제 그는 그녀와의 공동작업, 동지애 같은 것을 꿈꿨다. 그것이 깊어지면 아침에 그녀와 나란히 누운 채 잠에서 깨어 화장을 하지 않은 그녀의 추레한 얼굴을 보고 느끼는 고통이 잠잠해질 수 있을 것이다. 과연 그녀도 그것을 기대하는 것 같았다. 그래서 그도 노력해보기로 했다. 아마추어 극단이라는 틀 안에서 진지하게 작업하며 동지애를 느끼는 삶. 콩스베르그라는 이 외진 시골 도시에서 호모루덴스의 대리인들과 함께 정말로 대담한 공연을 시도해볼 것이다. 이 프로젝트가 제대로 굴러가지 않는다는(그리고 애당초 제대로 굴러갈 수 없었다는) 사실이 드러날 때까지, 그는 투리 람메르스와의 결혼생활에서 불만 없이 성숙해가는 삶의 윤곽을 그려볼 수 있었다. 유혹적이지는 않았지만, 그가 고민하는 다른 문제, 즉 그 참을 수 없는 아침의 모습으로 인한 고통과 자신이 평생 추구한 것이 결국은 자비를 모르는 자연으로 인해 해체될 운명이었다는 깨달음의 고통을 달래줄 수는 있을 것 같은 삶이었다. 그는 투리 람메르스가 체념한 듯 끊임없이 보여주는 의리와 성실성이 반가웠다. 그럴 때도 그녀는 그동안 갈고닦은 뛰어난 매력을 발휘했다. 하지만 사실 그는 도망치고 싶었다. 그가 원하는 것은 그거였다. 그 고통을 가라앉힐 수 없다는 사실을 그는 알고 있었다. 하지만 그는 그녀에게 사슬로 묶여 있었다.

그때 그녀가 그 일을 저질렀다. 속박에서 벗어나, 무대에서 아마추어 공연을 어떻게든 살려보겠다는 핑계로 그를 대놓고 배신한 것이다. 그게 그럴 가치가 있는 일이었나? 그녀는 자신이 무슨 짓을 하는 건지 알고 있었을까? 그 운명적인 순간에 투리가 얼마나 들떠 있었는지! 그녀의 온몸이 부들부들 떨렸다. 비에른 한센(즉 지루한 알마르 에크달)만이 그것을 알아차릴 수 있었다. 그가 무대에서 그녀와 아주 가까이 서 있었기 때문에. 그 부들거리는 무릎, 순간적으로 관객의 호감을 얻었음을 감지하고 감정에 휩싸인 얼굴. 자신의 내면을 바라보고 감동한 그녀는 자신의 싸구려 성공에 도취했다. 이것이 투리 람메르스였다. 어떤 대가를 치르고라도 짜릿하게 흥분하고 도취한 모습. 이것이 그녀의 즐거움이었다. 비에른 한센은 마침내 그녀에게서 해방되었다. 그녀가 영광을 누리던 그 순간에 그는 무슨 일이 있어도 이제는 그녀와 함께 살지 않을 것임을 깨달았다.

그래도 최후의 결별은 이 년 뒤에야 찾아왔다. 그녀에게 무슨 말을 해야 할지 알 수 없었기 때문이다. 그녀의 얼굴과 몸이 더 이상 매력적이지 않아서 인생이 자신을 스쳐지나가버린 것 같다고? 부드럽고 아름답던 그녀의 외모가 영원히 떠나버리고 이제는 침대에 나란히 누워 있어도 아무런 느낌이 들지 않는 여자만 남았다는 사실을 도저히 받아들일 수 없다고? 아내를 이런 식으로 바라보는 남자는 참을 수 없을 만큼 고약하다. 멍청해 보이기도 한다. 그래서 그는 계속 그녀와 붙어 있었다. 그가 간신히 그녀에게서 떨어져나올 때까지 이 년의 세월은 완전히 악몽이었다. 여기서는 그때의 일들을 그냥 침묵으로 넘기기로 하자.

결국 그는 이 세상에서 자신의 것인 소지품들을 꾸려서 콩스베르그 중심가의 현대적인 동네에 있는 아파트로 이사했다. 마침내 혼자가 되었다. 이제 숨을 고르고, 자기만의 거실을 서성거리며 조용한 삶을 즐길 수 있었다. 삼층에 있는 아파트 발코니에 서면 왼쪽 바로 아래에 기차역이 보였다. 역사驛舍와 철로. 여러 갈래의 철로는 곧 그의 시야에서 사라져 남북에서 모두 하나로 합쳐져서 매력적인 호선을 그리며 콩스베르그를 한 바퀴 돌았다. 어떤 의미에서 철로가 콩스베르그의 울타리 역할을 하는 셈이었다. 크리스티안산과 스타방에르로 가는 급행열차와 오슬로행 열차가 각각 상하행선을 달렸다. 매일 자정 직전에는 크리스티안산과 스타방에르행 야간열차가 역에 정차했다. 창문 가리개를 내린 열차는 적막했다. 그럴 때는 역에서 아무 소리도 나지 않았다. 낮에 열차가 도착해서 스피커로 그 사실이 널리 방송될 때와는 정반대였다. 낮에는 심지어 일요일에도 비에른 한센의 아파트 거실에서 그 소리를 분명히 들을 수 있을 정도였다. 발코니에 서면 오른쪽으로 시내를 가로질러 흐르는 강의 한 귀퉁이가 보였다. 로겐이라는 강인데, 발원지가 저멀리 누메달고원에 있었으므로 누메달스로겐이라고 불렀다. 콩스베르그는 내륙 깊숙한 곳에 있지만, 이 도시를 가로지르는 누메달스로겐은 지그재그 모양을 그리거나 둥글게 휘어지면서 몇 킬로미터나 계속 흐르고 흘러 마침내 라르비크에서 해안에 이른다. 비에른 한센이 발코니에서 볼 수 있는 강은 상당히 독특했다. 키 큰 소나무로 뒤덮인 꼬마 섬 세 개가 그곳에 자리잡고 있었기 때문이다. 비에른 한센은 그 풍경을 몹시 좋아했다. 하지만 사실 그가 가장 보고 싶은 것은 누메달스로겐이 매력적인 호선을 그리며 콩스베르그를 지나가는 동안 만들어낸 많은 폭포였다. 강은 콩스베르그 구시가지를 지날 때 가장 매력적인 호선을 그렸다. 구시가지의 언덕에는 17세기에 지은 교회가 있고, 18세기 말에 지은 위풍당당한 귀족 저택 서너 곳의 실루엣도 볼 수 있었다. 철교 위에서 보면 이 풍경이 특히 멋지게 보였다. 철로와 함께 보행로를 갖춘 이 철교를 비에른 한센은 매주 일요일 산책할 때마다 걸었다. 그의 최종 목적지가 어디든 상관없었다. 철교 위에서 그는 녹슨 철망 울타리 너머로 몸을 숙이고 강을 내려다보았다. 검은 강물에 비친 사물들과 잔물결을 유심히 보았다.

참고로 말하자면, 비에른 한센은 이 일요일 산책에 헤르만 부스크, 즉 노래하는 치과의사를 자주 데려갔다. 두 사람은 콩스베르그마르카, 즉 도시를 굽어보는 야산들을 쿵쿵거리며 돌아다녔다. 길을 따라 걷다보면 정상까지, 예를 들어 인기 많은 크누테휘타까지 올라갈 수 있었다. 두 사람 모두 무릎 아래를 졸라매는 짧은 바지와 파카라는 구식 옷차림을 하고 야외를 돌아다니며 이야기를 나눴다. 둘 다 중년 남자이고, 오래전 자리를 잡은 직업에서 나름 좋은 평가를 받고 있다는 공통점이 있었다. 헤르만 부스크는 치과의사로서, 비에른 한센은 재무관으로서. 일요일은 외출하는 날이었다. 옛날에 은광이 있던 도시를 굽어보는 산속 등산로가 사람들로 북적였다. 비에른 한센과 헤르만 부스크 모두 계속 아는 사람들을 만나 인사를 나누거나, 걸음을 멈추고 이야기를 나누곤 했다. 둘 중 한 사람이 아는 사람과 이야기를 나눌 때면, 나머지 한 사람은 옆에 서서 기다렸다. 두 사람이 마주치는 사람들 중에는 극회를 통해 둘 다 모두 아는 사람들도 있고, 비에른 한센이 재무관으로 일하면서 알게 된 사람들도 있고, 헤르만 부스크의 환자들도 있었다. 산책을 마치고 시내로 돌아온 뒤에는 주로 헤르만 부스크의 집으로 갔다. 부스크 부인이 일요일 만찬을 차려놓고 두 사람을 기다리고 있었다. 아니면 곧바로 헤어져 각자 집으로 돌아갈 때도 있었다. 비에른 한센이 부스크 일가의 일요일 만찬에 초대되는 것은 대략 한 달에 한 번 정도였다. 들판과 숲을 한참 돌아다니다가 헤르만 부스크의 집에 들어서서 일요일 만찬을 위해 고기를 굽는 향긋한 냄새가 코를 간질일 때의 기분과 비교할 수 있는 것은 하나도 없었으므로 그는 초대에 감사했다. 비에른 한센이 큰 소리로 이런 주장을 펼치면 헤르만 부스크의 아내 베리트는 몹시 기뻐했다. 하지만 그는 혼자 식사하는 것을 가지고 특별히 법석을 떨지도 않았다. 일요일에는 그가 그란호텔에서 혼자 식사할 때가 많았다. 그곳 식당이 오랜 역사를 지닌 콩스베르그 주점보다 낫기 때문이었다. 콩스베르그 주점은 몇 년 전 화재를 당한 뒤 수리를 해서 다시 문을 열었지만 예전 같은 훌륭한 솜씨를 보여주지 못했다. 비에른 한센은 일요일에 혼자 식당에 가서 웨이터의 정중한 시중을 받으며 식사하는 것을 좋아했다. 그가 자주 들르는 식당이므로 웨이터도 그를 알고 있었다. 식사를 마친 뒤에는 가만히 앉아서 낮에 헤르만 부스크와 함께 산길을 걸으며 나눈 이야기들을 곰곰이 생각해볼 때가 많았다. 두 사람은 문학 이야기를 많이 했다. 둘 다 대단한 독서가였기 때문이다. 두 사람의 취향이 상당히 다른 것은 사실이었다. 헤르만은 분량이 두툼하고 다소 전통적인 소설, 대개 북클럽 판 소설들을 선호한 반면, 비에른 한센은 서적상들의 연례 대할인 행사 때 책을 구입했다. 그곳에서는 정말 좋은 책들을 발견할 수 있었다. 따라서 두 사람이 각각의 책을 놓고 토론할 때 서로에게 도움이 되는 결론이 나오는 경우는 드물었다. 비에른 한센이 읽은 책을 헤르만 부스크가 읽지 않았거나, 헤르만 부스크가 읽는 책에 비에른 한센이 관심을 보이지 않는 탓이었다. 하지만 그는 헤르만 부스크가 책에 대해 해주는 이야기들을 즐겨 들었다. 헤르만 부스크가 그 책을 좋아하는 이유가 그런 이야기에서 적잖은 부분을 차지했다. 비에른 한센이 그 이야기를 재미있게 들은 것은 아마 헤르만 부스크의 주장이나 그가 사용하는 단어 때문이라기보다 목소리의 어조 때문이었을 것이다. 비록 두 사람의 독서 경험이 각각 별개의 길을 향하고 있더라도, 두 사람의 기준이 되는 틀은 같다고 그 목소리가 말해주는 듯했다. 바로 이런 이유로 비에른 한센은 나무들이 떨어뜨린 노란 이파리들이 카펫처럼(또는 여러분이 원한다면 쓰레기처럼이라고 해도 된다) 길을 덮은 가을의 어느 일요일 저녁에 카밀로 호세 셀라가 노벨문학상을 받았다고 자랑스레 공표하면서 헤르만 부스크가 자신을 이해해줄 것이라고 확신했다. 그가 셀라의 소설인 『파스쿠알 두아르테 가족』을 읽은 적이 있기 때문이다. 그는 칠 년 전 대할인 행사에서 이 책을 발견했다. 단 한 권밖에 없던 이 책에 관심을 보인 사람은 오로지 비에른 한센뿐이었지만, 그도 이 책을 산 것은 노래 때문이었다. 노르웨이에는 카밀로 호세 셀라의 이름을 들어본 사람이 많지 않았다. 그의 책도 기껏해야 이백여 부 정도 팔렸을 것이다. 대할인 행사에서 구할 수 있는 책인데도. 어쨌든 그렇게 해서 비에른 한센은 이백 명의 독자 중 한 명이 되었다. 셀라가 노벨상을 받은 뒤 신문에 실린 여러 인터뷰를 읽어본 그는 인터뷰에 응한 문학계 거물들 중에 셀라의 작품을 하나라도 읽어본 사람이 거의 없다는 것을 알 수 있었다. 하지만 콩스베르그에 그를 아는 사람이 한 명 있었다. 콩스베르그의 시 재무관인 그가 이 소설을 발견했다. 스페인 출신 작가가 최고급 솜씨로 빚어낸 소설. 뭔가 대단하지 않은가. 다른 이백 명의 독자는 어디에 있을까? 노르웨이의 3대 대도시인 오슬로, 베르겐, 트론헤임에 틀림없이 여러 명이 살고 있을 것이다. 그 이백 명 중에는 또한 스페인어를 할 줄 아는 사람들도 있을 가능성이 높았다. 이 먼 나라에 흩어져 살고 있는 그들은 번역을 확인하기 위해 노르웨이어 번역본을 구해 읽었을 것이다. 하지만 제대로 정확히 조사를 해본다면, 틀림없이 놀라운 결과가 나올 것 같았다. 여기 콩스베르그에도 독자가 한 명 있듯이, 비에른 한센은 노르웨이의 이런저런 작은 마을들에 셀라를 읽는 독자의 무리가 있을 것이라고 확신했다. 예를 들어 예이투스 같은 곳? 안 될 것도 없지 않은가. 어쩌면 예이투스에 셀라의 독자가 열다섯 명쯤 있을지도 모른다. 세상 일이 원래 그런 법이었다. 특정한 소설을 읽는 취미가 소규모 전염병처럼 번진다. 비밀스러운 전염병이 다른 곳은 고스란히 내버려두고 가장 뜻밖의 장소에서 갑자기 터져나오는 것이다. "전에는 이렇지 않았는데, 요즘은 이래." 비에른 한센은 들뜬 목소리로 말했다. 자신이 카밀로 호세 셀라의 소설 『파스쿠알 두아르테 가족』을 읽은 이백 명의 선택된 독자들이라는 이 비밀스러운 집단의 일원이라는 사실이 자랑스러웠다. 비에른 한센은 말을 덧붙였다. “그건 그렇고 우울한 소설이긴 해. 글을 모르는 남자가 냉혹하게 살인을 저지르는 이야기거든. 따가운 햇볕에 땅이 갈라진 스페인 엑스트레마두라 지방에서 사람들이 어떻게 성장하는지를 보여주는 스페인 전설이야. 하지만……” 비에른 한센은 생각에 잠긴 표정으로 말을 이었다. “충분히 우울한 걸까? 내가 그 책을 좋아하긴 하는데, 소설의 깊이가 그 정도면 충분한 걸까? 내 존재를 그 정도 파고들면 충분한 거야?” 이 말을 마친 뒤 그는 침묵했다. 헤르만 부스크도 할말을 찾지 못했다. 두 사람은 말없이 나란히 걸었다. 두 사람의 대화는 보통 이런 식이었다. 비에른 한센이 셀라의 노벨상 수상 소식에 자극받아 장광설을 늘어놓은 것이 예외였다. 두 사람은 마음이 내킬 때 보통 독백처럼 말하곤 했다. 하지만 그보다는 각자 생각에 잠긴 채 나란히 걷기만 할 때가 더 많았다. 두 사람의 생각이 끊기는 것은 간간이 아는 사람을 만나 고갯짓으로 인사를 건넬 때뿐이었다. 하지만 셀라가 노벨상을 받았을 때는 비에른 한센이 평소보다 더 말이 없었다. 몸에 아픈 곳이 생긴 탓이었다. 이가 아프기 시작한 것. 언제부터 아프기 시작했는지는 확실히 알 수 없었다. 그가 모르는 사이에 아주 오래전부터 문제를 일으키고 있었는데, 최근에 그가 곧 쉰 살이 될 것이며 자신의 인생이 이미 절정을 지나 내리막길에 접어들었음을 인정하면서 사정이 달라진 것일 수도 있었다. 어쨌든 그는 둔탁하게 아픈, 또는 욱신거리는 이가 정말로 걱정스러웠다. 헤르만 부스크에게 이 이야기를 해보고 싶었지만, 그를 귀찮게 하지 않기로 마음을 정했다. 치과의사인 부스크는 일 년에 한 번씩 그를 불러 꼼꼼히 이를 검사해주었다. 그때 외에는 두 사람이 치아에 관한 이야기를 하는 적이 없었다. 하지만 이는 이미 아프기 시작했는데, 다음 진찰 때까지는 구 개월이나 남아 있었다. 비에른 한센은 정말로 걱정스러웠다. 별로 어렵지 않게 참을 수 있는 통증 때문이 아니라, 그 통증에 숨어 있는 의미가 문제였다. 그는 이가 잇몸에서 헐거워져 하나씩 빠지려는 신호가 아닌지 두려웠다. 가끔 그는 헤르만 부스크에게 이 걱정거리를 털어놓고 싶은 마음을 애써 억눌러야 했다. 그가 이렇게 걱정하면서도 헤르만 부스크에게 제대로 털어놓지 않았다는 사실을 알면 헤르만이 화를 낼 거라는 사실을 알면서도, 아니, 적어도 그렇게 짐작하면서도 그렇게 했다. 그가 이야기를 털어놓으면 헤르만 부스크는 곧바로 월요일에 진료 예약을 잡을 것이다. 하지만 십중팔구 이에는 아무런 이상이 없을 것이라고 비에른은 생각했다. 그냥 내가 아프다고 상상하니까 아프게 느껴지는 거야. 이런 일로 여가시간에 친구를 귀찮게 하는 건 멍청한 일이지. 그래서 두 사람은 콩스베르그를 굽어보는 산속의 콩스베르그마르카에서 나란히 산길을 걸으며 침묵을 지켰다. 가끔 한마디씩 하거나, 장광설을 늘어놓을 뿐이었다. 비에른 한센은 치아에 관한 걱정을 말할지 말지 신중하게 생각하다가 결국 친구를 귀찮게 하지 않기로 마음을 정하는 동안에도 금방 생각을 자유롭게 풀어놓아 다른 문제들에 관한 말이 흘러나오게 했다. 그래서 헤르만 부스크를 감탄시키는 말을 자주 할 수 있었다. 그가 자신이 좋아하는 책들은 거의 모두 씁쓸한 블랙유머를 품고 있으며 인생이 힘든 것임을 보여주는 무자비한 책들이라고 갑자기 말했을 때도 그랬다. 이런 발언은 아무런 문제가 되지 않는 방식으로, 친구인 헤르만 부스크도 알고 있는 일면을 드러내 보여주었다. 하지만 그가 곧 "이젠 그런 책들에 싫증이 난다"면서 이 말을 설명하기 위해 이제는 인생이 힘들다는 것을 보여주되 블랙이든 뭐든 유머의 흔적은 없는 소설을 읽고 싶다는 말을 덧붙이자 헤르만은 깜짝 놀라서 유머가 전혀 없는 책은 아주 많다는 말밖에 달리 할말을 찾지 못했다. 이 말을 듣고 비에른 한센은 뒤로 물러나서 정말 맞는 말이라고 말했다. "그리고 그런 책들은 전부 아주 지루하지." 두 사람은 곧 다시 시내로 들어와서 낡은 철교에 올라 나란히 서서 난간 밖으로 몸을 기울이고 저 아래 강물을 내려다보다가 철로 옆의 보행로를 따라 다시 걸었다. 그리고 방향을 꺾어 건물이 밀집한 구역으로 통하는 지름길로 들어가 길모퉁이에 이

르렀다. 그곳에서 두 사람은 헤어져서 각자 갈 길을 가거나, 베리트가 일요일 만찬을 준비해놓고 기다리는 헤르만 부스크의 집으로 함께 갔다.

비에른은 쉰 살이 되었다. 그는 콩스베르그 고층건물 지역에 있는 아파트에서 화려한 고독을 느끼며 혼자 조용히 생일을 축하했다. 생일에 관심을 갖지 말아줬으면 좋겠다는 뜻을 미리 분명하게 밝혔기 때문에 다들 그 뜻을 존중했다. 〈아프텐포스텐〉에서 사진과 기타 정보를 보내주면 생일 공고를 내주겠다는 제의도 있었다. 그는 헤르만 부스크에게 이 이야기를 하면서 기타 정보를 자신의 '중요 통계치'라고 표현했다. 지역신문인 〈로겐달스포스텐〉도 그에게 인터뷰를 하고 싶다고 연락했으나, 그는 몹시 정중하게 거절했다. 그의 태도를 보고 신문사에서도 신문에 자신의 말이 단 한 마디라도 실리는 것이 싫다는 그의 말이 진심임을 알아차리고 더이상 귀찮게 굴지 않았다.

배가 아파왔다. 식사를 마친 뒤에. 통증이 거슬려서 그는 병원에 가봐야겠다고 생각했다. 하지만 통증이 저절로 사라질지 모른다는 희망이 있었으므로, 그는 병원에 가는 것을 미뤘다. 통증은 사라지지 않았다. 그런데 통증이 이 정도면 심한 건가? 그는 자신의 상태를 확인했다. 둔하게 욱신거리는 통증이 있다고 말하면 될 것 같았다. 이도 욱신거리고 배도 욱신거렸다. 두 가지 통증 모두 저절로 사라지지 않았다. 그래도 좋은 친구이자 치과 의사인 헤르만 부스크를 때도 아닌데 찾아가는 것이 내키지 않아서 연례 검진 연락이 올 때까지 기다리기로 했다. 하지만 치과가 아닌 다른 병원에는 가보기로 했다. 그래서 예전에 다니던 병원의 시외츠 박사에게 전화했다. 그와 시외츠 박사는 나름대로 아는 사이였다. 콩스베르그 극회가 공연한 다양한 뮤지컬에서 둘 다 대사 없는 단역을 맡은 적이 있기 때문이다. 비록 그것이 사 년 전의 일이긴 해도, 환자로서 그를 찾아가는 건 지금도 얼마든지 가능했다. 시외츠 박사는 곧바로 예약을 잡아주었다.

그는 시간에 맞춰 병원에 나타나 시외츠 박사의 진찰실로 안내받았다. 시외츠 박사는 하얀 가운을 입고 책상 뒤에 앉아서 의사들에게서 익숙하게 듣던 질문들을 던졌다. 비에른 한센이 대답하자 시외츠 박사가 고개를 끄덕였다. 그는 비에른 한센의 배를 만져보며 자신이 누르면 아프냐고 물었다. "아뇨, 특별히 그렇지는 않습니다." 비에른 한센이 말했다. 시외츠 박사는 X선 촬영 신청서를 쓰며 옛날 일들을 이야기했다. 그리고 지나가는 말처럼 자신도 극회 활동을 포기했다고 말했다. "세월이 흐르다보니 그냥 집에 앉아서 모차르트를 듣는 편이 더 좋습니다." 비에른 한센은 피아니스트처럼 손가락이 길고 키가 크고 조용한 이 의사에게 그 편이 더 잘 어울리는 것 같다고 생각했다.

얼마쯤 시간이 흐른 뒤 시외츠 박사가 그에게 전화를 걸어 병원으로 오라고 말했다. X선 촬영 결과가 나왔다면서. 비에른 한센은 얼굴이 창백해져서 당장 달려갔다. 시외츠 박사의 진찰실로 들어가니 박사가 지난번과 똑같이 책상 뒤에 앉아서 X선 사진을 유심히 살피고 있었다. "이걸로는 뭘 찾아내기가 불가능해요." 의사가 말했다. "검사를 좀더 해봐야겠습니다. 아예 뿌리까지 파헤쳐보자고요." 비에른 한센은 고개를 끄덕였다. 시외츠 박사는 비에른 한센의 가슴에 청진기를 대고 소리를 들었다. 언제나 그렇듯이 조용하고 거리가 느껴지는 태도였다. 그런데 그가 느닷없이 말했다. "내 환자가 몇 명이나 될 것 같습니까? 지금까지 평생 동안." 비에른 한센은 깜짝 놀라서 고개를 저었다. 무슨 말을 해야 할지 알 수 없었다. 시외츠 박사가 갑자기 그를 똑바로 강렬하게 바라보았다. 하지만 눈빛이 멍한 것은 여전했다. 다들 사람들과 거리를 두는 얌전한 성격 탓으로 해석한 그 눈빛이었다. "의사의 관점에서 보면 완전히 건강한 환자가 찾아오는 걸 만족스럽다고 할 수는 없지요, 안 그렇습니까? 뭐라고요? 아주 아픈 사람이 찾아오는 편이 확실히 더 만족스러울 겁니다. 의사가 치료해줄 수 있는 건 아픈 사람뿐이니까요. 그렇지 않습니까?"

비에른 한센은 불편한 기분이 들었다. 여긴 너무 이상했다. 시외츠 박사가 예전과 달라진 것은 아주 뜻밖이었다. 달라진 것은 그의 태도가 아니라 말이었다. 태도는 비에른 한센이 기억하던 그대로였다. 비에른 한센은 갑자기 모든 걸 이해할 수 있을 것 같았다. 그래, 이 의사는 약물중독자였다. 이걸 왜 좀더 일찍 알아차리지 못했을까? 콩스베르그극장에서 무대에 섰을 때, 비에른 한센은 박사와 함께 코러스가 되어서 춤을 추고, 카우보이 복장이나 어부의 작업복 같은 것을 입고 후렴구를 불렀다. 그때 박사의 눈빛은 항상 멍했다. 눈앞의 현실에 제대로 집중한 적이 한 번도 없었다. 불안한 에너지를 폭발시키며 넓게 울려퍼지는 목소리로 노래를 부르기는 했지만, 입술에는 항상 조용하고 바보 같은 미소가 걸려 있었다. 그래, 그것이 바로 시외츠 박사였다. 조용한 약물중독자. 비에른 한센은 머리가 어지러워졌다. 지금까지 이걸 아무도 알아차리지 못했다니! 이렇게 뻔한 것을. 하지만 지금이니까 뻔히 보일 뿐이었다. 시외츠 박사가 전에는 쓰지 않던 말투를 썼기 때문에. 다시 말해서, 비에른 한센이 이제야 이 사실을 깨달은 것은 순전히 시외츠 박사가 얼른 깨달으라고 그에게 신호를 준 덕분이었다.

이것이 너무나 강렬한 인상을 남겼기 때문에 그는 자신이 지금 뭘 하고 있는 건지도 잘 알 수 없었다. 그는 경악한 표정으로 시외츠 박사를 바라보았다. 박사는 하얀 가운을 입고 책상 뒤에 앉아 가느다란 손가락으로 청진기를 만지작거리며 멍하고 온화한 눈빛을 하고 있었다. 이거 정말인가? 왜 나지? 시외츠 박사는 왜 하필 나한테 이런 걸 알려주는 거야? 하지만 시외츠 박사는 초연한 얼굴로 조용히 앉아 있을 뿐이었다. 갑자기 비에른의 귀에 자신의 목소리가 들렸다. "내 인생이 너무나 하찮다는 점이 마음에 거슬립니다." 그는 이 사실을 어느 누구에게도, 심지어 자신에게도 인정한 적이 없었다. 오래전부터 줄곧 혀끝에 걸려 있었는데도 말하지 않고 참던 이야기를 방금 해버린 것이다. 비에른은 깜짝 놀라서 시외츠 박사를 바라보았다. 시외츠 박사의 멍한 시선이 흔들렸다. 마음이 흔들린 것을 남에게 드러내고 싶지 않을 때의 표정과 비슷했다. 마음속 깊은 곳의 흔들림, 멍한 시선. "앞으로도 살날이 삼십 년 정도는 더 남았죠. 내가 은퇴해서 연금을 받을 때까지는 십칠 년. 나는 환상 같은 것이 없습니다. 적어도 내 생각에는 그래요." 비에른 본인의 목소리가 커다랗게 들렸다. 신기할 정도로 순수한 말투였다. 세상에, 이게 뭐지? 시외츠 박사의 시선이 또 흔들리더니 그가 미소를 지었다. 진심에서 우러난 미소였다. 접촉이 이루어졌다.

비에른의 배가 욱신거렸다. 시외츠 박사는 통증의 원인을 찾느라 분주했다. 그는 복통의 원인이 다른 데 있을 것이라는 쪽에 생각이 기울어 여러 가지 검사를 했다. 하지만 모두 음성이었다.

시각에 따라서는 긍정적인 결과라고 해도 될 것이다. 이렇게 여러 검사를 했다는 것은 곧 비에른 한센이 대단히 존경받는 이 의사를 여러 번 만났다는 뜻이었다. 그는 혼잣말로도 한 적이 없는 이야기들을 늘어놓는 자신의 목소리를 들었다. 의사는 들뜬 기색으로 귀를 기울였다. 살짝 약에 취한 상태일 가능성이 높았다. "거의 모든 것이 내게 완전히 무심합니다." 비에른 한센의 귀에 자신의 목소리가 들렸다. "시간은 흐르는데, 권태는 도통 사라지지 않아요." 시외츠 박사가 복통의 원인을 조사하면서 이런 말을 듣고 진심으로 기뻐하고 있음을 비에른은 알 수 있었다. 혹시 목이 원인일까? 입을 벌려보세요. 혹시 귀가 원인일까? 귀가 배와 무슨 상관인데요? 혹시 모르는 일이죠. 누가 알겠어요?

"내가 이 도시에 살게 된 건 순전히 우연이었습니다. 이 도시는 내게 전혀 의미가 없었어요. 내가 이곳에서 재무관이 된 것 역시 순전히 우연입니다. 하지만 나는 여기에 오지 않았다 해도, 어딘가 다른 곳에서 똑같은 인생을 살았을 거예요. 그래도 나는 이런 사실을 받아들일 수가 없습니다. 이런 걸 생각하면 정말 화가 나요." 비에른 한센은 이 말을 하면서, 자신이 다른 사람 앞에서 자신의 속내를 정말로 드러내고 있다는 사실에 마음속 깊은 곳까지 또 충격을 받았다. "존재는 내 의문에 답한 적이 없습니다." 비에른이 말을 이었다. "생각해봐요. 평생을, 그것도 내 평생을 살면서 내 마음속 가장 깊은 곳의 욕구를 알아봐주는 곳으로 가는 길을 찾아내지 못했다니! 나는 한마디도 하지 않고 침묵 속에 죽을 겁니다. 할말이 없으니까요. 이런 생각을 하면 겁이 납니다." 비에른 한센은 자신의 목소리에 깃든 절박한 호소를 들었다. 이미 오래전에 인간으로서 기능할 수 없게 된 사람, 자신이 높고 중요한 자리를 차지하고 있는 사회에서 껍데기로만 사람들을 대하고 있는 사람에게 이런 말을 하다니. 아, 콩스베르그 병원 진찰실 창문에서 시청이 지급한 커튼 사이로 새어들어오던 햇빛이란! 창틀에 걸린 햇빛에 구역질이 날 것 같았다. 직사각형의 반투명한 유리창은 우리 사회에서 병원이 마땅히 가지고 있어야 할 안정적인 분위기의 일부가 되어 하루하루를 흡수했다. 비에른 한센은 자신이 털어놓은 말이 조금 부끄러웠다. 쉰 살이 넘은 남자가 죽음에 대해 이야기하는 것을 원래 탐탁지 않게 생각하던 자신이 큰 소리로 분명하게 그런 소리를 늘어놓았기 때문이다. 서른 살 남자라면 그런 이야기를 해도 괜찮았다. 어떤 관점에서 봐도 그의 죽음은 한창 경력을 쌓다가 단번에 맞닥뜨린 재앙이니까. 하지만 비에른 한센, 얼마 전 쉰 살이 된 그에게 죽음은 통계적으로 봤을 때 좀 이르기는 해도 여하튼 자연스러운 결말일 뿐이었다. 그래서 그는 우는소리를 하지 않고 그 모든 것을 견뎌야 했다. 이미 지나간 일은 지나간 일이고, 세월은 자연스러운 결말을 향해 나아간다. 그런데도 그는 자신에게조차 한마디 말도 남기지 못하고 죽어야 한다는 사실에 대한 두려움을 이렇게 표현해버리고 말았다. 그것을 그때도 지금도 그는 참을 수 없었다.

그럼 시외츠 박사는 그의 이야기를 듣고 무슨 말을 했을까? 별로 말하지 않았다. 단순히 기분이 들떴을 뿐이다. 복통의 원인을 알아내려고 비에른에게서 채취한 샘플을 밀봉해 검사소로 보낸 뒤, 결과가 나오면 비에른 한센을 다시 불러 또다른 검사를 실시하기는 했다. 그러는 동안 비에른 한센은 계속 비슷한 이야기를 늘어놓았다. 그가 시외츠 박사에게 다가와 앉거나 선 채로 그의 온화하고 멍한 시선을 받으면, 마치 완전히 다른 공간으로 옮겨지는 것 같았다. 박사의 시선은 누군가가 자신에게 이런 식으로 다가왔다는 사실을 조용히 기뻐하며 가끔 흔들렸다. 자신의 약물중독을 이야기할 때도 있었다. 그는 항상 그것을 '운명'이라고 지칭했다. "내 운명 때문에, 그 무엇에도 제대로 주의를 기울이기가 쉽지 않습니다. 가장 일상적인 일조차 생각해보면 내게는 고문과 같아요. 이상한 건, 그런 일을 할 때가 아니라 하기 전이나 후에 그 일에 대해 생각할 때 그런 기분이 든다는 겁니다." 마침내 시외츠 박사는 비에른 한센의 온몸을 샅샅이 검사했지만 아무것도 찾아내지 못했다. "당신에게는 아무런 문제가 없습니다. 그건 내가 보장할 수 있어요." 그는 이렇게 말하고 나서 킬킬 웃었다. 그것은 박사가 비에른 한센을 진찰하면서 얻은 나쁜 버릇이었다. 억눌린 소리로 킬킬거리는 모습을 비에른 한센은 싫어하면서도 받아들였다. 시외츠 박사가 항상 가볍게 약에 취해 있는 자신의 상태를 이런 식으로 드러낼 만큼 이제 그를 완전히 믿는다는 뜻이었기 때문이다. 다른 때는 그가 자신의 마음속 가장 깊은 곳에서 이런 모습이 빠져나오지 않게 몹시 주의를 기울이곤 했다. 그는 눈에 보이지 않는 혈관들 속에서 마치 그를 위로하고 달래듯이 난장판을 만들고 있는 약물중독 상태 외에는 어느 것에도 완전히 무심한 채로 자신의 마음속 깊은 곳에서 오로지 혼자서만 삶을 이어갔다. 이제 환자로서 비에른 한센의 역할은 끝났다. 그는 감사인사와 작별인사를 한 뒤 병원을 나섰다. 환자 역할이 끝나서 이렇게 시외츠 박사에게 이상한 진찰을 받는 일도 과거사가 되었다는 사실이 조금 놀라웠다.

그런데 그뒤로 시외츠 박사가 비에른 한센을 개인적으로 찾아오기 시작했다. 그의 아파트로. 주로 늦은 밤에. 진찰실에서 만날 때보다 약에 더 취해 있을 때가 많았다. 자주 오는 것은 아니었다. 아마 일주일에 한 번쯤, 때로는 그보다도 더 뜸하게. 하지만 두 사람의 대화는 계속되었다. 비에른 한센이 이야기하면 시외츠 박사는 운명을 들먹였다. 그는 자연스럽고 솔직하게 운명의 목소리를 들려줄 수 있음을 기뻐했다. 시외츠 박사가 떠난 뒤에도 비에른 한센은 혼자 대화를 이어갔다. 의사는 허구 속의 대화 상대가 되었다. 이런 식으로 그는 자신을 사로잡은 생각을 소리 내어 말하는 일에 점차 빠져들어갔다. 이것이 자신의 인생이라는 사실을 받아들이지 못하는 자신의 상태에 대한 이야기였다. 그는 화를 냈다. 이런 생활을 참고 견디기를 거부했다. 어떻게든 그 뜻을 드러내야 했다. 자신이 이런 생활을 참고 견디지 않을 것임을. 그래서 계획을 짜기 시작했다. 이 정신 나간 계획을 그는 다음에 시외츠 박사가 찾아오면 말해주기로 했다.

그것은 비에른 한센이 자신의 위대한 '부정否定'이라고 부르게 된 거부의사를 실현하려는 계획이었다. 돌이킬 수 없는 행동을 통해서. 단 한 번의 행동을 통해 그는 도저히 돌아설 길이 없는 어떤 것에 뛰어들 생각이었다. 그로 인해 그는 남은 평생 이 정신 나간 계획에 얽매이게 될 것이다. 그는 시외츠 박사에게 이 계획을 알려줄 날을 몹시 고대했다. 의사의 협조가 중요할 뿐만 아니라, 이 계획이 두 사람을 하나로 묶어, 그동안 두 사람 사이에 생겨난 관계를 완성해줄 것 같아서였다. 그래서 그는 시외츠 박사가 찾아올 날을 고대하며 기다렸다. 어느 날 저녁 늦게 마치 다른 세상에서 들려오는 소리처럼 멀게 느껴지는 초인종이 마침내 울렸을 때, 비에른 한센은 "아, 박사님이군요. 들어오세요, 들어오세요!"라고 말하는 자신의 목소리에서 특별한 기대감을 읽었다. 이렇게 말해도 무리가 없을 것이다. 시외츠 박사가 자리에 앉자 비에른 한센은 곧장 자신의 계획을 간략하게 설명하기 시작했다. 그 계획이 어떻게 구성되어 있는지, 비에른 한센이 할일이 무엇인지, 시외츠 박사가 왜 이 계획과 관련되어 있는지. 하지만 시외츠 박사는 계획에 참가하지 않겠다고 즉시 말했다. 너무 위험하다는 것이었다. 하지만 시외츠 박사의 존재가 반드시 필요했다. 그가 없으면 계획을 실행할 수 없었다. 비에른 한센은 박사의 부정적인 반응에 깜짝 놀랐다. 그것은 박사가 그의 계획을 '아이디어'가 아니라 '현실'로 보고 있음을 시사했다. 비에른 한센은 그것을 '아이디어'로 볼 작정이었는데. 하지만 '아이디어'를 '아이디어'로서 논리적 결론에 이르기까지 실현하려면, 반드시 '현실'이라고 떠들어대야 한다. 그런데 시외츠 박사는 이 부분을 받아들이려 하지 않았다. 비에른 한센은 어쩌면 '아이디어'가 별로 좋지 않았는지도 모른다고 생각하면서 의사에게 더 자세히 설명하려고 애썼다. 자신이 제대로 설명하지 못한 것 같았다. 그는 그 '아이디어'의 가치를 완전히 믿었지만, 말로 표현하기가 힘들었다. 자신이 앞으로 할 행동이 아니라, 도대체 왜 자신이 아무리 게임이라 해도 이런 생각을 하게 됐는지 설명하기가 힘들었다. 결국 그는 이런 말밖에 할 수 없었다. "내가 왜 이런 생각을 하는지 설명할 수는 없지만, 이게 내 생각입니다." 그는 스스로 조금 혼란을 느끼며 웃었다. 시외츠 박사는 곧 안녕히 계시라는 인사를 남기고 자리를 떴다.

하지만 다시 돌아왔다. 생각이 바뀌었다고 했다. "보험금 절반을 내 몫으로 주세요." 박사가 말했다. 비에른 한센은 기꺼이 그러마고 했다. "박사님도 큰 위험을 무릅써야 하니까요." 시외츠 박사는 어깨를 으쓱했다.

그때부터 박사가 계획에 적극적으로 달려들었다. 전문지식을 이용해서 그는 즉시 세 가지 문제점을 지적했다. "문제의 그 장소는 여기가 되어선 안 됩니다. 완전히 다른 장소여야 해요. 아마도 동유럽 같은 곳. 그럴 듯한 이유를 대고 그곳에 갈 기회가 있습니까?" 비에른 한센은 곰곰이 생각해보고 대답했다. "네, 있을 것 같네요." 그다음에는 미리 막아야 하는 일이 하나 있었다. 다른 사람을 끌어들이면 안 된다는 것. 그 점만 조심하면 계획이 잘 풀릴 터였다. 의사가 말했다. "문제점을 일상의 일부로 인식하는 사람들은 조금도 의심하지 않을 겁니다. 그게 인간 본성이에요. 당신이 무너지지만 않으면 우리가 발각되는 일은 없을 겁니다." 비에른 한센은 무너지지 않을 작정이었다. 다른 건 몰라도, 시외츠 박사를 배려하는 마음에서라도. 만약 자백하고 싶은 충동이 들어도, 자신 외에 시외츠 박사를 배려해야 한다고 생각하면 입이 다물어질 것이라고 그가 열정적으로 말했다. 시외츠 박사는 또 감동한 기색이었다.

그 정신 나간 '아이디어'를 시외츠 박사가 꼼꼼히 살펴보고 난 뒤에는 마치 의사가 환자를 치료하려고 짠 계획 같은 분위기로 바뀌었다. 수술이 필요한 부분들을 다루면서 수술의 대안이나 혹시 나타날 가능성이 있는 장애물을 신중하게 살펴보는 치료계획. 시외츠 박사가 이 일에 적극적으로 참여하기로 결정한 뒤, 계획은 아주 구체적으로 변했다. 처음에는 뭔가 돌이킬 수 없는 일에 대한 비에른 한센의 깊은 갈망을 표현한 아이디어에 불과하던 것이 지금은 의료체계 안에서 실현 가능한 프로젝트가 되었다. 이를 위해서는 모든 사회적 네트워크뿐만 아니라 모든 개념체계에도 안에서부터 작고 어두운 구멍들을 만드는 일이 가능하다는 점을 이용해야 했다.

시외츠 박사가 동참함으로써 비에른 한센의 계획은 더 신비스럽고 매혹적인 것으로 변한 듯했다. 그래서 비에른 한센은 곧 이것이 게임인지 현실인지 구분할 수 없게 되었다. 뭐, 그 자신은 이것이 자신의 병든 상상력을 보여주는 게임이라고 생각하는 편이었다. 그렇다, 그는 정말로 병든 상상력이라는 표현을 썼다. 자신의 머리가 만들어낸 이 미친 논리에 대해서. 그는 이 논리에 매혹되어 시외츠 박사에게도 말해주었다. 마치 신임투표를 하듯

이. 하지만 말을 하다보니 이것이 '게임'이라는 말도 시외츠 박사에게 하게 되었고, 그 점을 고집스레 주장하기도 했다. 하지만 시외츠 박사는 무척 신중하고도 간접적으로 그에게 콧방귀를 뀌었다. 비에른 한센이 말하는 '게임'이라는 단어가 무슨 뜻인지 모르겠다며 꿈쩍도 하지 않으려는 것 같았다. 계획은 반드시 실행해야 했다. 그것은 전적으로 현실이었다. 두 사람에게 부족한 것은 오로지 장소뿐이었으나, 그것도 때가 되면 저절로 나타날 터였다. 시외츠 박사는 이것을 게임으로 생각하지 않았다. 비에른 한센은 목이 죄어드는 것 같았다. 그는 콩스베르그의 재무관이 아닌가. 시외츠 박사는 콩스베르그병원의 대단히 평판 좋은 의사가 아닌가. 그런데 이게 어떻게 된 거지? 설사 게임이라 해도 누구의 귀에 들어가기라도 하는 날에는 대단히 곤혹스러운 일이 펼쳐질 것이다. 재무관과 의사라니. 하지만 시외츠 박사는 약물 중독자였다. 그는 함께 음모를 꾸며줄 사람이 필요했다. 단순히 '게임'만을 위해서는 아니었다. 그는 진심으로 '병자'의 언어를 사용하는 '건강한' 사람을 찾아내 공모자로 만들기 위해 개인적으로 위험을 무릅썼다. 시외츠 박사는 이런 친구와 주저 없이 손을 잡았다.

비에른 한센은 시외츠 박사와 계획에 대해 대단히 양면적인 감정을 느끼게 되었지만, 의사는 계획의 실행을 준비하는 일에 더욱더 몰두하게 되었다. 비에른 한센은 그의 인생을 근본적으로, 아니 재앙처럼 바꿔놓을 미래의 일을 환자를 대하는 의사처럼 논하는 시외츠 박사의 태도에 자극받았다. 그의 계획은 미지의 세계로 떨어지는 것이었으며, 절대로 돌이킬 수 없었다. 비에른 한센은 시외츠 박사가 의사로서 이 계획을 반드시 멍청할 뿐만 아니라 자기파괴적이라고, 즉 '병적'이라고 보아야 하는데도 이 계획에 열렬히 찬성하는 것을 미심쩍게 바라보았다. 의사는 틀림없이 그를 '타락'시키려고 하는 것 같았다. 그래야 두 사람이 모든 것을 극복하고, 각자 남모르는 고통을 지닌 채 서로 동등해질 수 있기 때문이었다. 그래도 그는 그 계획에 깊이 매혹되었다. 실행이 가능하다는 점도 대단히 매력적이었다. 그래서 그는 자주 이런 생각을 했다. '나는 해낼 거야. 나는 해낼 거야. 하느님, 저를 도우소서! 아무도 날 말릴 수 없어, 마침내. 하지만 이건 미친 짓이야. 물론이지. 미친듯이 유혹적이야. 미쳤어!' 결국 그는 자신이 이 일을 진지하게 실행하려 하는 것이 인생을 건 필사적인 도박임을 깨닫고, 옆에 아무도 없다고 생각하는 사람처럼 크게 소리쳤다. "아냐, 아냐, 이럴 리가 없어! 이건 내가 아냐!"

그런데 얼마 뒤 아들에게서 편지가 왔다. 5월 말에 도착한 편지의 내용은 너무나 놀라웠다. 그가 아들 페테르를 마지막으로

본 것은 페테르가 열네 살 때였다. 나르비크에서 어머니와 계부와 함께 살고 있던 페테르는 여름에 아버지를 만나러 오는 일을 그만두었다. 청소년다운 더 짜릿한 계획들과 어울리지 않았기 때문이었다. 그렇다고 연락이 완전히 끊어진 것은 아니었다. 일 년에 여러 번, 그러니까 크리스마스나 생일에 두 사람은 전화로 이야기를 나눴다. 페테르는 엄청나게 즐거운 일이 있을 때, 예를 들면 학교에서 성적이 아주 잘 나오거나 운동경기에서 자신과 팀이 뛰어난 실력을 발휘했을 때에도 자주 전화를 걸었다. 하지만 비에른이 아들의 편지를 받은 것은 이번이 처음이었다.

페테르 코르피 한센은 이제 스무 살이었다. 군복무중인데, 몇 주 뒤인 6월 초 제대 예정이었다. 막사에서 보낸 편지의 겉봉에 아들은 이름보다 군번을 먼저 적었고, 부대와 중대 이름도 함께 적었다. 페테르는 가을부터 콩스베르그공과대학에 다닐 예정이라고 밝혔다. 그 대학의 안경사 프로그램에 지원해서 합격했다는 것이었다. 페테르는 첫 학기 동안, 또는 적어도 적당한 가격의 괜찮은 거처를 구할 때까지 아버지의 집에 있어도 되느냐고 물었다.

비에른 한센은 감격했다. 그는 곧바로 책상에 앉아 답장을 썼다. 당연히 아버지 집에 있어도 된다고, 자신에게 그보다 더 기쁜 일은 없을 거라고. 집이 넓으니까 굳이 다른 거처를 찾을 필요는 없다는 말도 썼다. 아들이 아버지 집 말고 다른 곳에서 살고 싶다면 또 모를까. 그래도 아버지는 상처를 받지 않을 터였다. 그런 젊은이가 많다는 것을 알고 있었으니까.

나중에 그는 콩스베르그의 시 재무관으로서 보내는 일상에 대해 몇 줄을 덧붙였다. 편지가 조금 짧은 것 같아서였다. 그는 경제가 어려워지자 자신의 일이 늘어났다고 설명했다. 경기가 좋을 때 분에 넘치는 생활을 한 사람들이 경기가 바뀌자 채무를 갚지 못해서 파산이 대단히 늘어났는데, 그것은 당연히 유감스러운 일이지만 그가 어떻게 손을 쓸 수 있는 일은 아니었다. '그래도 내가 채무를 갚지 못한 평범한 사람들에게서 집을 빼앗는 서류에 내 이름을 적으면서 즐거워한다고는 생각하지 마라. 사실 나도 가슴이 아파. 하지만 내 얼굴에는 그런 감정이 전혀 드러나지 않지. 내가 어떤 감정을 품든 그 사람들에게는 어차피 도움이 되지 못하니까.'

그는 콩스베르그에서 페테르를 만나게 될 날을 고대한다는 내용을 몇 마디 덧붙인 뒤 맨 끝에 '네 아버지가'라고 썼다. 그리고 편지를 봉투에 넣어 봉했다. 비에른은 아파트 안을 둘러보았다. 한 사람이 쓰기에는 넘치는 공간이었다. 방이 네 개 있고, 커다란 거실은 응접실과 식당을 겸했다. 널찍한 미닫이문을 열면 저녁 햇빛이 비치는 편리한 발코니가 나왔다. 부엌에는 전자레인지만 빼고 온갖 현대적인 설비가 갖춰져 있었다. 전자레인지는 어차피 몸에 나쁜 즉석식품을 조리할 때나 쓰는 물건이었다. 커다란 침실도 두 개나 있었다. 그중 한 곳을 비에른 한센은 서재로 꾸며놓았는데, 지금 아들에게 편지를 쓰고 있는 곳이 바로 그 방이었다. 비에른이 청소부로 고용한 아가씨는 고등학교 2학년이었다. 시 재무관실에서 함께 일하는 요한센 부인의 딸로, 이름은 마리 안이었다. 엄밀히 말해서 비에른 혼자서도 아파트를 깨끗하게 청소하며 사용할 수 있었다. 하지만 요한센 부인은 요즘 젊은이들이 값비싼 스포츠용품에서부터 유명 브랜드의 옷까지 갖고 싶은 것이 많아 힘들어한다고 투덜거렸다. 그래서 많은 아이들이 아르바이트를 하는데, 자기 딸 마리 안만 일이 없어서 소외감을 느끼고 있다는 것이었다. 결국 요한센 부인의 직장상사인 비에른 한센이 자기 아파트를 청소해주는 아르바이트를 부인에게 제의했다.

그렇게 해서 마리 안이 그의 집에 와서 청소를 해주게 되었다. 마리 안은 비에른에게서 받은 열쇠를 이용해 언제든 자기가 편한 시간에 아파트로 들어왔다. 마리 안이 일주일에 한 번씩 와서 약속대로 청소를 하기만 한다면, 언제 오는지는 비에른에게 중요하지 않았다. 가끔 비에른이 오후에 아파트로 돌아왔을 때 마리 안이 양동이 위로 허리를 숙이고 서 있을 때도 있었다. 양동이에서는 초록색 비누 냄새가 났다. 마리 안은 몸에 꼭 끼는 청바지 차림이었다. 비에른은 거실로 들어가다가 마리 안이 허리를 숙이고 서서 걸레를 짜는 모습을 보았다. 일에 집중한 그녀의 둥글고 소녀다운 엉덩이가 비에른을 향하고 있었다. 마리 안은 비에른이 들어와 자기를 지켜보아도 별로 신경쓰지 않았다. "안녕하세요." 시선을 들지도 않은 채 이렇게만 말할 뿐이었다. 비에른 한센은 무심하고 순진한 이 아이를 향해 자기도 모르게 빙긋 웃었다(조금 슬픈 미소였나?). 마리 안은 어쨌든 비에른의 시선을 경계하지 않았다. 그리고 참고로 말하자면, 비에른은 재빨리 시선을 돌렸다. 처음에는 마리 안이 지극히 성실하고 철저하게 일했기 때문에 시간이 많이 걸렸다. 하지만 곧 마리 안이 일을 빠른 속도로 해치우기 시작했다. 어느 날 비에른은 이 점에 대해 불만을 제기하면서 먼지가 쌓여 있는 구석을 제대로 청소하지 않은 것을 지적했다. 소파 밑도 마찬가지였다. 그러자 마리 안은 얼굴을 붉혔다. 시뻘건 색이 뺨에서 귓불까지 퍼져나갔다. 기묘한 광경이어서 비에른 한센은 혼란스러워졌다. 그와 동시에 마리 안이 제 엄마한테 이를까봐 걱정스럽기도 했다. 그런 일이 벌어진다면 어떻게 대처해야 할지 알 수 없었다. 그래서 그는 꼬치꼬치 흠을 잡으며 까다롭게 굴 생각은 없었다고 말했다. 그래도 바닥 전체를 닦지 않으면 청소를 해도 깨끗하지 않으니까 자신과 함께 소파를 옮기자고 말했다. 두 사람은 소파를 함께 옮겼지만, 마리 안의 귓불에서는 붉은 기가 사라지지 않았다. 하지만 마리 안이 집에 가서 그 일에 대해 이야기한 것 같지는 않았다. 어쨌든 요한센 부인의 행동에서는 그런 기색이 드러나지 않았다.

이제 비에른이 혼자 살기 시작한 지 사 년째였다. 이 아파트에서 사 년. 이제 조금 변화를 시도해야 할 것 같았다. 무엇보다도, 아들에게 서재를 침실로 내어줄 생각이었다. 그렇다면 책들을 거실로 옮겨야 하고, 비에른이 책을 읽을 수 있는 공간을 새로 찾아내야 했다. 서재의 책꽂이 중 일부는 페테르의 책을 꽂을 수 있게 그냥 놔두어도 될 것이다. 하지만 침대는 하나 새로 사야 했다. 아마도 소파베드가 나을 것이다. 그러면 침실을 거실처럼 변형해서 아들이 손님을 맞을 수도 있을 터였다. 아니, 아들이 이걸 오해할 수도 있었다. 아들은 당연히 커다란 거실에서 손님을 맞을 수 있어야 했다. 그럴 때는 비에른이 자신의 방으로 가면 된다. 자신의 침실 구석에 책들을 꽂아 작은 서재를 만들어야 할 것 같았다. 그래, 그것이 맞았다. 그래도 아들에게 소파베드는 필요했다. 소파베드가 있어도 아들이 거실에서 친구들과 노는 데에는 아무 문제도 없을 테니까. 그래, 침대가 있으면 방이 너무 침실처럼 느껴질 것이다. 그다음에 생각해야 할 것은, 전자레인지 구입이었다. 전자레인지로 진짜 좋은 음식을 만들기가 절대 불가능하다는 생각에는 여전히 변화가 없었지만, 바쁘고 젊은 학생은 급히 끼니를 때울 때가 많기 때문에 전자레인지가 아주 유용할 것 같았다.

비에른은 이렇게 아파트 안을 돌아다니며, 아들이 와서 함께 살기로 한 탓에 바뀔 수밖에 없는 것들을 점검했다. 기분이 들떴다. 자신의 생활이 완전히 바뀔 것 같았다. 아들이 정말로 그와 함께 살러 오다니. 자신은 이런 기쁨을 느낄 자격이 없는 사람이었으므로, 마땅히 감사할 일이었다. 비에른은 귀하게 아끼던 서재의 책꽂이들을 들어내고, 페테르의 책을 꽂기에 딱 알맞아 보이는 책꽂이 하나만 남겨두었다. 그리고 거실에 책꽂이를 배치하기 시작했다. 자신의 침실에도 한쪽 벽에 책꽂이 하나를 놓고, 그 앞에 좋은 안락의자를 놓아 독서공간을 만들었다. 아들의 방에는 책이 가득했다. 바닥에 책들이 잔뜩 쌓여 있었다. 거실과 침실의 책꽂이에 이 책들을 꽂기 전에, 비에른은 좋은 소파베드를 찾으려고 시내를 한 바퀴 돌았다. 전자레인지도 찾아보았다. 집에 돌아온 뒤에는 책꽂이에 책을 정리했다. 며칠 뒤 소파베드가 배달되었다. 비에른 한센은 아파트 안을 돌아다니며 혹시 잊은 것이 있는지, 젊은 학생의 침실이자 아마도 공부방 역할도 하게 될 방에 반드시 있어야 하는 것이 있는지 생각해보았다. "이제야 고대하며 기다릴 일이 생겼어!" 그는 소리쳤다. "그래, 바로 이거야! 이런 일이 생길 줄이야. 고작 몇 주만이라 해도 그 아이가 여기서 살게 되다니! 그애가 안경사가 될 생각이라니 정말 굉장해! 게다가 학교에서 입학허가도 받았다잖아! 내 생활이 완전히 달라질 거야!"

이제 곧 아들과 다시 함께 살게 될 터였다. 그동안 연락을 하지 않은 것은 페테르였다. 그리고 지금 먼저 연락한 사람도 페테르였다. 비에른은 힘든 상황이 펼쳐질 수도 있음을 알고 있었다. 페테르를 마지막으로 만난 것이 육 년 전인데, 그때 아이였던 아들이 지금은 성인이 되어 있었다. 하다못해 지금 아들의 생김새조차 그는 알지 못했다. 어쩌면 아들이 열네 살 때 아버지와 원해서 연락을 끊은 것이 아닐 수도 있었다. 하지만 아들은 매년 여름 핑계를 대며 아버지를 만나러 오지 않았다. 혹시 아들은 아버지가 무릎을 꿇고 제발 와달라고 애원하기를 바랐던 걸까. 하지만 비에른은 그렇게 하지 않았다. 아들과 연락이 끊기는 것은 두 살짜리 아들과 그 아이의 엄마를 버린 그가 치러야 하는 대가의 일부였기 때문이다. 그래서 열네 살이 된 아들이 여름에 아버지를 만나러 오는 것 말고 완전히 다른 계획을 세웠다고 말했을 때 그냥 참기만 했다. 아들이 열다섯 살, 열여섯 살, 열일곱 살, 열여덟 살에 같은 말을 반복했을 때도…… 페테르가 도착할 시간이 다가오면서 비에른은 자신이 아들과의 만남에 대해 심한 불안과 두려움을 품고 있음을 점점 또렷이 깨달았다. 아들이 온다는 이야기를 다른 사람들에게 할 때 자신의 태도를 보면 알 수 있었다. 예를 들어, 베리트와 헤르만 부스크 부부에게 이야기할 때, 그는 완전히 평범한 아버지처럼 페테르 이야기를 했다. 다 자란 아이와 함께 사는 것이 쉽지만은 않을 거라고 아무렇지도 않게 이야기하면서, 안경광학을 전공으로 택한 것이 좋은 일인지 모르겠다고 아버지다운 걱정을 드러냈다. 마치 그가 십팔 년 동안 생각해본 적도 없는 역할을 맡으려고 연습하는 것 같았다. 이제 그는 그 역할이 처음부터 자신의 몫이었음을 모두에게 납득시키려고 애썼다. 하지만 아파트를 청소해주는 열여덟 살짜리 소녀 마리 안에게는 속내를 드러냈다. 아파트의 가구 배치가 달라졌기 때문에, 그는 아들이 가을에 올 거라고 마리 안에게 말해주었다. 그러자 마리 안은 갑자기 흥미를 보이며 아들의 사진을 갖고 있느냐고 아주 자연스러운 질문을 했다. 그런데 그에게는 아들의 사진이 없었다! 그가 갖고 있는 아들 사진 중 가장 최근의 것은 페테르가 열한 살 때 여름에 찍은 것이었다. 마리 안은 입을 다물지 못하고 그를 빤히 바라보았다. 비에른 한센은 아들에게 별로 관심이 없어 보이는 쉰 살 남자에 대해 마리 안이 실제로 느낀 감정을 숨기려고 애썼음을 깨닫고 기분이 상했다. 마리 안은 그를 도덕적으로 비난하는 것이 아주 정당한 일이라고 생각하고 있음이 분명했다. 처음에는 놀라서 입을 다물지 못한 그녀가 곧 아무 일도 없었던 것처럼 행동하려고 애썼지만 그런 느낌은 줄어들지 않았다. 그래도 마리 안은 자신의 생각을 감히 노골적으로 드러내지 못했다. 어쨌든 그는 그녀에게 아르바이트비를 주는 사람이고, 나이도 많고, 사회의 기둥 같은 존재였으니까. 게다가 어머니의 직장상사이기도 했다.

사실 비에른은 아들이 자라는 동안 아들의 사진이 필요하다고 생각한 적이 없었다. 사진을 몇 장 손에 넣을 수 있었다면 좋았겠지만, 사진이 한 장도 없다는 이유로 상실감을 느끼지는 않았다. 열여덟 살 생일에, 대입 자격시험 합격증을 받은 날에, 군입대 날에 아들의 모습이 어땠는지 알고 싶다는 생각이 견딜 수 없을 만큼 강하지도 않았다. 아들이 있다는 사실만으로 충분했으므로, 그는 아들의 생김새를 궁금해할 필요를 별로 느끼지 못했다. 아들과 가족다운 관계를 맺어야 할 이유도 찾지 못했다. 그들은 이제 한집에 사는 가족이 아니고, 한 가족이었던 시절은 아주 짧은 기간에 불과했기 때문이다. 그래도 페테르는 그의 아들이었다. 그는 아들의 존재가 자랑스러웠지만, 사정상 아들의 사진을 보며 생각에 잠길 필요는 느끼지 못했다. 그로 인해 열여덟 살짜리 소녀가 무슨 괴물을 보듯이 그를 빤히 쳐다보는 것도 참고 싶지 않았다.

지난 세월 동안 그는 아들 생각을 자주 했다. 밤낮으로 끊임없이 한 것은 아니었다. 아들의 안부를 궁금해하며 밤새 잠을 이루지 못한 적도 없었다. 그는 자기가 없어도 페테르는 알아서 잘 살아갈 것이라고, 자신이 가까이에서 아들을 바로잡아주지 않아도 아이에서 어른으로 잘 자랄 것이라고 생각했다. 아들이 나르비크에서 뛰어놀며 자라고 있다는 생각을 하면 기분이 좋았다. 여름마다 페테르가 아직 아버지를 찾아오던 시절에는 그도 설렘을 안고 아들을 기다리다가 아들과 두 주를 함께 보냈다. 아주 재미있는 시간이었다. 하지만 그 두 주가 끝난 뒤 아들을 차에 태워 포르네부로 가서 나르비크 집으로 향하는 비행기에 태워 보낼 때면 오로지 슬픔이 느껴질 뿐이었다. 하지만 솔직히 말해서 아들과 보내는 시간이 잘 끝난 것에, 그래서 다시 평소 생활로 돌아갈 수 있는 것에 안도감도 느껴졌다. 그래도 페테르가 어렸을 때부터 그들 부자를 직접적으로 이어준 것은 매년 여름 그 두 주의 시간이었다. 그는 이제 페테르가 다 자란 성인이며, 어린 페테르와는 완전히 다른 존재임을 아주 잘 알고 있었다. 만약 그가 페테르의 어린 시절을 떠올린다면, 어른 페테르는 난감해할 가능성이 높았다. 비에른 한센이 거의 손에 잡힐 듯 생생하게 간직한 것은 페테르가 아니라 추억이었다. 주인 없이 돌아다니는 덩치 큰 개와 딱 마주쳤을 때 아들의 작은 손이 움찔거리던 기억 같은 것. 그가 이것을 알아차린 것은 그때 아들의 손을 잡고 있었기 때문이었다. 페테르는 우뚝 멈춰 서서 아버지가 앞으로 나아가지 못하게 손을 꽉 잡았다. 주인 없는 커다란 개 앞에서 느끼는 두려움, 거기에 이 두려움을 억제하거나 그것이 안 된다면 하다못해 내색하지 않는 법을 배워서 아버지처럼 행동해야 한다는 깨달음이 합세했다. 아버지는 전혀 위험하지 않다고, 어서 가자고 말하고 있었다. 비에른은 그때 아들이 자신의 손을 잡아당기던 것을 지금도 고스란히 느낄 수 있었다. 그래, 참 다행한 일이라고 비에른 한센은 생각했다. 하지만 이제 낯선 사람이나 마찬가지인 그 아이를 만났을 때 이 사실이 어떻게 도움이 될까? 안경광학을 공부하러 곧 콩스베르그로 올 그 아이는 적어도 한동안은 그와 같은 집에서 살게 될 것이다. 비에른 한센이 한 번도 본 적이 없는 얼굴을 한 스무 살짜리 아이라니. 그 아이는 갑자기 나타날 것이다. 이곳에. 아버지와 함께 살기 위해서.

그렇게 해서 8월 말의 어느 날 아침 그가 서 있다. 콩스베르그 기차역에. 기차를 기다리면서. 미지의 존재인 아들을 기다리면서. 그는 일찌감치 역에 나와 플랫폼에서 기다리고 있었다. 갑자기 시외츠 박사의 모습이 눈에 들어왔다. 그도 기차를 기다리고 있었다. 병원 일로 왔다고 했다. 병원에 필요한 물건을 시외츠 박사가 직접 가지러 왔다는 사실이 이상했지만 비에른 한센은 시외츠 박사가 바람을 쐬고 싶어서 왔나보다고 생각했다. 그는 시외츠 박사에게 아들을 기다리고 있으며, 아들이 콩스베르그공과대학에서 안경광학을 공부할 예정이라고 말했다. "아들요? 아들이 있는 줄은 몰랐습니다. 좋군요." 의사의 이 말을 들으며 비에른 한센은 혹시 목소리에 빈정거리는 기색이 숨어 있지 않은지 생각해보았다. 하지만 그럴 시간이 없었다. 오슬로발 열차가 멋지게 휘어진 철로에 모습을 드러냈기 때문이다. 긴 기차가 역으로 미끄러지듯이 들어와 서서히 멈췄다. 이 남부급행열차는 콩스베르그에 잠시 정차했다가 더욱더 내륙으로 들어가 텔레마르크를 통과한 뒤 노르웨이 최남단의 해안에 있는 종착역 크리스티안산까지 간다. 비에른 한센은 목을 쭉 뺐다. 승객들이 기차에서 내려, 기차를 타려고 기다리던 사람들 사이로 걸어오고 있었다.

비에른 한센은 오늘 남부급행열차에서 내린 승객들 대다수가 젊은이들, 특히 젊은 남자들임을 깨닫고 깜짝 놀랐다. 모두 짐가방을 들고 있었다. 아무래도 새 학기가 코앞에 다가온 탓인 것 같았다. 젊은이들은 한 학기를 열심히 마치고 당당히 방학을 즐긴 뒤 콩스베르그로 돌아오는 재학생이거나 이곳에 처음 오는 신입생이었다. 하지만 비에른 한센에게는 이것이 미처 예상하지 못했던 장애물이었다. 이렇게 많은 청년들 사이에서 어떻게 아들을 찾아낸단 말인가. 이 청년들도 전부 학생인데! 그가 플랫폼에서 자신을 향해 다가오는 젊은이들을 지켜보고 있는데, 엉뚱한 녀석을 붙잡고 말을 건넬 수도 있겠다는 두려움이 갑자기 엄습했다. 엉뚱한 녀석을 아들로 착각하면 어쩌나. 그것도 시외츠 박사가 보는 앞에서. 그랬다가는 쓰러져서 일어나지 못할 것이다. 마치 청천벽력이 일부러 그를 겨냥하고 떨어지기라도 한 것처럼. "저기 오네요." 시외츠 박사의 목소리가 들렸다. "당신이랑 꼭 닮았는데요."

페테르였다. 그와 시외츠 박사를 향해 줄지어 오고 있는 젊은이들 중에서, 목적지가 있는 사람처럼 단호하게 움직이는 사람은 페테르뿐이었다. 그가 무거운 여행가방 두 개를 끌며 곧바로 비에른을 향해 방향을 잡았다. 그렇지! 페테르가 그를 알아보았다. 그가 지난 세월 동안 별로 변하지 않은 모양이었다. 아들은 그에게 시선을 고정하고 단호하게 걸었다. 그러더니 아들을 반기는 그를 보고 시외츠 박사에게서 조금 떨어진 곳까지 조금 더 걸어갔다. 비에른이 다가가자 페테르는 걸음을 멈추고 가방을 놓은 뒤 빙긋 웃었다. 비에른 한센은 깜짝 놀랐다. 아들은 젊은 시절의 자신이었다. 저렇게 적나라한 얼굴이라니. 그는 속으로 생각했다. 내 혈육. 저렇게 적나라한 얼굴이라니! 기가 다 막히네.

비에른 한센은 이제 아들 바로 앞에 서 있었다. 두 사람은 서로를 마주보았다. 비에른 한센이 결연하게 한 손을 내밀었다. 아들과 악수를 하고 싶었다. 페테르가 아버지를 포옹하려고 여행가방을 내려놓은 건 아닌지 걱정스러웠다. 비에른 한센은 그런 일은 피하고 싶었다. 아들의 존재가 너무 갑자기 나타난 탓이었다! 포옹은 너무 친밀한 행동이었다. 그래서 그는 한 손을 내밀었다. 페테르가 그 손을 잡고 흔들었다. "잘 왔다!" 아버지가 말했다. "안녕하세요!" 아들이 웃으며 말했다.

그들은 서로를 바라보았다. 페테르 코르피 한센은 비에른의 젊은 시절 모습과 똑같다는 점을 빼면, 여기 콩스베르그에서 내린 다른 학생들 사이에서 전혀 눈에 띄지 않았다. 사실 페테르가 비에른 한센을 향해 단호히 발걸음을 옮기지 않고 다른 학생들처럼 서둘러 지나가버렸다면, 비에른 한센은 기껏 만나러 온 아들을 찾아내지 못했을 수도 있었다. 아들은 얄팍한 합성섬유로 만든 가벼운 재킷에 티셔츠를 받쳐 입고 있어서 조금 태평하고 편안해 보였다. 티셔츠에는 글자가 몇 개 찍혀 있었는데, 요즘은 모든 티셔츠가 그렇게 만들어지는 것 같았다. 페테르의 티셔츠에 찍힌 글자는 '유럽의 목소리'였다. 이상한 일이지만, 비에른 한센은 이것이 노르웨이 젊은이들을 위한 최신 유행 의류를 만들어 파는 새로운 섬유회사 브랜드라는 사실을 알고 있었다. 재무관으로서 파산 관리위원회에 국가나 시 정부의 대표로 참가할 때가 많기 때문에 알게 된 사실이었다. 콩스베르그에서도 지난 일 년 동안 유행을 따르는 상점들이 많이 파산했다. 그래서 그는 '유럽의 목소리'를 알게 되었다. 이 회사가 콩스베르그의 파산한 상점에 대금지급을 요구했고, 비에른 한센은 국가가 먼저 자기 몫을 확보하게 처리하는 일을 맡았다. 국가의 몫은 거의 대부분 미납된 부가가치세였는데, 국가는 개인 채권자들이 각자 자기 몫을 떼어가기 전에 먼저 이 세금을 걷어가야 했다. 이렇게 보면 비에른은 사실 아들이 순진하게 셔츠를 입어 광고하고 있는 그 회사의 경쟁자였다. 물론 페테르는 모르는 사실이었다. 비에른은 이런 생각을 하며 속으로 살짝 웃었다. 그는 현대적이고 젊은 아들을 관찰했다. 티셔츠 외에 아들은 부드럽고 살짝 솜털이 있는 천으로 만들어진 회색 여름바지를 입고 있었다. 어느 모로 보나 입기 편한 옷 같았다. 비에른 한센처럼 그 분야에 전혀 안목이 없는 사람도 알 수 있을 정도였다. 페테르의 발에는 묵직하고 자랑스러운 운동화가 신겨져 있었다.

비에른 한센에게 이 젊은 청년의 모습은 엄청나게 인상적이었다. 그의 아들이기 때문이었다. 페테르의 젊음이 너무 강렬하게 다가와서 그는 숨을 쉬기도 힘들었다. 아, 찬란한 젊음이여! 그 앞에 펼쳐진 인생과 앞으로 거둬들일 과실들, 이 모든 것이 아들의 차림새에 아주 자랑스럽게 표현되어 있었다. 물론 비에른 한센은 아들의 모습이 전형적이라는 사실을 알고 있었다. 요즘 젊은이들의 옷차림은 이런 식이었다. 페테르 코르피 한센 같은 젊은이는 흔했다. 모두들 똑같이 무심한 태도, 방종함, 나태함으로 사람을 도취시켰다. 그래도 아들에게서 이런 모습을 보는 기분이 묘했다. 그에게 청년문화에 속한 아들이 있다니. 아들은 그 세대 젊은이의 모습, 딱 그대로였다.

아들은 곧바로 긴 여행에 대해 이야기하기 시작했다. 버스와 기차로 마흔여덟 시간이 넘게 걸렸다고 했다. 노르웨이를 거의 관통한 것이나 마찬가지였다. 밤에는 좌석 등받이를 뒤로 기울이고, 밤기차 특유의 리듬을 느꼈다. 낮에는 변화하는 풍경을 바라보았다. 산과 능선. 호수와 작은 마을. 하지만 지금은 그 어느 것도 그의 마음에 남아 있지 않았다. 여행이 그에게는 그리 대단한 경험이 아닌 듯했다. 아들의 목소리가 크고, 말투는 조금 설교하는 것 같다고 아버지는 생각했다. 페테르는 모욕을 당했다고 아버지에게 알렸다. 하지만 '모욕'이라는 단어 대신, 젊은이들이 쓰는 다른 단어를 사용했다. 아마 누가 그를 쫓아내려고 한 모양이었다. 여행의 마지막 단계인, 오슬로에서 콩스베르그로 오는 도중에 벌어진 일이었다. 누군가가 아들의 자리를 차지했다. 그가 예약해둔 자리를. 아버지는 여행가방을 향해 몸을 수그리며 말했다. "자, 그만 가자." 아버지가 가방 두 개를 모두 가져가는

데도 페테르는 뭐라고 하지 않았다. 그 자체로서 조금 이상한 일 같았지만, 아들은 비에른이 역 바로 앞에 세워둔 자동차까지만 가방을 운반해줄 거라고 생각한 듯했다. 비에른은 그렇게 받아들였다. 하지만 그가 "집이 가까워서 차를 가져오지 않았어"라고 말했는데도, 아들은 아버지에게서 가방 하나를 가져갈 생각을 하지 않았다. 결국 비에른이 가방 두 개를 모두 들었고(가방이 생각만큼 무겁지는 않았다), 페테르는 자신이 겪은 모욕에 대해 계속 떠들어댔다. 그래, 페테르가 오슬로에서 기차에 올라 자신에게 배정된 자리로 찾아갔을 때, 어떤 여자가 이미 그곳에 앉아 있었다. 페테르는 혹시 몰라서 표를 한번 더 확인한 뒤, 그 여자에게 그 자리가 자기 것이라고 말했다. 하지만 그 여자는 아니라고 말했다. 페테르가 표를 보여주었는데도 여자는 고집을 부렸다. 기차가 움직이기 시작한 뒤에도 페테르는 자리에 앉지 못하고 서 있었다. 여자는 꿈쩍도 하지 않고, 예약된 좌석은 등받이 뒤쪽에 표시가 되어 있는데 이 의자에는 그런 표시가 없으니 예약된 좌석이 아니며 따라서 먼저 온 자기가 이 자리에 앉을 자격이 있다고 말했다. 페테르는 자비심으로 정의를 망치지 않기로 했다. 그래서 자리를 차지한 여자 앞에 꼿꼿이 서서 차장을 기다렸다. 기차가 드람멘역에 들어설 때 마침내 차장이 나타났다. 페테르는 그에게 표를 보여주고 좌석을 가리켰다. 차장은 그의 말이 맞다고 말했다. 하지만 다른 빈자리도 많은데 왜 앉지 않았느냐고 물었다. 페테르는 기가 막혀서 차장을 빤히 바라보았다. 내가 제대로 들은 건가? 제대로 들은 거였다. 그냥 빈자리를 찾아 앉으면 된다니. 사실 빈자리가 많기는 했다. "하지만 여기가 내 자리예요. 내가 돈을 낸 자리가 여기라고요!" 차장은 짜증스러운 표정으로 페테르를 보았다. "이런 일로 소란을 피울 필요는 없지 않습니까. 앉으세요. 아니면 계속 서서 가든지. 어차피 삼십 분 뒤면 목적지에 도착합니다. 그러니까 마음대로 하세요." 차장은 이 말을 남기고 가버렸다. 페테르의 자리를 차지한 여자는 그것 보라는 듯이 고개를 들었다. 하지만 페테르는 계속 서 있었다. 콩스베르그까지 쭉. 앉지 않았다. 자기 자리 바로 옆에 서 있었다. 그 길고 좁은 열차 칸을 차장이 한번 더 지나갔지만 페테르는 계속 서 있었다. 차장은 아무 말 없이 바삐 지나갔다. 여자는 차장에게 빙긋 웃어 보였다. 차장도 미소로 답하는 것을 페테르가 보았다. 그래도 그는 앉지 않았다.

그래, 계속 서 있었다. 꼿꼿하게. 젊은이다운 편안한 옷차림과 느슨하고 풀어진 태도, 거기에 나를 닮은 얼굴로 그랬단 말이지. 비에른 한센은 속으로 생각했다. 모욕이라. 아버지가 무거운 여행가방 두 개를 들고 가는 동안 페테르는 비에른 한센이 사는 아파트가 나올 때까지 쉬지 않고 그 모욕에 대해 이야기했다. 아버지가 아파트 입구로 들어가 우편함 앞을 지나며 우편물을 챙기고 승강기로 가서 단추를 눌렀다. 두 사람은 승강기가 오기를 기다렸다가 승강기에 올랐다. 승강기가 두 사람을 삼층으로 데려다주자, 두 사람은 승강기에서 내렸다. 아들은 비에른 한센이 아파트 자물쇠를 열고 현관으로 들어가 여행가방 두 개를 내려놓을 때까지 계속 이야기했다.

비에른 한센은 페테르에게 아파트를 구경시켜주었다. 먼저, 서쪽으로 발코니가 나 있는 커다란 거실. 비에른 한센은 발코니 문도 열어주었다. 그다음에는 주방. 그다음에는 자신의 침실 문을 아주 살짝 열어서 보여주었다. 그다음에는 아들이 욕실을 자세히 살피게 해준 뒤, 마침내 페테르를 위해 가구를 들여놓은 방의 문을 활짝 열었다. 아들은 지금까지 줄곧 마음에 든다는 듯이 고개를 끄덕이더니, 이 방에 이르러서도 똑같이 했다. 소파베드, 책꽂이, 책상과 의자, 서랍장, 수납장은 물론 안락의자를 향해서도. 아들은 여기서 잘살 수 있을 것 같다고 말했다. 가을 내내. 가구가 갖춰진 방을 구하려고 돌아다닐 필요가 없는 것은 좋은 일이었다. 여기에 이런 방이 있으니 좋았다. 하지만.

"방세가 얼마예요?"

"방세?"

"네. 한 달에 얼마예요?"

아버지: "없는데."

아들: "그럼 좋아요. 저야 아주 좋죠. 세상은 험한 곳이니까요."

이 마지막 말을 할 때는 평소의 높은 목소리를 냈다. 딱히 특별한 의미가 있는 말은 아니었다. 설교하는 것 같은 태도도 비에른 한센은 아들의 원래 말투가 그런가보다 하고 이해하고 있었다. 하지만 이 마지막 말을 할 때는 한 가지 더 덧붙여진 것이 있었다. 비밀스러운 분위기. 당신을 위해 좋은 얘기를 해준다는 식의 설교를 하는 듯한 느낌이 아니라, 자신이 확신하는 어떤 것을 아버지에게 말해주는 듯한 느낌이었다. 그런데 그것이 무엇인지 비에른 한센은 짐작도 할 수 없었다. 아들이 "세상은 험한 곳이니까요"라고 말했을 때, 비에른 한센은 그것이 "세상은 험한 곳이니까요. 아시죠?"라는 뜻일 것이라고는 생각할 수 없었다. 이 두 문장은 서로 물과 불처럼 달랐다. 게다가 이 암호 같은 말을 할 때 아들의 태도에는 그동안 억눌려 있던 독특한 자부심 같은 것이 배어 있었다.

페테르는 당장 짐을 풀어야겠다면서 가방을 가지러 현관으로 나갔다. 그리고 여행가방을 하나씩 차례로 소파베드 위에 올려놓았다. 커다란 가방이 두 개나 있는데도, 비에른 한센은 아들이 짐을 풀어 물건들을 깔끔하게 정리하는 광경을 보며 아들이 물건을 거의 가져오지 않은 것이나 다름없다는 사실을 깨닫고 점점 놀라움이 커졌다. 다시 말해서, 개인적인 물건이 거의 없었다. 가방 하나에는 사실상 침대보와 이불밖에 없었다. 거대한 고급 물오리 솜털이불이 가방을 대부분 차지했다. 다른 가방에는 주로 옷이 들어 있었다. 아들은 옷들을 분류해서 옷장과 서랍장에 잘 정리해 넣었다. 속옷, 얇은 양말, 두꺼운 양말, 손수건, 넥타이, 장갑, 벙어리장갑을 각각 다른 서랍에. 셔츠도 색깔 있는 것과 없는 것을 따로 분류해서 옷장 왼편의 서랍 두 개에 각각 넣었다. 티셔츠는 세번째 서랍, 스웨터는 네번째 서랍이었다. 바지와 운동복은 옷장 오른편의 옷걸이에 걸었다. 아들은 야외용품을 현관 수납장에 걸어도 되느냐고 허락을 구하고는 즉시 정리했다. 동시에 신발도 그곳에 넣었다. 오늘 신고 온 것 외에 다른 운동화 두 켤레가 그중에 포함되어 있었다. 신고 있던 신발은 옷장 오른쪽 아래에 정리했다. 화장실에서 쓰는 물건들은 엄청나게 커다란 주머니에 들어 있었다. 아들은 그 물건들을 욕실에 놔둬도 되느냐고 물었다. 하지만 욕실 선반에는 공간이 거의 없었다. 현대의 시류에 어울리지 않게 너무 좁은 선반이 문제였다.

개인적인 물건은 세 개밖에 없었다. 비에른 한센이 보기에는 그랬다. 아들은 그 물건들을 대단히 소중하게 다뤘지만, 아버지는 너무 놀라서 기가 막혔다. 먼저 페테르는 고향인 나르비크의 기념품을 가방에서 꺼냈다. 가짜 은으로 받침을 만들고, 그 위에 역시 가짜 은으로 만든 가느다란 기둥을 세운 값싼 물건이었다. 기둥에는 나르비크시의 깃발이 걸려 있었다. 페테르는 이 물건에 딱 맞는 장소를 찾으려고 한참 동안 고민했다. 한참 동안 법석을 떨며 돌아다닌 끝에, 페테르는 그 물건을 책꽂이의 가장 눈에 잘 띄는 자리에 놓았다. 그다음에 가방에서 꺼낸 것은 맥주잔이었다. 이 물건은 옷들 사이에 놓여 있었다(페테르는 옷을 꺼내서 정리하기 전에 이 두 가지 물건을 먼저 꺼냈다. 물오리 솜털 이불과 침대보는 꺼내서 정리한 뒤였다). 이 맥주잔은 부츠 모양을 유리로 정확하게 재현한 특별한 형태였다. "2리터짜리예요." 아들이 설명했다. 아버지는 버스와 기차를 타고 노르웨이를 거의 관통하다시피 오는 길에 이 맥주잔을 가져왔으니(아들이 군복무를 한 마을의 어떤 주점이 이 물건의 주인이라는 말이 잔에 새겨져 있었다), 틀림없이 개인적인 경험과 관련된 물건일 것이라고 생각했다. 페테르는 사연을 밝히지 않았지만, 비에른 한센은 그 경험이라는 것이 둘 중 하나일 것이라고 짐작했다. 하나는 페테르가 주점에서 잔을 몰래 가져와서 군대 동료들이 엄청 좋아했던 기억일 것이고, 다른 하나는 맥주를 가득 채운 이 2리터짜리 부츠 모양 잔을 페테르가 단숨에 비우거나 다른 사람들보다 빨리 비워서 트로피로 얻은 추억일 것이다. 주점 주인이 직접 줬을 수도 있고, 군대 친구들이 잔을 몰래 훔쳐와서 줬을 수도 있다. 비에른 한센은 아들에게 직접 물어보고 싶지 않아서 위선적으로 그 잔에 아주 커다란 관심이 있는 척하며 살살 사연을 캐보려고 했다. 페테르가 아버지의 관심에 기분이 좋아진 것이 보였다. 하지만 아들은 이 2리터짜리 부츠 잔이 어쩌다 페테르 코르피 한센의 소유가 됐는지 그 비밀을 더욱 굳게 지키기로 결심한 것 같았다. 따라서 그 잔에 딱 맞는 자리를 찾아다니는 아들은 엄청나게 건방진 분위기를 풍겼다. 아들은 몇 번 더 오락가락하다가 책꽂이 맨 윗칸의 나르비크 깃발 옆에 그것을 놓았다.

마침내 여행가방 두 개를 모두 비웠을 때, 페테르는 콩스베르그공과대학의 학생으로 새로운 생활을 시작하게 될 이 방에 장식할 마지막 개인적인 물건을 꺼냈다. 지관에 들어 있는 포스터였다. 페테르는 소파베드 위 벽에 그것을 붙였다. 비에른 한센이 부엌 서랍에서 서둘러 가져다준 압정으로 포스터를 고정한 뒤 페테르는 두어 걸음 뒤로 물러나 경탄하듯 바라보았다. 페테르는 진심으로 경탄하고 있었다. 그래서 비에른 한센도 그 포스터를 볼 수밖에 없었다.

엄청나게 큰 포스터에 빨간 스포츠카가 찍혀 있었다. 이탈리아 차. 페라리. 선글라스를 쓴 남자가 차문에 기대어 자신감에 찬 표정으로 차대를 어루만지고 있었다. 차의 주인이었다. 스포티한 옷을 입은. 사진 속의 차는 완전히 열려 있었다. 다시 말해서, 지붕이 뒤로 완전히 젖혀져 있었다는 뜻이다. 다소 흐릿하게 보이는 뒷배경은 사막과 비슷한 모래빛깔이라서 자동차의 색깔을 강조해주었다. 색이 아주 좋았다. 이것은 차의 멋들어진 외양을 보여주는 철저히 상업적인 사진이었다. 차 옆에 서 있는 남자의 표정에 냉소 같은 것은 흔적도 없었다. 현대 광고에서는 드문 일이었다. 이미지 전체에 냉소적인 기미가 전혀 없다는 것이. 이 사진은 자동차가 몹시 비싸다는 점을 강조했으므로, 그 차에 기대설 수 있는 남자의 힘 또한 강조하고 있었다. 그뿐이었다. 냉소의 부재 덕분에, 요즘 세상에서는 점잔을 빼거나 매력적으로 얼굴을 찡그리며 사과할 필요가 없다는 사실이 도드라지게 드러났다. 날것 그대로 드러난 부富의 아름다움. 화려하면서도 진부했다. 머리에 떠오르는 의문은 하나뿐이었다. 아들은 왜 이 포스터를 가져와서 벽에 걸었을까?

하지만 아버지는 그 포스터에 대해 아무것도 묻지 않았다. 페테르는 아무런 설명도 하지 않았다. 십중팔구 그 포스터만 보면 설명이 필요없다고 생각했을 것이다. 아들은 손목시계를 보았다. 그는 공과대학에 가서 둘러볼 생각이었다. 학교를 좀 구경하다가 학과 사무실에 들러 자신이 입학을 결정하고 학교에 도착했음을 알릴 생각이었다. 아버지는 첫날이니만큼 오늘 아파트에서 함께 저녁식사를 하는 게 어떻겠느냐고 물었지만 페테르는 그럴 수 없다고 대답했다. 할일이 너무 많아서 학교에 갔다가 언제 돌아올지 알 수 없다는 것이었다. 아들이 나간 직후 비에른 한센도 외출했다. 직장을 향해서. 그리고 평소와 똑같은 시간에 집으로 돌아와 저녁식사를 준비해서 먹은 뒤 더러워진 그릇들을 식기세척기에 넣고 자리에 앉아 책을 펼쳤다. 당연히 기분이 이상했다. 차분하게 진정이 되지 않고 자꾸 다른 곳에 정신이 팔렸다. 새로이 변화한 생활에 어떻게 대처해야 할지 짐작도 가지 않았다.

아들은 비에른 한센이 생각한 것보다 훨씬 더 일찍 돌아왔다. 아직 일곱시 반도 되지 않은 때였다. 아버지는 거실에 앉아 쇠렌 키르케고르의 책 『불안의 개념』을 읽고 있었다. 이번에도 그는 19세기의 이 덴마크 사람에게 감탄하지 않을 수 없었다. 그는 성경 속 신화들을 실화처럼, 그러니까 예를 들어 아담과 이브가 실존인물인 것처럼 다뤘다. 그리고 비에른 한센에게도 그 사실을 의심할 이유가 조금도 없다고 말하는 것 같았다. 이런 방법을 통해 그는 비에른 한센에게는 이미 오래전에 완전히 죽어버린 근본적이고 독단적인 낡은 개념들에 새로운 생명을 불어넣을 수 있었다. 비에른 한센은 책장들에서 존재감과 강렬함이 김처럼 피어올라, 20세기 말에 노르웨이의 지방 소도시에서 세리로 일하며 신을 믿지 않는 자신의 마음을 사로잡는 것을 느꼈다. 백오

십 년에 이르는 깜깜한 어둠의 시대를 찌른 불빛이 콩스베르그의 세리에게 닿다니. 이 얼마나 기묘한가! 하지만 어쩌면 이렇게 놀랄 일이 아닐 수도 있었다. 역사적인 관점에서 보면, 그의 직업이 정부 소속 관리에서 지방 공무원으로 격하되면서 이제 그가 정부 관리들을 조롱하던 아웃사이더 쇠렌 키르케고르를 비밀스러운 동맹으로 생각할 수 있게 되었기 때문이다. 물론 일상생활을 할 때는 자신의 직업이 역사 속에서 어떻게 퇴보해왔는지 전혀 느끼지 못했지만, 그로 인해 독단적이고 (그에게는) 지독하게 진실된 개념들을 파고드는 쇠렌 키르케고르의 음악 같은 말솜씨에 극도로 민감해졌음이 분명했다. 비에른 한센이 갖고 있는 책은 1962년 판이었다. 즉 그가 젊은 학생일 때 처음 읽은 책이었다는 뜻이다. 책에 잔뜩 그어져 있는 밑줄을 보면서 그는 때로 자기도 모르게 배시시 웃기도 하고, 때로는 깜짝 놀라기도 했다. 세상에, 스물한 살 때는 이 문장이 밑줄을 그어두어야 할 만큼 중요하다고 생각했다니. 지금 페테르와 같은 나이에 페테르처럼 무방비한 얼굴을 하고서. 그는 이 책을 수업 준비 때문에 읽은 것이 아니라 여가시간에 애정을 담아 읽었다. 그의 전공인 경제학에서 다루는 개념이나 방법론은 이 책의 내용과 완전히 달랐다. 그때 문에서 딸깍 하는 소리가 나더니 페테르가 들어왔다. 〈저녁 종합 뉴스〉가 시작하기 직전이었다. 비에른 한센은 일어서서 텔레비전을 켰다. 아들이 거실로 들어온 뒤 두 사람은 함께 앉아서 〈저녁 종합 뉴스〉를 보았다. 마치 진짜 가족이 된 것 같았다. 노르웨이 전국의 수천, 수만 가정의 모습이 그렇듯이, 두 사람도 함께 앉아서 텔레비전의 뉴스를 보고 있었으니까. 비에른 한센과 성인이 된 아들, 그가 잘 알지 못하는 그 아들이 현대적인 옷차림으로 여기 거실에 앉아 있었다. 삶의 경주에 빨리 발을 들여놓고 싶어서, 자신을 직업과 묶어버릴 길에 첫발을 떼고 싶어서 안달하는 모습으로. 아들은 계속 같은 일을 하며 평생을 살아갈 것이다. 아들이 벌써 첫발을 들여놓은 이 길은 그를 어른으로 바꿔놓을 것이고, 때가 되면 가장으로 다시 바꿔놓을 것이다. 하루에 여덟 시간씩 한자리에 앉아 약해진 눈을 교정해주는 기구를 들여다보며 일하는 사람으로. 아마도 한 가정의 가장일 어른이 되어 하얀 가운을 입고 광학기구들을 들여다보며 완벽한 눈을 만들어주기 위해 정확히 조정된 각도로 유리를 갈 것이다. 거의 생면부지의 남이나 다름없지만 분명히 자신의 아들인 이 청년과 이렇게 진짜 가족처럼 한가로이 앉아 있는 기분이 묘했다.

하지만 페테르는 아버지와 처음으로 이렇게 일상적이고 전통적인 가족의 모습을 하고 있다는 사실에 별로 감동하지 않은 것 같았다. 페테르는 아파트로 돌아올 때 책, 서류, 공책, 바인더 등이 가득 든 가방을 들고 있었다. 그것을 들고 곧장 자기 방으로 들어갔다가 다시 나와서 이 소파에 앉아 〈저녁 종합 뉴스〉를 잠깐 보더니 다시 자기 방으로 갔다가 나와서 소파에 앉아 저녁 종합 뉴스〉를 끝까지 보았다. 들뜬 표정이었지만, 조금 안절부절못하는 것 같기도 했다.

〈저녁 종합 뉴스〉가 끝나자 아버지가 텔레비전을 꺼도 되느냐고 물었다. 페테르는 괜찮다고 고개를 끄덕였다. 두 사람이 한동안 침묵 속에서 시간을 보낸 뒤 아들이 불쑥 말했다. "알고트가 안 왔어요." 비에른 한센이 알고트가 누구냐고 묻자, 페테르의 친구이자 훌륭한 천재라는 대답이 돌아왔다. 페테르가 '나의 훌륭한 천재'라는 말을 담백하게 했기 때문에 아버지는 당황했다. 사람이 친구를 자신의 훌륭한 천재라고 묘사하는 것을 처음 보았기 때문이었다. 아들에게 너무 간섭하는 것처럼 보이지 않게 계속 질문을 쏟아붓는 건 자제하자고 결심했는데도 그는 알고트와 페테르의 관계에 대해 질문을 쏟아붓고 싶은 유혹에 저항할 수 없었다.

페테르와 알고트는 군대에서 만났다. 같은 소대 소속으로, 복무기간 내내 한 방을 썼다. 그리고 절친한 친구가 되었다. 콩스베르그공과대학의 안경사 프로그램에 지원해보라고 페테르를 설득한 사람도 알고트였다. 그때까지 페테르는 그런 생각을 해본 적도 없었고, 안경광학이 뭔지도 잘 몰랐다. 그는 어떤 직업을 택해야 할지 알 수 없어서 여러 직업을 생각해보았다. 컴퓨터공학과 언론 관련 공부도 생각한 적이 있었다. 실제로 컴퓨터공학 통신강의를 이미 듣고 있는 중이었다. 군대에는 좋은 통신강의를 들을 기회가 많았다. 그래서 페테르는 많은 군인들이 그렇듯이 컴퓨터공학 강의에 등록했다. 하지만 알고트가 말했다. "컴퓨터공학? 그쪽에는 나중에 사람이 남아돌걸. 몇 년만 지나면 삼십대 초반의 컴퓨터 컨설턴트, 컴퓨터 기술자, 컴퓨터 프로그래머 등이 불만에 찬 표정으로 고용센터의 재교육 창구 앞에 길게 줄서 있는 모습을 보게 될 거야. 그러니까 그쪽은 생각하지도 마!" 알고트는 안경광학을 공부할 생각이라고 했다. 특별히 놀라운 소리는 아니었다. 알고트의 성이 블롬이었으니까. 알고트 블롬은 오슬로에 점포를 여러 개 갖고 있는 안경광학 회사의 이름이었다. 이 회사는 노르웨이의 다른 도시에도 진출할 계획을 갖고 있었다. 그러니 알고트 블롬은 당연히 안경광학을 공부할 예정이었다. 그는 그 분야에서 제국이라고 해도 될 만한 회사의 후계자였다. 하지만 그는 페테르도 안경광학을 선택하게 만들었다. 알고트가 그 직업에 대해 말하는 것을 보며 페테르도 그 분야에 관심을 갖게 되었다. 그 직업의 전망이 아주 좋다고 했다. 아버지가 고향에 안경점을 갖고 있는 사람만이 선택할 수 있는 직업은 아니었다. 전혀 그렇지 않았다. 앞으로 공학 전문분야로 안경광학을 전공한 사람들의 수요가 엄청나게 늘어날 터였다. 알고트가 바로 이렇게 말했다. 공학 분야에서 안경광학을 전공한 사람. 어쨌든 그는 페테르에게 안경광학의 개론에 해당하는 통신강의를 두어 개 권해주었다. 안경광학 전반을 다루는 강의였다. 이것은 두 사람이 군복무를 시작한 초기의 일이었다. 알고트도 같은 강의를 들었으므로 두 사람은 함께 공부했다. 단둘이서만. 알고트가 그 분야에 대해 이미 많은 것을 알고 있어서 두 사람의 공부계획은 시계처럼 정확히 진행되었다. 그러다 지난봄 알고트가 콩스베르그공과대학 안경사 프로그램 가을학기에 지원하자 페테르도 함께 지원했다. 몇 달 전만해도 평생 생계를 해결할 직업으로 생각조차 하지 못한 분야지만, 지금은 그 학과에 지원하는 것이 세상에서 가장 자연스러운 일 같았다. 이 모든 일에 운이 어느 정도 작용했다고 볼 수도 있겠지만, 안경광학을 선택한 것은 영리한 일이었다. 그 사실이 곧 분명히 드러날 터였다. 아직은 인기가 별로 없어도 미래의 잠재력이 대단한 작은 분야에서 학위를 따겠다는 결정은 모두가 생각하는 분야에 뛰어드는 것보다 현명하다. 어떤 분야의 잠재력을 가장 먼저 발견하고 대담하게 도박을 거는 사람이야말로, 그 분야가 마침내 주목을 끌게 되었을 때 그 과실을 맛볼 수 있는 법이다. 페테르는 안경광학이 언젠가 주목을 끌게 될 것이라는 점을 추호도 의심하지 않았다. 자초지종을 정확히 이야기하지 않았는데도 아버지는 페테르가 전공을 선택할 때 알고트 블롬과의 우정을 고려했음을 이해했다. 이 분야가 큰 인기를 끌기 한참 전에 미리 선택했다는 점뿐만 아니라, 이 분야를 공부한 새로운 사람들이 쏟아져나오더라도 제대로 공부한 안경광학 기술자로서 그가 알고트의 도움을 받을 수 있을 것이라는 점도 한몫했다. 알고트 블롬의 점포들은 알고트가 혼자서 관리할 수 없을 만큼 많았다. 그래서 페테르는 몇 년 뒤 오슬로에서 커다란 안경점을 관리하거나 아니면 크리스티안산이나 스타방에르 같은 곳에 파견돼서 알고트 블롬의 이름으로 안경점을 인수하는 자신의 모습을 자주 상상해보았다. 알고트를 상사로 모셔야만 이런 상상이 현실이 될 것이라는 사실에는 전혀 개의치 않았다. 알고트는 그의 친구였기 때문이다. 두 사람은 군복무를 하면서 언제나 서로를 의지했다. 부대에서도, 휴가를 받아 시내로 나왔을 때도. 두 사람이 시내에서 함께 경험한 일들을 모으면 소설책 한 권은 나올 것이라고 아들은 웃으며 말했다. 특히 두 사람이 귀대 시간을 넘긴 뒤에도 계속 밖에서 놀다가 아무도 몰래 부대로 돌아간 이야기를 진짜 작가에게 부탁해서 글로 쓴다면 모두들 박장대소를 터뜨릴 것이라고 했다. 두 사람은 제대할 때 조금 슬펐다. 하지만 가을부터 함께 공부하게 될 것이다. 그는 여름에 알고트와 연락해 오늘 콩스베르그에서 만나기로 했다. 정확한 장소나 시간은 정하지 않았다. 콩스베르그는 크지 않은 도시이므로, 알고트의 말처럼 어디서든 서로 마주치게 되어 있었다. 하지만 페테르는 그를 찾지 못했다. 공과대학에서도, 거리에서도. 수많은 주점과 식당에도 들러봤지만 결과는 마찬가지였다. 페테르가 보기에는 이 도시에 학생들이 우글거리는 것 같았다. 적어도 천 명은 되는 학생들이 거리와 주점에 흘러넘쳤다. 하지만 알고트는 없었다. 페테르는 하루종일 알고트를 찾아다녔다. 오늘 아침 오슬로의 중앙역에서도 혹시 알고트가 같은 열차를 타지 않을까 하고 찾아보았다. 알고트는 자기 차를 갖고 있어서 기차를 탈 것 같지 않은데도 그랬다. 좀 이상했다. 대학 수업은 내일부터 시작이었다. "아주 마지막 순간까지 기다리다가 오려는 거겠지." 아버지가 말했다. "그런 학생들이 많아." "하지만 우린 약속을 했다고요." 페테르는 속이 상했다. "어쩌면 네 친구가 생각을 바꿨는지도 모르지." 아버지가 말했다. "집안이 운영하는 가게에서 일 년쯤 경험을 쌓는 편이 더 나을지도 모른다고 말이야. 그 생각은 해봤니?" "알고트의 이름이 명단에 있었어요." 페테르가 고집스레 말했다. "내가 학교에 명단을 확인해달라고 말했더니, 이름이 있다고 했단 말이에요. 그러니까 올 거예요."

비에른 한센의 집에 아들이 있었다. 아들이 이 집에 왔다. 제가 가져온 짐을 풀어서 정리하고, 밖에 나가 학교를 살펴보았다. 많은 의무와 책임이 있는 어른의 세계로 아들을 들여보내줄 학교였다. 우리는 의무와 책임을 기초로 삼아 그 위에 인생이라는 현실을 구축한다. 아들은 이 인생의 문턱에 서 있었다. 첫날이었다. 그런데 아들의 훌륭한 천재라는 알고트가 나타나지 않았다. 약속을 했는데도. 스무 살짜리 아들이 아버지에게 세상은 험한 곳이라고 말한다면, 그게 무슨 뜻일까? 빨간 스포츠카를 광고하는 포스터를 대단한 예술작품처럼 우러러보는 녀석인데. 콩스베르그의 저녁이었다. 시 재무관의 거실에서 맞는 저녁. 8월의 저녁. 어둡고 온화했다. 발코니로 통하는 문이 살짝 열려 있어서 방안에서도 서늘한 바람이 느껴졌다. 아주 간신히. 그래, 페테르는 친구를 따라서 안경광학을 공부하기로 했단 말이지. 아버지가 속으로 생각했다. 친구가 아니라면, 아들은 이 공부를 절대로 하지 않았을 것이다. 물론 인생은 예기치 않은 일들로 가득하다. 그리고 우리의 선택은, 전공을 선택할 때도 역시, 이상한 것들에 의해 좌우될 수 있다. 아들의 경우에는 친구가 전공을 골라주었다. 그뿐이다. 그것이 꼭 엄청난 의미를 지니는 건 아니겠지만 녀석이 걱정스러운걸. 비에른 한센은 속으로 생각했다. 특히…… 여기서 그의 생각이 멈췄다. 아들의 목소리가 너무 크다는 사실이 문득 생각났기 때문이다. 처음부터 그 목소리가 짜증스러웠다. 그리고 지금은 몹시 부당하고 무섭게 느껴졌다.

페테르는 발코니에 나가 있었다. 신선한 바람을 쐬는 중이었다. 비에른 한센은 뒤따라 나가서 아들 옆에 섰다. 8월의 온화하고 어두운 저녁이었다. 어두운 하늘. 어두운 공기. 콩스베르그를 에워싼 가파른 산들 때문에 어두웠다. 그 산들 사이에서 여기저기 흩어진 흐릿한 불빛들이 도시를 밝혔다. 저 아래, 저기에서. 상점 진열창과 가로등의 흐릿한 불빛들. 저 아래 살짝 왼쪽에 있는 주유소, 엄청난 양의 아스팔트가 생기 없이 깔려 있는 그곳에서 흐릿한 불빛이 새어나왔다. 월렌뢰베호텔의 외로운 창문 한 곳도 마찬가지였다. 사층 창문. 기차가 없는 기차역 플랫폼의 조명도 흐릿했다. 가로등의 흐릿한 불빛이 역 앞에 서 있는 외로운 택시 위에서 어른거렸다. 두 사람 바로 앞, 아래쪽에 펼쳐진 도시에서는 거의 아무 소리도 나지 않았다. 하지만 꾸준히 웅웅거리는 소리가 계속 들렸다. 저멀리, 발코니에서 양편으로 볼 수 있는 풍경의 맨 끝에서 나는 소리였다. 왼쪽에는 오슬로로 이어진 대로를 달리는 자동차들이 있고, 오른쪽에는 예일로와 베르겐으로 가는 자동차들이 있었다. 이 두 개의 대로가 콩스베르그를 둥글게 감쌌고, 거기에 또다른 대로가 뻗어 있었다. 노토덴까지, 그리고 하우켈리피엘 고갯길을 넘어 서쪽으로 가는 도로였다. 하지만 두 남자가 서 있는 발코니에서는 이 세번째 대로의 모습도 보이지 않고 소리도 들리지 않았다. 눈에 보이는 두 대로는 밝게 불이 밝혀져 있었다. 흐릿한 길거리보다도 훨씬 더 밝았다. 도로에서 강렬하게 빛나고 있는 불빛들이 여기저기 흐릿하게 흩어져 있는 거리의 불빛들을 보완해주었다. 도로를 달리는 자동차들은 작은 노란색 불을 켜고 끊임없이 진동하는 소리를 내면서 움직였다. 두 사람이 서 있는 곳 바로 맞은편의 시내, 사실 두 사람도 속해 있는 그곳에는 소리가 거의 없었다. 가끔 자동차 문이 쾅 닫히는 소리에 이어 시동을 거는 소리와 엔진 돌아가는 소리가 들렸다. 웃음소리가 갑작스레 솟았다가 뚝 끊겼다. 두 블록 떨어진 곳에서 자동차 한 대가 길을 따라 천천히 움직이며 빛의 줄무늬를 만들다가 이쪽으로 다가왔다. 두 사람은 발코니 위에서 그 광경을 볼 수 있었다. 곧바로 아래의 아스팔트에서 발소리가 들렸다. 예일로와 베르겐으로 이어진 밝은 대로 바로 앞, 오른쪽으로 살짝 휘어진 로겐강은 적막하기만 했다. 발코니에서는 검은 구멍으로만 보였다. "보세요!" 페테르가 손가락으로 기차역 반대편의 네온간판을 가리켰다. '시티'라는 슈퍼마켓이 여기에 있다고 알려주는 간판이었다. 하지만 페테르가 관심을 보인 것은 그 슈퍼마켓이 아니라 간판이었다. '시티'라고 적혀 있는 빨간 네온간판. "우리는 시티에 있어요." 페테르가 홀린 듯이 말했다. 하지만 아직도 설교하는 것 같은 기색이 조금 남아 있었다. '시티' 한복판에서. "보세요!" 페테르가 또 손가락질을 했다. 또다른 간판이었다. 역시 빨간색 네온간판. 두 사람이 서 있는 발코니와 높이가 거의 비슷한 기둥 꼭대기에 걸려 있었다. 그 간판이 '도요타'라고 반짝였다. "굉장해요!" 페테르가 말했다. "엄청나네요. 여기서 사는 게 행복할 것 같아요. 피가 끓어요." 페테르가 단언했다. "내일이면 알고트도 올 거예요."

페테르는 콩스베르그의 야경에서 갑자기 멀어져 거실로 돌아갔다. 아버지는 아들이 디스코 세계로 뛰어들고 싶은 충동을 느꼈나보다고 생각했다. 콩스베르그에서도 지하에서 성업하는 디스코장에서는 격렬하게 쿵쾅거리는 음악과 엄청 빠르게 번득이는 조명이 열광적인 청춘의 분위기를 만들어냈지만, 지하이고 경비들이 엄중하게 지키는 문이 있고 게다가 다른 곳도 아니고 그랜호텔의 지하 깊숙한 곳에 있기 때문에 콩스베르그 한복판의 현대적인 아파트 삼층 발코니에 서 있는 두 사람에게는 음악이 그 존재를 드러내지 못했다. 그래도 분명히 존재하기는 했다. 비에른 한센은 그것이 페테르를 유혹했다고 생각했다. 하지만 아니었다. 아들은 자고 싶어했다. 내일 일찍 일어나야 하므로, 밤잠을 충분히 자고 싶다고 했다. 이 도시의 소란스러운 리듬은 나중에 봐도 될 것이다. 그와 알고트가 함께 갈 수 있을 때. 아들은 욕실로 가서 잠자리에 들 준비를 했다. 아니, 아버지의 생각에 따르면 '밤 화장'을 했다. 페테르가 가져온 커다란 화장품 가방을 잊어버릴 수가 없었다. 그놈의 가방 안에 도대체 뭐가 들었을까? 하지만 그는 아들의 행동이 아무리 궁금해도 절대 그 가방 안을 들여다보지 않겠다고 마음먹었다. 그 안에는 틀림없이 자신이 알고 싶지 않은 비밀이 들어 있을 것 같았다. 하지만 아들은 그것을 비밀로 할 생각이 없는 것 같았다. 그 가방을 방에 두어도 될 텐데, 욕실의 유리 선반 위에 두었다. 아들이 한참 만에 욕실에서 나왔을 때도 여전히 그 자리에 가방이 있었다. 아들은 목욕가운 차림으로 조용히 제 방으로 가서 아버지에게 짤막한 밤인사를 건넨 뒤 문을 닫았다. 신사로군. 비에른 한센은 생각했다. 내 아들은 현대적인 젊은 신사야. 이런, 이런. 어쨌든 녀석은 지금 여기에 있어. 내 삶의 손님으로.

알고트는 오지 않았다. 아들이 첫 수업 날 흥분과 약간의 설렘을 안고 가는 모습을 비에른 한센은 지켜보았다. 가방에 새로 산 책, 볼펜, 필기할 종이, 바인더가 들어 있었다. 인생의 문턱에서 지식을 빨아들일 준비가 되어 있었다. 아들의 새 티셔츠에는 '빅복'이라는 글자가 새겨져 있었다. 저녁에 돌아온 아들은 숨기려고 했지만 기운이 축 처져 있었다. 비에른 한센은 그것을 알아차릴 수 있었다. 아들은 집에 들어온 뒤 전속력으로 제 방으로 달려가다가 의무감에 걸음을 멈추고 아버지와 몇 마디 말을 주고 받았다. 아버지는 오늘이 아들의 대학 첫날임을 알고 있었다. "사십 명이에요." 아들이 말했다. "우리 학년에. 아주 꼼꼼히 걸러낸 아이들이에요. 북유럽 여러 나라에서 왔어요. 심지어 아이슬란드 출신도 있어요. 교수 중에는 영국 출신도 있고요. 여기서 살지 않고 일주일에 한 번씩 비행기로 와서 수업을 한대요. 트론헤임의 NIT가 조명기술 연구소에서 전문가를 보내줄 거래요. 필요하면 즉시. 정말 전문적으로 잘 갖춰진 학교 같아요." 아들은 아버지의 머리 위를 향해 밑도 끝도 없는 이야기를 늘어놓았다. 얼굴을 살짝 외면한 채였다. 그러고는 공부를 해야 한다며 서둘러 방으로 들어가 몇 시간 동안 나오지 않았다. 저녁 늦게 실내용 가운 차림으로 방에서 나온 아들은 욕실로 들어가 또 한참 동안 시간을 보내더니 조용히 나와서 제 방으로 갔다. "알고트가 오지 않았어요." 아들이 문을 열면서 말했다. "그래도 내일은 아마 올 거예요."

오지 않았다. 페테르는 일찍 집에 돌아왔다. 아버지가 저녁식사를 하고 있을 때였다. 식사를 같이 하겠느냐고 아버지가 물어보았지만, 페테르는 고개를 저었다. 배가 고프지 않다고 했다. 페테르는 화를 내고 있었다. "알고트는 안 올 것 같아요. 그런데 학교는 신경도 안 써요. 그냥 알고트의 자리를 비워두기만 했어요.

알고트한테서 아무런 연락이 없었다면서 말이에요." "그래도 결국 오지 않을까? 그냥 며칠 늦어지는 거겠지." 비에른 한센이 말했다. "아뇨. 알고트가 런던에 있다는 걸 내가 알아냈거든요."

페테르는 우쭐거리는 표정을 지었다. 비에른 한센이 보기에는 아들에게 어울리지 않는 표정이었다. 페테르가 사실을 밝혀냈다. 대학이 해내지 못한 일을 젊은 코르피 한센이 해냈다. 페테르는 첫 시간 수업을 위해 강의실에 들어갔을 때, 굳건히 버티고 서서 주위를 둘러보았다. 어딘가에 알고트의 모습이 있을 것 같았다. 그와 눈이 마주치면 알고트는 그에게 윙크를 한다든지 하는 방법으로 자신을 드러낼 터였다. "짠, 나 여기 있다! 개학 둘째 날에! 이 정도면 괜찮지?" 하지만 알고트는 보이지 않았다. 페테르는 강의실 안을 둘러보며 소리 없이 학생들의 수를 셌다. 페테르 자신을 포함해서 서른아홉 명이었다. 원래 마흔 명이어야 하는데. 페테르는 자리에 앉아 생리학 강의를 들었지만, 정신을 집중하기가 힘들었다. 쉬는 시간이 되자마자, 페테르는 행정 사무실로 뛰어갔다. 직원들이 어제도 보았던 그를 알아보았다. 페테르는 알고트 블롬에게서 정말로 아무 연락이 없었느냐고 다시 물었다. 직원들은 체념한 표정으로 연락이 없었다고 대답했다. "그 녀석이 안 왔다고요!" 페테르가 폭발했다. "그렇지요. 하지만 우리한테는 연락 온 것이 없습니다." "확실해요?" 페테르가 물었다. "한 번만 더 확인해주시면 안 돼요?" 하지만 사무실 여직원은 거절했다. 페테르는 화가 났지만 다행히 마음을 다스릴 수 있었다. 페테르는 그냥 획 돌아서서 나와버렸다. 그리고 이미 시작된 다음 수업에 들어가지 않고, 통신실로 갔다. 거기서 오슬로 전화번호부를 펼치고 B 항목을 찾아보았다(아버지는 아들이 화가 나서 씩씩거리며 손가락으로 전화번호부를 훑었을 거라고 생각했다). 마침내 알고트 블롬의 번호가 나왔다. 페테르가 보기에 부모님의 번호 같았다. 페테르는 공중전화 부스에 들어가 번호를 눌렀다. 아무도 전화를 받지 않았다. 그다음에는 알고트 블롬 본점의 전화번호를 찾아 다시 공중전화 부스로 들어가서 전화를 걸었다. 그리고 점장을 바꿔달라고 말했다. 하지만 수화기 속의 남자는 점장이 다른 일로 바쁘다면서, 무슨 일이냐고 물었다. "알고트 블롬 2세와 관련된 일이에요." 페테르가 말했다. "제가 알고트와 친한 친구 사이인데요, 혹시 그 녀석 연락처 아세요? 그러니까, 지금 그 녀석이 어디 있는지 아세요?" "2세라고요?" 수화기 속의 남자가 말했다. "2세는 그저께 런던에 갔어요." "그럼 언제 돌아오나요?" "크리스마스 때요. 제가 아는 한은 그래요. 크리스마스 연휴 때." "아, 그렇군요. 그럼 런던에서 안경사 공부를 하기로 한 거군요." "맞아요. 뭐든 최고로 선택해야 하니까요." 페테르는 전화를 끊었다.

나중에 페테르는 전화를 너무 일찍 끊었다고 후회했다. 알고트의 주소와 전화번호를 물어볼 수도 있었을 텐데. 하지만 너무 혼란스러웠다. 그래도 알고트의 친구 행세를 했으므로, 그리고 실제로도 친구였으므로, 알고트가 안경사 공부를 하러 런던에 갔다는 사실을 전혀 모르는 것처럼 보이는 건 곤란했다. 알고트는 페테르에게 이런 이야기를 한마디도 하지 않았다. "가을에 콩스베르그에서 만나자"라고만 말했다. 그런데 이곳보다 더 유명한 런던의 시티대학을 선택했다. 페테르는 즉시 행정 사무실로 돌아갔다. 그곳 직원에게 알고트가 런던에 있다는 말은 하지 않고, 알고트 블롬 2세가 학기가 시작된 뒤에도 학교에 나타나지 않은 이유를 설명하는 연락을 보내오지 않았는지 확인해달라고 다시 말했다. 하지만 여직원은 거절했다. 그녀의 상사, 그러니까 페테르가 같은 질문을 되풀이하고 있을 때 나타난 남자도 마찬가지였다. 그래도 페테르는 확인해보라고 고집을 부렸다. 뭔가 놓친 것이 있을지도 모른다면서. 혹시 알고트가 입학을 포기한다는 편지를 보내지 않았을까? 그렇다면 결원이 생겼다는 얘기였다. 무슨 뜻인지 모르겠는가? 알고트가 입학을 포기한다는 편지를 보냈다면, 다른 사람이 그 자리를 채울 수 있다는 뜻이었다. 이곳에 입학하지 못한 누군가가 갑자기 콩스베르그의 안경사 코스에 결원이 생겼으니 원한다면 당장 오라는 말을 듣는다면, 그건 그 사람에게 커다란 의미가 있는 일이 아니겠는가. 페테르는 고집스럽게 주장했지만 소용없었다. 직원들은 더이상 조사해볼 생각이 없었다. 결국 페테르도 포기하는 수밖에 없었다. 어차피 신입생 신분으로 공연히 말썽꾼이라는 인상을 남기고 싶지는 않았다. 하지만 그가 참을 수 있는 일에는 한도가 있는 법이었다.

페테르는 지극히 상세하고 현학적으로 자초지종을 이야기했다. 자신이 석연찮은 점을 정리하기 위해 기울인 노력을 단 한 가지도 빠뜨리지 않으려고 했다. 페테르는 극도로 분노하고 있었다. 그냥 사라져버린 알고트가 아니라 학교 행정직원들에게. 알고트는 빈자리만 남겨놓고 사라져버렸다. 그리고 학교는 그 망할 놈의 빈자리를 채울 생각이 없었다. 비에른 한센은 불편한 기분이 들었다. 페테르의 이야기가 마음에 들지 않았다. 이 이야기를 하는 아들의 태도도 마음에 들지 않았다. 이 이야기를 통해 드러난 아들의 모습과 미래의 전망도 마음에 들지 않았다. 특히 마지막 것이 걱정스러웠다. 이제 아들은 어떻게 될까? 아들이 콩스베르그에 와서 안경사 과정을 공부하게 만든 원인이 사라져버렸다. 콩스베르그에 오게 된 전제조건이 거짓이었음을 알게 되었다.

하지만 페테르는 아무 일도 없었던 것처럼 공부를 시작했다.

그뒤로 그는 더이상 알고트를 입에 담지 않았다. 알고트를 의식 속 빈 공간으로 남겨둔 채, 페테르는 미래를 바라보았다. 며칠 지나지 않아 비에른 한센은 아들이 살아가기 위해 기를 쓰고 있는 젊은 청년이라고 생각하게 되었다. '녀석은 살아가기 위해 기를 쓰고 있어.' 그는 페테르가 들려주는 이야기 속의 페테르가 마음에 들지 않았다. 최대한 연민어린 시선으로 아들을 바라보려고 애써보았지만 그럴 수 없었다. 이상한 공식들이 끊임없이 머리에 불쑥불쑥 떠올라 사라지지 않았다. '페테르가 내 음식을 먹는다. 그거야 뭐 그러든지' 같은 공식들이었다.

그는 왜 이런 생각을 하는가? 자기 아들에 대해서. '페테르가 내 음식을 먹는다. 그거야 뭐 그러든지.' 이런 생각이 떠오른 배경은 다음과 같았다. 비에른 한센과 아들은 콩스베르그 중심가에 있는 방 네 개짜리 아파트에서 함께 살았다. 페테르는 콩스베르그공과대학 학생이며, 가구가 갖춰진 방을 얻어 나가지 않고 아버지와 함께 살았다. 비에른 한센의 삶은 예전에 비해 하나도 달라지지 않았다. 페테르도 제 나름의 삶이 있었다. 두 사람은 아침에만, 그것도 간신히 얼굴을 마주쳤다. 저녁에 페테르가 집에 돌아온 뒤에도 잠깐 얼굴을 볼 수 있었다. 페테르는 집에서 주로 제 방에만 머물렀다. 거실로 나올 때는 텔레비전 때문이었다. 페테르는 매번 텔레비전을 켜도 괜찮으냐고 아버지에게 물었다. 하지만 아침식사는 함께 먹었다. 적어도 동시에 먹기는 했다. 페테르가 먼저 일어나면, 욕실에 들렀다가 부엌으로 가서 빵을 썰어 제가 먹을 아침을 만들고 커피를 끓였다. 아버지가 식사를 하러 나올 때쯤이면, 페테르의 음식 준비가 끝났다. 가끔은 한 식탁에서 식사를 하기도 했지만, 아들이 제 몫의 빵과 커피를 방으로 가지고 들어가 느긋하게 학교에 갈 준비를 할 때가 많았다. 어쨌든 아들 말로는 그랬다. 아버지가 아들보다 먼저 일어나면, 커피를 끓여서 아침 식탁에 앉아 식사를 했다. 도중에 아들이 나와 제 몫의 아침식사를 만든 뒤 식탁에 앉거나 다시 제 방으로 쏙 들어가버렸다. 그래도 두 사람은 같은 음식을 먹었다. 비에른 한센이 빵, 우유 등을 각자 따로 사는 것은 실용적이지 못하다고 말했기 때문이다. 커피포트를 두 개나 사용하는 것도 마찬가지였다. 두 사람이 같은 아파트에 살면서 같은 냉장고와 불을 사용하는 한은 그랬다. 페테르도 이 말에 반대하지 않았다. 저녁식사는 각자 따로 먹었다. 페테르가 정해진 시간에 반드시 집에 돌아오는 건 현실적이지 않았기 때문이다. 게다가 페테르는 학교 친구들과 최대한 많은 시간을 보내며 식사도 같이 하고 싶어하는 것 같았다. 어차피 그것이 사람을 사귀는 방법이 아닌가. 그래서 페테르는 학교 식당에서 식사할 때가 많았다. 하지만 미처 저녁을 먹지 못하고 집으로 돌아와 부엌에서 빵 한 덩이를 가져갈 때도 있었다. 그런 일이 점점 잦아졌다. 그래서 비에른 한센은 자기가 먹을 저녁식사를 만들 때, 양을 두 배로 늘리기 시작했다. 아들이 집에 와서 아버지가 남긴 음식을 먹을 수 있게. 시간이 흐르면서 페테르는 매번 그렇게 저녁식사를 하게 되었다. 친구들과 학교 식당에서 저녁을 먹을 때는 그냥 빵 한 조각만 먹거나 아예 커피 한 잔만 마시기도 했다. 하지만 일요일에는 페테르가 혼자 알아서 먹어야 했다. 비에른 한센이 베리트 부스크와 헤르만 부스크의 집이나 그란호텔에서 식사하는 날이기 때문이었다. 페테르는 언제나 고기를 기름에 구워먹었다. 아버지가 집에 돌아오면 냄새로 알 수 있었다.

두 사람은 이런 식으로 음식 문제를 해결했다. 특별하거나 놀라운 점은 하나도 없었다. 그냥 아버지가 학교에 다니는 아들과 함께 살 때 일어나는 일들이었다. 이것이 자연스러웠다. 비에른 한센이 고기와 우유를 사고, 아들이 하루종일 수업을 들은 뒤 미처 저녁을 먹지 못하고 집에 돌아올 때를 대비해서 저녁식사의 양을 평소보다 두 배로 준비하는 일이 자연스러웠다. 아버지가 식탁에서 아침식사를 하는 동안 페테르는 제 방에서 음식을 먹으며 느긋하게 수업 준비를 하는 일이 자연스러운 것처럼. 비에른이 하루 일을 끝내고, 아들도 하루를 마친 뒤 각자 저녁을 먹는 일이 자연스러운 것처럼. 사실 이 모든 것이 아버지와 아들

사이의 자연스러운 모습이었다. 그 반대의 모습이었다면 부자연스러웠을 것이다. 오늘 수업을 위해 어제 필기한 내용을 다시 살펴봐야 하는데도 굳이 아버지와 한 식탁에 앉아 식사를 한다거나, 아니면 매일 오후 다섯시에 저녁식사를 하러 집에 돌아온다거나 하는 일. 그러면 사람들은 아들을 향해 고개를 갸우뚱할지도 모른다. 또는 아버지가 저녁에 데우기만 하면 먹을 수 있게 준비해둔 음식값을 포함해서 생활비를 공동부담해야 한다고 말하는 일. 그래도 오래지 않아 아버지는 생각했다. '페테르가 내 음식을 먹는다. 그거야 뭐 그러든지.' 이건 혹시 페테르가 한 번도 생활비 공동부담 이야기를 꺼내지 않은 것에 내심 화가 났기 때문일까? 아니, 그랬다면 비에른 한센은 화를 냈을 것이다. 그럼 페테르가 이 모든 것, 그러니까 공짜 방, 공짜 음식, 아파트의 기타 설비 등을 당연한 듯 받아들이고 있기 때문일까? 아니, 페테르는 이런 것을 당연한 듯 받아들이지 않았다. 오히려 비에른 한센을 대하는 태도를 보면 겉으로 드러나는 모습과 달리 은근히 경계심을 품은 것 같았다.

일요일에 비에른 한센은 그란호텔에서 식사하거나, 부스크 부부의 집으로 갔다. 그러고 나서 집에 돌아와 보면, 아들이 고기나 소시지를 기름에 구워먹은 냄새가 났다. 그란호텔에 함께 가자고 아들에게 권할 걸 그랬나 하는 생각이 들었다. 원래 그는 헤르만 부스크와 함께 가는 일요일 산책에 같이 가자고 아들에게 권유해볼 생각이었다. 산책을 마친 뒤 그란호텔에 가거나 헤르만 부스크의 집으로 가면 될 터였다. 하지만 헤르만 부스크가 이미 페테르를 초대했다. 어느 날 비에른 한센의 아파트에서 페테르와 만난 뒤, 일요일 만찬의 손님으로 아버지와 함께 오면 정말 반가울 것이라고 말했다. 하지만 페테르는 자신에게 맞는 자리가 아닌 것 같다고 대답했다. 그런 일에 일요일을 쓸 수는 없다면서 미안하다고 했다. 아주 솔직한 대답이었다. 나름대로. 인생을 즐기고 싶은 젊은이라면 나이 많은 아버지와 역시 나이 많은 아버지의 친구 부부와 함께 저녁식사를 하는 것보다는 훨씬 더 재미있게 일요일을 보내는 방법을 생각해낼 수 있을 터였다. 하지만 비에른 한센은 페테르의 말투가 왠지 마음에 들지 않았다. 너무 우쭐거리는 말투였다. 자신을 초대한 사람이 아버지의 친구이며, 그가 비에른 한센에게 기꺼이 보여주었던 호의를 이제 페테르에게도 보여주려 한다는 사실을 조금이나마 이해하는 기색도 전혀 없었다. 따라서 비에른 한센은 일요일에 다른 볼일이 있다는 페테르의 무뚝뚝한 선언을 헤르만 부스크뿐만 아니라 자신 또한 거절하는 말로 받아들였다. 그것도 친구인 헤르만 부스크 앞에서 그런 말을 했기 때문에, 헤르만 부스크는 비에른 한센의 아들이 아버지의 집에서 방 하나를 차지하고 있는데도 아들의 의무를 거절하는 모습을 목격할 수밖에 없었다.

정말 쓸모없는 말 같았다. 페테르는 왜 아버지에게 그런 기쁨을 주지 못하는가? 베리트 부스크와 헤르만 부스크의 집에 단 한 번만이라도 아들을 데리고 가서 일요일 만찬을 함께 할 수 있는 기쁨을. 하다못해 흥미로운 표정을 지으며 헤르만 부스크에게 정중하게 감사의 뜻을 표하며 그 만찬에 참석하고 싶다고 말하기만 해도 되었을 것이다. 그렇다고 꼭 참석해야 하는 것은 아니니까. 나중에 적당한 핑계를 대고 만찬에 빠질 수 있었다. 그 일로 비에른 한센은 페테르에게 불만을 품게 되었다. '녀석은 살아가기 위해 기를 쓰고 있어.' 또 자기도 모르게 이런 생각이 들었다. 그때의 그 일이 정확히 어떻게 이 말과 연결되는지 자신도 알 수 없었다. 그래서 그란호텔에서 저녁식사를 하고 집으로 돌아와 고기 냄새를 맡으면 그는 이런 생각이 들었다. 이런 게 녀석에게 어울리지. 어느 날 그는 그란호텔로 가기 전에 집에 볼일이 있어서 아파트로 돌아왔다. 페테르가 소시지를 기름에 굽고 있었다. 일요일 오후였다. 페테르는 현대적인 레저복, 가볍고 헐렁하고 얄팍한 옷을 입고 있었다. 젊은이들이 자유로운 시간에 풀밭이나 숲에서 건강하고 즐거운 시간을 보낼 때 입는 옷이었다. 페테르는 그런 옷을 입고 서서 소시지를 굽고 있었다. 난 저 녀석에게 같이 가자고 하지 않을 거야, 그래, 안 해. 저기서 소시지 조각이나 먹으라지. 그는 아들과 몇 마디 대화를 나눈 뒤 외출하겠다고 말했다. 그는 구식 파카를 입고 있었지만, 페테르는 그가 최고급 식당으로 저녁식사를 하러 간다는 사실을 알고 있었다. 그리고 비에른이 외출한다고 말했을 때, 페테르는 아버지가 외식하러 간다는 사실을 숨기려 한다는 것을 알아차렸다. 틀림없이 아들을 데려가고 싶지 않아서 아들이 형편없이 타버린 소시지 네 조각을 서서 먹게 내버려둘 생각이었다. 나중에 비에른은 그란호텔에서 메뉴판을 읽으며 당연히 이 일을 후회했다.

페테르의 모습에 다시 자신을 겹쳐보았기 때문이다. 유행하는 레저복을 입고 부엌에서 소시지를 굽는 모습. 혼자서. 일요일에. 그 녀석은 왜 함께 외식할 친구도 없는 건가? 매주 일요일이 똑같았다. 그가 집에 돌아왔을 때 아파트에 떠도는 고기 냄새만 맡으면 알 수 있었다. 싱크대에 외로이 놓여 있는 접시도. 페테르가 너무 혼자서만 지낸다는 생각이 들었다. 그가 페테르에 대해 아는 것은 많지 않았다. 페테르가 가끔 거실에서 아버지와 함께 앉아 텔레비전을 보면서 이야기해준 것만 알고 있을 뿐이었다. 그때 외에는 아파트 안에서 페테르의 얼굴을 보거나 목소리를 들을 때가 거의 없었다. 페테르는 매일 저녁 집에 일찍 돌아왔다. 주로 여섯시나 여섯시 반쯤이었다. 아홉시나 열한시를 조금 지나서 들어올 때도 있었다. 영화관이 막 문을 닫은 시각. 그리고 콩스베르그의 화려한 영화관에서 비에른 한센의 아파트까지 이백 미터쯤 되는 거리를 곧장 걸어오는 시간. 가끔 페테르는 텔레비전을 본 뒤 소파에서 일어나 산책을 나가기도 했다. 하지만 밖에서 오랜 시간을 보내는 경우는 전혀 없었다. 그저 간단한 저녁 산책일 뿐이었다. 어쨌든 그렇게 보였다.

페테르는 왜 다른 사람들이랑 어울리지 않는 걸까? 비에른은 생각했다. 아냐, 어울리고 있어. 그는 속으로 반박했다. 토요일에는 페테르가 늦게까지 집에 돌아오지 않았다. 그는 그때도 아들에게 자신을 비춰보았다. 욕실에서 한참 시간을 보낸 뒤, 아들은 단정치 못한 것 같지만 사실은 깔끔하게 정리된 젊은이의 옷을 입고 나온다. 소파에 앉아 있는 아버지 옆을 지나쳐, 무심하게 고갯짓을 하며 학생 디스코장으로 향한다. 10월의 토요일 저녁에 콩스베르그를 정복하기라도 할 것 같은 기세다. 아들은 다른 사람들과 뒤섞여 혼란스러운 젊음을 즐기다가 밤늦게 아파트로 돌아온다. 그럼 일요일은 왜? 비에른은 생각했다. 일요일에는 왜 혼자만 있는 거지? 일요일에도 친구들과 저녁을 먹으면 되잖아. 그는 또 아들에게 자신을 비춰보았다. 가만히 서 있는 아들의 모습이 얼마나 외로워 보이는지. 전형적인 젊은이의 모습을 한 그가 얼마나 차가운 고독 속에 있는지. 어쩌면 돈이 없어서 친구들과 외식을 못하는지도 모른다는 생각이 들었다. 내 아들은 돈을 함부로 쓰지 않는구나. 그래서 혼자 집에서 식사하는 거야. 틀림없이 낮에 친구들과 시간을 보냈겠지. 친구들과 산책을 즐긴 뒤, 다른 친구들은 뭔가 세련된 일들을 하러 가는데 페테르만 집으로 돌아왔을 것이다. 집에서 식사를 준비해서 먹을 수 있는 사람은 페테르뿐이니까.

페테르는 정말로 다른 사람들과 어울리고 있었다. 비에른 한센은 페테르가 친구들 여러 명을 자주 언급한다는 사실에서 그 점을 짐작할 수 있었다. 사실 비에른 한센조차 이름을 아는 페테르의 친구가 한 명 이상이었다. 그 이름들이 기억에 남은 것은 페테르에게 자주 들은 덕분이었다. 뉘베르그순에서 온 카르스텐 라르센. 시엔에서 온 얀 펠트스코그. 이 친구는 수업시간에 아이슬란드에서 온 여학생에게 말을 걸어 연인이 되었으며, 이제는 학생식당에서 서로 손깍지를 낀 채 앉아 있곤 했다(페테르는 이 말을 하면서 웃음을 터뜨렸다). 그리고 아르비카에서 온 스웨덴인 오세 스벤손. 특히. 비에른 한센은 페테르와 오세가 공부시간에 항상 함께 있는 것 같다는 인상을 받았다. 어쨌든 수업시간에 서로 나란히 앉고, 이 나라 최고의 안경광학 보조기구 생산업체(페테르가 그렇게 말했다)인 에실로브 아스피츠에서 장비 시연을 볼 때도 서로 나란히 섰다. 에실로브 아스피츠는 현장실습이 많이 이루어지는 곳이었다. 페테르와 오세는 또한 오세가 학생

식당에서 저녁식사를 할 때(페테르는 커피를 마셨다. 가끔 패스트리를 곁들일 때도 있었다)도 한 테이블에 앉았다. 비에른 한센은 얀 펠트스코그가 애인과 함께 손가락 깍지를 끼고 앉아 있는 바로 그 테이블인 것 같다는 의심이 강하게 들었다.

하지만 오늘 내가 집에 가면 페테르가 있겠지. 비에른 한센은 생각했다. 항상 그러니까. 일요일마다. 페테르는 왜 누구랑 같이 산에 다녀왔는지 말해주지 않는 걸까? 낮에 뭘 했느냐고 물어보면 언제나 산에 다녀왔다고 말할 뿐이야. 오셰 스벤손이 함께 가지 않는 건가? 산길을 걷는 것이 이런저런 토론을 하기에 아주 좋다는 걸 알면서 그 둘은 왜 콩스베르그마르카에 함께 가지 않는 걸까? 둘이서 이야기할 것이 아주 많을 텐데. 적어도 비에른 한센이 페테르의 이야기를 들으며 짐작한 바로는 그랬다. 하지만 페테르는 산에 다녀온 일에 대해서도, 오셰나 다른 친구들의 말과 행동에 대해서도 한마디도 하지 않았다. 물론 페테르가 아무 말도 하지 않는다고 해서 반드시 혼자 산에 다녀왔다는 뜻은 아닐 것이다. 꼭 그런 의미일 필요는 없었다. 하지만 그는 아들이 혼자 지내는 시간이 너무 많은 것 같다는 생각이 들었다.

그래서 어느 날 페테르가 차를 좀 빌려줄 수 있느냐고 물었을 때 그는 기뻤다. 공과대학의 학생들 한 무리가 금요일에 오슬로에서 열리는 록 콘서트에 갈 예정인데 알고 보니 차가 부족했고,

페테르는 차를 한 대 구할 수 있을 것 같다고 말했다. 비에른 한센은 기분이 좋아져서 즉시 자동차 열쇠를 넘겨주었다. 페테르가 괴짜처럼 혼자 돌아다니는 것 같다는 의심이 전혀 근거 없는 것으로 드러났을 뿐만 아니라, 아버지에게 차를 빌려달라고 말한 것이 '아들'다운 행동이었기 때문이다. 비에른 한센은 페테르가 자신을 그저 마음씨 좋은 집주인으로만 보고 있는 것 같다는 느낌이 자주 들었다. 하지만 그는 어떤 식으로도 손을 쓸 수 없어서 그냥 이런 상황을 견뎌야 했다. 아들과 너무 오랫동안 떨어져 살아서 마음을 열기가 힘들었다. 페테르는 차를 몰고 떠났다. 아버지의 낡은 자동차에 학생 네 명을 빽빽하게 태운 그는 록 콘서트가 열리는 수도를 향해 출발했다. 오고가는 데 각각 한 시간 반이 걸리는 여행이었다.

아침에 페테르가 식사를 하며 열쇠를 돌려주었다. 비에른 한센은 콘서트가 어땠느냐고 물어보았다. "좋았어요." 페테르가 말했다. "하지만 돈이 많이 들었어요. 자동차 기름을 내가 채웠기 때문에 콩스베르그에 돌아온 뒤 각자 나눠서 돈을 내야 했는데, 애들이 싫다고 했어요. 모두. 내가 저녁 내내 운전기사 노릇을 해줘서 자기들은 콘서트가 끝난 뒤에 맥주를 줄줄이 비웠는데도요. 난 음료수만 놓고 앉아 있었는데. 그래놓고 자기 몫을 내기 싫다고 하다니." "왜?" 비에른 한센이 물었다. 페테르는 어깨를 으쓱했다. "모르죠. 그냥 장난처럼 굴더라고요."

그래, 페테르는 친구들이 기름값을 분담하지 않겠다고 한 이유를 알지 못했다. 그들은 그것을 장난처럼 치부했다. 비에른 한센은 그애들이 어느 면에서 이 일을 재미있다고 생각했는지 무척 알고 싶었지만 아들에게 직접 물어볼 수는 없었다. 아들도 자세한 이야기를 꺼렸다. 하지만 화가 났다. 그것은 고약한 짓이며, 상당히 이례적인 일이기도 했다. 그가 생각하기에는 그랬다. 아들에게 무슨 잘못이 있다고, 친구 세 명이 다른 한 친구를 그렇게 대한단 말인가. 그 아이들이 정말로 친한 친구여서 장난이 정말로 그냥 장난이었다면, 이다음에는 카르스텐이 운전하고 페테르는 승객이 되기로 한 것인가? 카르스텐이 기름값도 내고, 운전기사 노릇도 하면서 저녁 내내 음료수만 마시기로 한 건가?

"그래서 내가 걔들을 차에서 쫓아냈어요." 페테르가 여느 때처럼 지나치게 큰 목소리로 말했다. "집까지 걸어갈 테면 걸어가라죠. 할보르 뫼르크는 적어도 4킬로미터를 걸었을 걸요. 하지만 돈을 내지 않을 거면 걸어가야죠. 내가 애들을 한 명씩 차례로 집으로 데려다주기 전에 계산을 끝내려고 시장 앞에 차를 세웠거든요. 한밤중이었어요, 젠장. 새벽 네시였다고요. 그런데 걔들은 내가 믿음직한 운전기사 노릇을 한 걸로도 모자라서 집까지 데려다줄 거라고 생각하는 거예요. 자기들은 기름값도 안 내면서! 뭐 다들 차에서 기어나가 허겁지겁 택시 승강장으로 가서 택시를 탔어요. 적어도 할보르는 그랬어요. 다른 애들이 어떻게 했는지는 나도 몰라요. 하지만 걔들이 나한테 기름값으로 줘야 하는 돈보다 택시비가 더 들었을 걸요."

비에른 한센은 불편해졌다. 이 상황이 마음에 들지 않았다. 이것은 평범한 장난이 아니다. 상황이 크게 달랐다. 아이들 세 명이 하나가 되어 페테르를 상대했다. 학생 세 명 대 그의 아들. 그 아이들은 왜 기름값을 내느니 차라리 택시를 타기로 했을까? 돈이 아니라 뭔가 다른 것이 문제였다. 하지만 그게 뭐지? 그 아이들은 왜 페테르를 그런 식으로 대했을까? 페테르가 차를 가져와서 그 아이들의 어려운 고민거리를 해결해주고, 오슬로까지 오가는 길에 운전도 도맡고, 게다가 다른 친구들이 수도로 밤 외출을 나온 기회를 잡아 놀고 있을 때 가만히 앉아서 기다려주기까지 했는데.

예민하게 굴지 말자. 비에른 한센은 혼잣말을 했다. 진정해. 그저 일이 재수 없이 꼬였을 뿐이야. 아무래도 페테르에게 가장 큰 책임이 있겠지. 친구 네 명이 오슬로에서 열리는 록 콘서트를 함께 보러 가기로 했다. 페테르는 운전을 맡겠다고 나섰다. 아마 다음번에는 카르스텐이 나설 거고, 또 그 다음번에는 할보르 뫼르크라는 녀석이 나설 거다. 이미 암묵적으로 이렇게 정해져 있을 것이다. 그래서 다른 학생 세 명은 페테르가 새벽 네시에 돈을 내라고 졸라대자 좀 꼴사납다고 생각한 것이다. 지갑을 꺼내서 거기서 지폐와 동전을 열심히 뒤적여 돈을 내고, 또 거스름돈을 받는다고 법석을 피우고, 한번 생각해봐. 그러지 말고 그냥 우리를 집까지 데려다줘, 페테르. 다음번에는 우리가 이 일을 맡을게. 그래, 그렇지! 틀림없이 그렇게 된 일일 것이다. 기분좋게 저녁시간을 보내고 왔는데, 페테르의 까다롭고 서투른 성격 때문에 끝이 엉망이 되어버렸다. 그 녀석 성격이 그런 건 나도 몇 번이나 눈치챘지. 비에른 한센은 속으로 생각했다. 게다가 페테르는 그 일로 심하게 낙담한 것 같지 않았다. 조금 짜증을 낼 뿐이었다. 그리고 저녁에 학생주점에 갔다가 밤늦게 돌아왔다. 그날이 토요일이었기 때문에.

잠깐만, 밤늦게? 비에른은 페테르가 들어오는 소리에 잠에서 깨어 모처럼 시간을 확인했다. 열두시 삼십오분이었다. 그 다음주 토요일에도 그는 같은 소리에 잠에서 깼다. 아들이 들어와 까치발로 아파트 안을 돌아다니는 소리가 들렸다. 그는 시계를 보았다. 열두시 삼십분에 가까운 시각이었다. 그 다음주 토요일에도 그는 자다가 깼다. 시계를 보고 싶지 않았지만 그래도 보았다. 보지 말걸 그랬다. 열두시 삼십오분이었다. 다시 말해서, 아들은 밖에서 즐거운 시간을 보내다가 열두시 삼십오분에 집으로 돌아온다는 얘기였다. 딱히 '밤늦게'는 아니었다. 사실 젊은 청년이 토요일 밤에 밖에서 즐겁게 놀다가 그럭저럭 얌전하게 집에 돌아올 수 있는 가장 빠른 시각이었다.

비에른 한센은 깨달았다. 이제는 부정할 수 없었다. 이것이 증거였다. 아무도 그의 아들과 함께 시간을 보내는 것을 달가워하지 않았다. 꼭 필요한 만큼만 함께 있을 뿐이었다. 토요일 밤 열두시 삼십오분이면 반드시 들려오는 아들의 발소리. 워낙 시각이 정확해서 그 소리를 기준으로 시계를 맞춰도 될 정도였다. '그리고 저 아이도 그 사실을 알고 있어.' 이것이 무엇보다 견디기 힘든 부분이었다. 이것만 아니라면 별로 중요한 일이 아니라고 할 수도 있을 것이다. 저 녀석은 그 사실을 숨기려고 해. 특히 나한테. 비에른 한센은 속으로 생각했다. "세상에!" 그가 불쑥 말했다. 이제 비에른 한센은 확신했다. 그의 아들에게는 친구가 없었다. 아들을 많이 좋아해주는 사람이 하나도 없었다.

심지어 알고트조차도, 페테르가 자신의 훌륭한 천재라고 불렀던 그 친구조차도. 페테르가 군대에서 힘든 일들을 함께 견뎌낸 친구인데. 아, 그렇지, 그건 페테르가 자신에게 딱 달라붙어서 힘든 일들을 견뎌내는 걸 알고트가 허락해주었기 때문에 가능했을 것이다. 그래서 아들은 알고트와 같은 학교에서 같은 공부를 하고 싶어졌다. 그러면 계속 알고트에게 달라붙어 힘든 일들을 견뎌낼 수 있을 테니까. 그래, 페테르는 평생 알고트에게 달라붙어 힘든 일들을 견뎌낼 꿈을 품었다. 알고트 블롬의 믿을 만한 점장이 되어서. 하지만 알고트는 자신의 생각이 바뀌었음을 페테르에게 미리 알려주지도 않았다. 그래서 페테르는 오슬로로 록 콘서트를 보러 가는 학교 친구들에게 아부를 떨었다. 자신이 차를 가져와서 오가는 길에 모두 운전도 해줄 수 있다고 그들을 꾀었다. 그래서 그들은 너그럽게 그를 받아들이면서 교통편에 대한 걱정을 모두 잊을 수 있었다. 하지만 그런 녀석이 돈을 내라고 요구하자 더이상 견디지 못했다. 열두시 삼십오분. 언제나 열두시 삼십오분에 들어왔다.

무엇보다 나쁜 것은 아버지가 아들의 친구들을 이해한다는 점이었다. 다른 아이들을. 아들에게는 왠지 반감을 부르는 분위기가 있었다. 그 목소리만 봐도, 지나치게 컸다. 아들은 다른 사람들의 머리 위에서 떠들어댔다. 비에른 한센은 공과대학 학생식당에서 아들이 언제나 먹는 패스트리와 커피를 앞에 두고 집에서 저녁을 먹기 때문에 돈을 절약할 수 있다고 자세히 떠들어대는 모습을 생생하게 상상할 수 있었다. 다른 학생들은 식사를 하면서 어쩔 수 없이 페테르의 이야기를 들어야 할 것이다. 페테르가 커피와 패스트리 접시를 들고 다가오는 것을 보면, 학생들은 십중팔구 그가 다른 자리에 가서 앉기를 바랄 것이다. 정말 너무

하는군. 비에른은 생각했다. 내 아들은 그저 젊은 학생들의 평범한 교우관계에 끼어들고 싶다는 자연스러운 충동에 따르고 있을 뿐인데. 물론 그의 그런 행동은 전혀 잘못이 아니었다. 그저 학생들이 그가 다른 자리에서 그런 시도를 하기를 바랄 뿐이었다.

그때부터 비에른 한센은 아들이 밖에서 있었던 일들에 대해 신나게 떠들어댈 때마다 고통스러워졌다. 분주한 학교생활에 대한 페테르의 설명을 들으면 마음이 아팠다. 특히 그가 비에른 한센에게 마치 생색을 내는 듯한 말투를 쓰는 것도 거슬렸다. 비에른 한센은 현실이 어떤지 알기 때문이었다. 하지만 페테르는 비에른 한센이 안다는 사실을 몰랐으므로, 계속 똑같이 행동했다. 밖에서 있었던 일들에 대해 신나게 떠들어댔다. 학교 지하실에서 전기 하울링 소리가 거의 성스러운 소리처럼 들린다고. 새로 안경사 과정에 입문한 충실한 학생들이 나중에 노르웨이 전역은 물론 북유럽의 다른 나라들에서도 점차 활동하게 되는 날 지금과는 아주 다른 안경광학의 응용방법을 만들어내려고 단호히 마음을 다지고 있다고. 페테르가 아주 호의적일 뿐만 아니라 심지어 감탄까지 섞어가며 다른 학생들에 대해 이야기할 때면 비에른 한센은 고통스러웠다. 아들이 노르웨이라는 바위 더미 한복판에서 문명, 그것도 기술적으로 대단히 발달한 문명을 누리며 '시티'라는 네온간판 아래 콩스베르그의 이 아파트에 사는 것에 대해서 이야기할 때도 마찬가지였다. 우리 시대가 흐름에 동참하는 사람을 내쳐버릴 만큼 무자비하며 그것이 사실은 옳은 일이라는 이야기를 할 때도 그랬다. 이런 이야기를 하면서 페테르 코르피 한센은 유행이 지난 공부에 경솔하게 몸을 던진 탓에 나중에 일자리를 찾으러 나섰다가 면전에서 문이 쾅 닫히는 꼴을 경험하게 될 청년들에 대해 다시 생각했다. 하지만 북유럽 국가에서 유일하게 안경사를 길러내는 이 학교에서 공부하는 사람들은 가장 유리한 위치에 있었다. 페테르는 자신이 아주 똑똑하기 때문에 콩스베르그공과대학의 안경사 과정에 들어왔다는 생각을 감추지 않았다. 하지만 하마터면 볼다로 가서 대중매체에 대한 공부를 할 뻔했다는 사실도 부정하지 않았다. 그래, 그렇게 될 수도 있었다. 우연이 큰 힘을 발휘하는 경우가 많으니까. "하지만 항상 그런 것은 아니에요." 페테르가 발끈해서 말을 이었다. "안경광학에 대해 알게 되자마자 대중매체 공부에는 완전히 작별을 고했으니까요. 어느 쪽이 옳은지에 대해 추호도 의심하지 않았어요." 비에른 한센은 우쭐거리는 아들의 목소리가 거실을 가득 채워서 텔레비전 소리를 완전히 눌러버리는 것을 다시 듣고 있을 수밖에 없었다.

이런 경우 비에른 한센은 만약 자신이 아들의 상태를 잘 알고 있다는 사실을 페테르가 안다면 어떻게 될지 자기도 모르게 궁금해졌다. 놀랍게도 아들이 사실을 알아봤자 아무것도 달라지지 않을 것 같았다. 페테르는 정확히 똑같은 목소리로 정확히 똑같은 이야기를 하며 똑같은 대목에서 우쭐거릴 것이다. 무리에서 쫓겨나 잉여가 되어버린 이 아이는 사실 자신의 시대와 또래들에게 진심으로 열광하며, 옷차림, 음악, 교우관계, 장래희망 등에서 동료의식을 키워나가고 있었다. "하지만 넌 너무 외롭잖니." 비에른 한센이 이렇게 말할 수도 있었을 것이다. 그러면 아들은 선심을 쓰는 척 빙긋 웃을 것이다. 외로움이라. 아들은 이렇게 말할 것이다. "당연하죠. 그게 젊음이잖아요. 우리 음악을 들어본 적 없어요? 그 음악을 통해 우리들 사이에 연대감이 생기는 건 결국 모든 현대인의 영혼 맨 아래에 자리잡고 있는 그 망할 외로움을 음악이 드러내놓고 표현해주기 때문이에요. 음악을 통해서 외로움을 허공으로 시끄럽게 던져버릴 수 있어요. 널리 울려퍼지는 아우성처럼. 그리고 그걸 벽을 향해 토해내는 거예요." 비에른 한센은 페테르의 말이 여기서 그치지 않을지도 모른다고 생각했다. "젊은 청년이 외로운 건 아주 당연한 거예요, 아빠." 이렇게 덧붙일 것 같다는 생각이 들었다. 하지만 그는 곧바로 마음이 찌르는 듯이 아팠다. 아들과 함께 산 지난 두 달 동안, 아들이 비에른 한센을 향해 말할 때 끝에 '아빠'라는 말을 붙인 적이 한 번도 없음을 깨달았기 때문이다.

그래도 비에른 한센이 다른 학생들이 할 수만 있다면 페테르와 얽히고 싶어하지 않는다는 사실을 아들 앞에서 솔직히 지적할 수도 있었을 것이다. 페테르가 친구들을 태우고 오슬로까지 갔다 왔을 때 그들이 기름값을 분담하라는 페테르의 요구에 뻔뻔스럽다며 조롱했던 일을 언급할 수도 있었을 것이다. 하지만 페테르는 이때도 역시 이렇게 대답했을 것이다. "그래요, 맞아요. 원래 걔들은 나를 데려갈 생각이 없었어요. 그러다 내가 차를 빌릴 수 있다고 말했을 때에야 관심을 보인 거죠. 그게 뭐 어때서요? 살다보면 그런 일이 많잖아요. 자기가 이용할 수 있는 수단이라면 이용해야죠. 나는 차를 빌려서 걔들을 태워주겠다고 제안했어요. 그럼 내가 걔들을 졸졸 따라다니는 존재가 된 건가요? 그럴지도 모르죠. 하지만 난 그런 존재가 되고 싶었어요. 그래도 내가 그런 존재라도 되지 않으면 걔들에게서 같이 가자는 소리를 듣지 못할 위치라고 해서 무슨 일이든 참고 견딜 생각은 없어요. 언젠가 다른 방식으로 걔들이 나한테 먼저 다가올 거예요. 그때까지는 걔들이 나한테 기름값을 주기 싫어도 줘야 할 걸요." 그는 페테르가 커다란 목소리로 설교하듯 이렇게 대답할지도 모른다고 상상했다. 아들은 어떤 상황에서 완전히 자연스럽게 행동하는 방법에 대해 아버지에게 가르침을 주고 있었다. 바로 그거였다. 페테르는 어떤 일이든 젊은 청년이 그 나이에 경험하는 일이라고 지적하면서 모든 걸 자신의 논리로 설명할 것이다. 자기는 그런 일에도 아무런 영향을 받지 않기 때문에 곧바로 털어버리고 앞으로 나아갈 수 있다고. 비에른 한센이 보기에, 페테르가 대답할 수 없는 유일한 질문은 열두시 삼십오분에 귀가하는 문제뿐인 것 같았다.

어떤 의미에서는 마음이 놓이기도 했다. 비에른 한센이 상상한 페테르의 답변들이 페테르의 행동거지와 너무나 잘 어울렸기 때문이다. 아들의 과묵함, 무심함, 그리고 매주 토요일 자정이 지난 시각임을 본인도 아주 잘 아는 상태에서 살그머니 아파트에 들어와 아버지가 깨지 않게 또는 아버지가 깨더라도 똑같이 거실을 조용히 지나가며 아들이 느낄 당혹감을 생각하면 비에른은 어떤 의미에서 마음이 누그러졌다. 아들이 친구들에게 반감을 사고 거부당한다는 사실에 대한 그의 절망을 상쇄해준 것은, 얼어붙을 듯한 외로움 속에서 혼자 있는 것을 들켰을 때 페테르가 느낄 당혹감이었다. 그 덕분에 그는 아들과 화해할 수 있었다. 이런 상황이 아니었다면 화해가 힘들었을 것이다. 사실 그것도 오직 상상 속에서만, 그것도 상상력을 극도로 발휘했을 때에만 이루어진 화해였다.

그는 자신이 하나뿐인 아들을 사랑하는지, 즉 자신이 죽은 뒤 이 세상에 남길 수 있는 유일한 존재를 사랑하는지 확신이 없었다. 페테르의 외로움이 구제불능이라는 사실, 매주 토요일 밤 열두시 삼십오분에 살금살금 거실을 걸어가는 아들의 발소리를 통해서만 깨달을 수 있는 그 사실에 절망하면서도 그는 그 원인을 너무나 잘 알고 있었다. 그도 설교하듯 우쭐거리는 아들의 태도를 참을 수 없었다. 반감이 생겼다. 페테르가 그런 태도로 표현하는 것은 자신이 속한 시대에 대한 열광뿐이고, 비에른은 그 열광을 당연히 인정해주어야 하며, 게다가 그 태도는 아들이 자신의 삶, 비에른 한센이 이런 말을 덧붙여도 된다면, 몸이 오싹해질 정도로 아들만의 것인 그 삶을 위해 열심히 싸울 준비가 되어 있음을 보여주는데도 그랬다. 페테르는 그런 태도를 통해 생명의 불꽃을 드러냈다. 비에른이 죽은 뒤 이 세상에 남겨질 존재, 즉 그의 피와 살과 유전자를 지닌 존재. 이 유전자는 앞으로도 아직 태어나지 않은 생명들을 통해 맹목적으로 계속 밀고 나아갈 것이다. 하지만 이 생명의 불꽃을 보며 그는 왠지 무서워졌다. 뭔가를 속이고 감추는 듯한 페테르의 분위기. 아버지를 대할 때의 그런 분위기. 마치 페테르가 "생각도 하지 마세요! 돈으로 날 꾀어서 다시 아들로 만들 수는 없을 거예요. 이 집에서 나는 세입자고, 당신은 집주인일 뿐이에요"라고 끊임없이 그에게 말하는 것 같았다. 페테르가 하는 모든 행동에서 느껴지는 거리감이 바로 이런 뜻을 드러냈다. 그래도 그는 비에른 한센의 외아들로서 누릴 수 있는 이점들을 거부하지 못했다. 그런 점이 워낙 뚜렷이 드러나서 비에른은 페테르가 친구들 사이에서 이 이점들을 의기양양하게 자랑할 것이라고 확신했다. 그는 페테르가 자신의 행동을 보고, 그에게 아버지로 받아들여지려는 준비작업이라 생각하고 화를 낼까봐 두려웠다. 아들이 짜증을 내거나 괴로워할까봐 두려웠다. 그가 아들에게 줄 수 있는 것이 아주 많았지만, 페테르가 그것을 '아들'로 다가오라는 압력으로 해석할까 싶어서 참았다. 페테르가 그에게서 뭔가를 받을 때마다, 이를테면 그가 '아들' 역할을 하지 않아도 먹을 수 있게 아버지가 준비해준 식사 같은 것을 받아들일 때마다 보여주는 음험한 분위기는 그의 안에 강력한 생명의 불꽃이 뚜렷이 존재하고 있음을 암시했으나, 비에른은 결코 거기에 몸을 맡길 수 없었다. 그 불꽃에는 관대함(하기야 관대한 젊은이가 몇 명이나 될까? 녀석들은 제 미래만 생각하는 것을!)도 염치(그는 젊은이에게서 염치를 기대했다)도 없었기 때문이다. 비에른 한센은 또한 페테르에게서 또렷이 나타나는 또다른 태도, 즉 페테르의 친구들이 마지못해 어떻게든 견뎌보려고 했던 뻔뻔한 태도에도 그 불꽃이 드러나 있음을 인정하는 수밖에 없었다. 페테르는 안경사가 될 것이다. 페테르는 이 분야에서 콩스베르그공과대학이 아주 훌륭한 교육을 하고 있다면서, 마치 제가 제 능력으로 이런 대학을 만들어내기라도 한 것처럼 말했다. 하지만 전공 공부에는 별로 마음을 쏟지 않았다. 기껏 여기까지 공부하러 온 안경광학에는 그저 그럭저럭 관심이 있을 뿐이었다. 그는 미래가 있는 교육을 받기 위해 이 정도 대가는 치러야 한다고 생각하는 듯했다. 비에른은 성적이 좋은 페테르가 왜 다른 전공 분야를 선택해서 의사나 공학자가 되려고 하지 않았는지 궁금했지만, 그런 일은 페테르의 마음에서 한참 동떨어져 있음이 분명했고, 페테르는 그쪽 방향으로는 아무런 포부도 보여주지 않았다. 알고트만으로는 페테르의 행동을 모두 설명할 수 없었다. 만약 페테르가 의사나 공학자나 법률가가 되겠다는 분명한 포부가 있는 상태에서 군에 입대했다면, 제아무리 알고트라도 안경사 과정을 선택하게 만들 수는 없었을 것이다. 페테르는 대중매체 공부와 안경광학을 놓고 견줘보다가, 안경광학을 택하고는 올바른 선택이었다며 의기양양하게 기뻐하고 있었다. 다른 사람이 보기에는 다소 의문의 여지가 있는 결정일 수 있다. 페테르의 확신 또한 거의 이해하기 힘들었다. 대중매체란 곧 권력을 의미하지 않던가. 시각예술과 문학을 연구하는 새로운 종류의 학자들, 지닌 지식 덕분에 텔레비전 화면의 비밀 언어를 이용할 수 있는 그 사람들이 페테르에게도 틀림없이 유혹적으로 보였을 것이다. 그런데도 페테르는 안경사의 길을 택했다. 안경광학의 도움을 얻어 약한 눈을 교정해주는 사람. 알고트의 영향이 없었어도 페테르가 이 길을 선택했을 것이라고는 생각할 수 없었다. 아니, 애당초 페테르가 이 길을 선택했다는 사실 자체가 이상했다. 모험가 같은 생활을 하며 권력을 휘두르는 현대의 대중매체 전문가가 되겠다는 꿈보다 알고트의 영향력이 더 컸음이 분명했다. 아무리 하얀 가운을 입는다고는 하나, 안경원의 뒷방에 거의 붙박이처럼 앉아서 일해야 하는 안경사는 대중매체 일과 정반대였다. 하지만 페테르 코르피 한센은 안경원의 그 뒷방에서 자신의 일을 온전히 이해하는 사람으로서 자신이 존재했다는 흔적을 남기게 될 것이다. 그것이 페테르의 목표였다. 알고트는 오지 않았다. 페테르는 안경광학이라는 학문에 별로 관심이 없었다. 그러니 이곳을 떠나버릴 수도 있었다. 애당초 그가 이곳에 오게 된 이유가 이곳에 오지 않았으니까. 그런데도 그는 이곳에 남았다. 학교 친구들은 그를 싫어했다. 그가 학생식당에서 같은 테이블에 앉는 것을 간신히 참아줄 정도였다. 하지만 저녁이 되면 그는 아버지와 함께 앉아서 콩스베르그공과대학에 대해, 끝내주는 학교생활에 대해, 시대의 맥박에 대해, 이쪽에서 부르는 대로 와서 학생들을 가르칠 수밖에 없는 NIT의 강사들에 대해, 대단한 친구들에 대해 열정적으로 이야기했다. 친구들 중에서도 특히 아르비카에서 온 오세 스벤손이 가장 마음에 드는 모양이었다. 페테르는 그에게

서 자신의 자리를 찾았다. 자신이 존재했다는 흔적을 남길 수 있는 도구를 찾았다.

페테르에 따르면, 그 생각을 제시한 사람이 바로 스웨덴 출신의 오셰였다. "우리는 모두 마흔 명이야. 나중에 누가 소비자들의 선택을 받을까? 당연히 가장 실력이 좋은 사람이겠지. 하지만 소비자의 관점에서 보면, 우리 모두 최고의 실력자야. 여기서 삼 년을 보내고 나면 우리 모두 소비자를 완전히 만족시킬 만큼 기술을 익힐 수 있을 테니까. 모두 그 정도는 배울 수 있어. 사실 우리 모두 누구의 눈에나 딱 맞는 렌즈를 고를 수 있고, 눈에 병이 난 사람을 찾아내서 안과의사에게 보낼 정도의 실력은 있잖아. 전문가 특별수업 때 잠만 잔 녀석들도 그냥 시력이 나쁜 사람과 눈병이 난 사람을 구분하는 정도는 할 수 있을걸. 우리가 다루는 건 시력이 나빠진 눈이지. 우리는 모두 각자의 눈에 딱 맞는 안경이나 렌즈를 골라서 권해줄 수 있게 될 거야. 우리가 앞으로 맞게 될 고객들에게 우리는 모두 똑같이 유능한 사람이 될 거라고. 누구 실력이 더 뛰어난지 알 수 있는 사람은 우리 안경사들뿐이야. 그래도 고객들에게 특히 인기를 끄는 사람이 나오기는 할 테지. 잘나가는 사람도 있고, 힘들게 허덕거리는 사람도 있을 거야. 모두 똑같은 능력을 갖춘 상황에서 성공을 거두는 건 어떤 사람일까? 당연히 뭔가 다른 모습을 고객들에게 보여주는 사람이지. 아름다움을 제공해줄 수 있는 사람. 패션 안경 말이야." 오셰가 말했다.

이 말은 비에른 한센의 아들에게 엄청난 인상을 남겼다. 자기 스스로 안경점을 열 생각은 꿈에도 하지 못하고 알고트 블롬을 돕는 사람이나 알고트 블롬 같은 사람이 되는 것만 꿈꾸던 페테르에게. 안경사가 두각을 나타내려면 변덕스러운 패션을 해석할 줄 알아야 했다. 변덕스러운 패션의 흐름을 안경에 구체적으로 적용할 수 있어야 했다. 안경사의 미래가 여기에 있었다. 페테르는 이 점을 이해했다. 하지만 이런 생각을 먼저 제시한 사람은 오셰였다. 그 점에 대해 페테르는 오셰 스벤손에게 영원히 고마워할 것이라고 말했다. 그가 이런 생각을 페테르의 머리에 심어주었으니까. 페테르는 그의 말을 가슴속에 숨기고 곰곰이 생각해보았다. 비에른 한센은 페테르가 아버지 앞에서 이 말의 진정한 의미를 열심히 자세하게 설명하면서도 친구들 앞에서는 그러는 법이 없다는 것을 알고 있었다. 친구들 앞에서 페테르는 입을 다물고 듣기만 했다. 지금 그가 최첨단에 서 있었기 때문에, 상황이 어떻게 돌아가는지 파악했기 때문에. 물론 아직은 기술을 배워야 했다. 하지만 기술뿐만 아니라, 자신이 살고 있는 시대를 이해할 필요가 있었다. 시대의 변덕이야말로 한 시대의 가장 내밀한 정수다.

비에른 한센은 아들을 지켜보았다. 아들이 안경사가 된 모습을 상상할 수 있었다. 안경원에서 조수로 일하는 모습. 아들이 변호사나 의사나 공학자가 된 모습은 상상이 가지 않았다. 광고든 영화든 텔레비전이든 대중매체에서 일하는 모습도 마찬가지였다. 아들은 인생에서 자신의 자리를 찾아냈다. 그에게 사실은 아무 의미도 없는 직업, 이것이 미래를 보장해줄 것이라는 생각으로 우연히 선택한 직업. 수요에 비해 안경사의 수가 적은 반면, 대중매체 쪽을 지망하는 사람은 너무 많았다. 안경사가 된 아들. 고객에게 딱 맞는 안경을 가져오는 아들. 자신의 시대 속에 곧바로 손을 풍덩 집어넣어, 시대의 변화나 반드시 지켜야 하는 사회 분위기에 비춰보았을 때 고객의 얼굴 형태에 완벽하게 들어맞는 안경을 거의 신비롭게 보이는 모습으로 꺼내는 아들. 이것은 단순히 아들의 모습이 아니라, 아들의 꿈이자 가늘게 떨리는 삶의 목표였다.

스웨덴인 오세에게서 받아들인 생각 덕분에 페테르의 내면에서 뭔가가 풀려났음이 분명했다. 공부를 시작하기도 전에 그 기초가 된 인물이 사라져버려서 페테르가 되는대로 공부해온 사실은 부정할 수 없었다. 페테르가 부지런히 책을 읽기는 했다. 하지만 특별한 목적이 없는 독서였다. 페테르의 머릿속 깊은 곳에 있는, 알고트가 편지를 보내 모든 것을 설명하고 잘못된 점을 바로잡을 것이라는 희망과는 별개인 목적. 페테르는 시간을 죽이려고 책을 읽었다. 하지만 이제는 이 년 반 뒤에 공부를 끝낸 자신의 모습, 도저히 이해할 수 없는 방식으로 자신을 배신한 친구에게 더이상 의존하지 않는 미래를 내다볼 수 있었다. 외로운 것은 여전했으나, 예전만큼 겉으로 드러나지 않았다. 물론, 열한시 삼십분에서 열두시 삼십오분 사이에 외로움이 찾아올 때는 빼고. 이 시간에 페테르는 자신이 친구들 사이에서 또 방해꾼 역할을 하고 있음을 깨달았다. 틀림없이 그럴 것이다.

가을학기의 끝이 점점 다가왔다. 페테르는 곧 크리스마스를 보내러 나르비크의 집으로 돌아갈 것이다. 아파트를 같이 쓰면서 비에른은 현대적인 젊은이와 함께 사는 기분을 알았다. 예를 들어, 자기가 욕실을 써야 할 때 이미 다른 사람이 그 안에 있는 것. 그가 기다림 끝에 욕실에 들어가보면 아들이 쓰는 향수, 바디로션, 애프터쉐이브, 데오도런트, 샴푸의 향기가 허공을 떠돌며 아들의 몸속에서 나온 원초적인 냄새를 지워버리고 있는 것. 털이 많은 아들의 존재를 증명해주는 냄새가 다 날아가버려서 거의 알아챌 수 없을 만큼 옅어진 것 같았다. 비에른은 아침에 아들이 젊음의 옷으로 무장하고, 무심하고 자신 있는 태도로 집을 나서는 모습을 보았다. 저녁이나 오후 늦게 돌아와 비에른 한센이 아들과 함께 사는 삶을 준비하며 사둔 전자레인지로 저녁식사를 데워먹는 모습도 보았다. 그러고 나서 페테르는 제 방으로 가서 공부했다. 어쩌면 휴식을 취하는 것일 수도 있었다. 하지만 페테르는 다시 거실로 나와서 소파에 앉아 이야기했다. 자신이 가장 좋아하는 주제에 대해서. 페테르는 다른 학생들을 깔아뭉개면서 즐거워했다. 안경사가 대중을 전반적으로 계몽하는 일에 참여해야 한다는 주장을 이해하지 못하는 학생들. 사람의 얼굴 형태와 안경테 및 렌즈 사이의 관계에 대해 기초적인 지식을 얻는 것만이 중요하다고 생각하는 학생들. 페테르는 주저 없이 오세를 깔아뭉갰다. 애당초 페테르에게 처음 이런 생각을 안겨준 사람이었지만, 오세는 자신이 한 말의 실체를 이해하지 못했다. 그냥 어쩌다보니 하게 된 생각, 비록 반쯤 진심이 들어 있기는 하지만 아무렇게나 흘려보내도 되는 재미있는 생각으로만 받아들였다. 그는 죽을 만큼 진지하지 않았다. 페테르와 달랐다.
"얼굴이 긴 여자한테는 커다란 렌즈." 그가 웃으며 말했다. "그건 누가 봐도 뻔하죠. 그래야 여자의 얼굴이 부드럽게 보이니까. 다들 이런 기초적인 원칙만 배우면 된다고 생각해요. 하지만 여자의 얼굴을 굳이 부드럽게 만들 필요가 없다면? 여자에게서 부드러움을 기대하는 건 좀 진부하지 않아요? 여자의 긴 얼굴이 지닌 딱딱함을 강조하면, 오히려 그 얼굴이 신비롭고 도발적으로 반짝일 수 있어요. 순수하고 강인하게. 그런 여자에게는 사각 테와 작은 렌즈죠." 그들이 학교에서 배우는 것과는 완전히 반대되는 이야기였다. 다른 학생들은 학교의 가르침을 영원한 진리로 받아들이고 있는데. "세상에 영원한 진리는 없어요. 정신없이 돌아가는 삶의 리듬이 있을 뿐이죠. 그때그때의 상황은 창공이고, 완벽한 사람들은 거기에 떠 있는 별이에요." 페테르는 엄숙한 표정으로 이렇게 말했다. 진정한 페이소스가 짙게 배어 있었다. 아, 아들이 이런 주제가 아니라 안경광학에 대해 이토록 진지하게 말할 수만 있다면! 렌즈의 곡률을 -2.5와 -1.7로 맞추는 방법을 알려주는 공부에 대해서. 하지만 이런 빈약한 지식은 아들의 마음을 들뜨게 하지 못했고, 아들이 진짜 인생을 맞을 각오를 다지게 하지도 못했다. 페테르가 지금 아버지에게 이야기하고 있는 것, 설교하고 있는 것은 이런 이야기였다. 설교, 설교. 인생과 자신의 미래에 대해서. 그는 이제 그 미래에 대해 눈을 떴다고 말했다. 전에는 그냥 인생일 뿐이었다. 자기 시대의 감탄스러운 삶. 지금은 자신이 그 삶 속에서 어떤 기능을 할지 알고 있었다. 눈을 뜬 덕분에. 페테르는 이야기를 하고 또 했다. 언제나 똑같이 단조롭고, 너무 큰 목소리로. 아버지의 머리 위에서 아버지의 귀를 향해 직접. 비에른은 들을 만큼 들었다. 모든 것이 그의 상상과는 크게 달라져 있었다. 비에른 한센은 가을 내내 페테르의 '공격'을 기다렸다. 겨우 두 살밖에 안 된 외동아들을 왜 버렸어요? 그 때문에 아들이 인생의 한 측면을 모두 잃어버리게 됐다는 걸 알아요? 비에른은 또한 페테르가 열네 살 때 이후로 아버지를 만나러 오지 않은 것은 아버지가 먼저 나서서 아들을 잃어버리는 걸 참을 수 없으니 어떻게든 다녀가라고 다급히 말해주기를 바랐기 때문이라고 말하기를 기다렸다. 하지만 페테르는 그런 '공격'을 전혀 하지 않았다. 옛날 두 사람의 관계에 대해 한 마디도 입에 담지 않았다. 페테르를 비에른 한센의 '아들'로, 따라서 비에른을 페테르의 '아버지'로 만들어주었을지도 모르는 어떤 계기에 대해서도 말 한마디, 시선 한번 주는 법이 없었다. 그는 결코 '공격'하지 않았다. 하지만 비에른 한센은 계속 기다렸다. 대답할 말도 미리 준비해두었다. 자신은 아무것도 후회하지 않기 때문에, 자신을 페테르의 '아버지'로, 따라서 페테르를 자신의 '아들'로 만들어주었을지도 모르는 어떤 행동도 할 수 없었다고. 그는 다시 한번 기회가 주어지더라도 자신이 정확히 똑같은 행동을 하리라는 걸 알기 때문에 '후회'라는 단어를 사용할 수 없었다. 그 행동으로 그는 아들을 잃었고, 이 상황을 고칠 수 있는 사람은 페테르뿐이었다. 만약 페테르가 그럴 마음이 있다면. 하지만 페테르에게는 그럴 마음이 없었다. 그는 아버지가 무슨 소리를 하는지 전혀 알아듣지 못했다. 이런 일에는 전혀 관심이 없었다. 대신 페테르는 눈부신 자신의 시대와 그 안에서 살아가는 계몽된 사람들에게 자신이 얼마나 열광하고 있는지 이야기했다. 그는 자신이 이 시대에 속할 자격을 완전히 갖췄다고 생각했다. 아버지와 아들의 관계에 저주가 걸려 있었다. 저녁마다 외로운 청년은 미래의 인생에 대해 아버지에게 설교했다. 비에른 한센을 닮은 맨얼굴로 페테르는 자신이 미래를 어떻게 일궈나갈지 자신 있게 설명했다. 손으로 잡으려면 잡을 수 있을 만큼 미래에 가까이 다가갈 것이라고. 오슬로에 있는 알고트 블롬의 본점에서 신뢰받는 점장으로 일하는 모습을 상상했다. 그곳이 아니라 어딘가 다른 곳일 수도 있었다. 가능성이 워낙 많았으므로, 그가 결국 알고트 블롬의 상점에서 일하게 될지는 확신할 수 없었다. 페테르는 이런 것들을 처음으로 아버지에게 자신 있게 자랑하듯 말할 수 있었다. 비에른 한센은 열심히 들었다. 말을 별로 하지 않고 가만히 앉아서 열심히 들었다. 가끔 "설마" "글쎄" "그래?" "아, 정말?" "그거 한번 생각해볼 만한 일이로구나"라고 말할 뿐이었다. 하지만 페테르는 개의치 않았다. 그저 이야기만 하고 또 했다. 열정적이고 단조롭게, 지나치게 큰 목소리로. 비에른 한센은 아들이 그만 멈춰주었으면 싶었다. 현대에 대한 증언을 더이상 참을 수 없었다. 아들은 자신의 마음과 영혼이 그 시대에 속한다는 사실을 몹시 자랑스러워하고 있었지만. 현대의 세련미와 우아함. 페테르는 자신이 현대적인 사람이므로 진정 놀라운 안경테, 사람들이 감탄해서 숨을 집어삼킬 안경테를 창조할 수 있을 것이라며 이 세련미와 우아함에 집착했다. 아들은 말을 멈추지 않았다. 이야기를 하고 또 했다. 아침에도, 비에른 한센이 잠에서 완전히 깨어 새로운 하루를 위한 준비를 미처 갖추기도 전에, 아들은 조리대에서 접이식 빵 도마를 꺼내 빵을 자르면서 자신이 속한 이 시대의 맥박에 대해 자랑하듯 말하면서 이 시대를 이해하는 것이 중요하다고 주장했다. '보기 싫게 적나라한 얼굴' '그를 꼭 닮은 얼굴로' 라벨이 잔뜩 붙은 수많은 옷 중에서 고른 옷을 차려입고 그렇게 서 있었다. 자신 있는 표정으로 제멋대로 떠들어대며, 자기 시대가 더 훌륭하다고 비에른 한센에게 설교했다. 페테르는 자기도 그 시대의 일부라고 말하고는 자기 몫의 커피와 빵을 들고 제 방으로 들어갔다. 그래서 아버지는 비로소 자리를 잡고 앉아 조용하고 평화롭게 아침식사를 할 수 있었다. 그와 동시에 비에른은 양심의 가책을 느꼈다.

어쩌면 내가 완전히 잘못 생각한 건지도 몰라. 그는 속으로 생각했다. 어쩌면 이건 '아들'의 메시지인지도 몰라. '아들의 목소리'인지도 몰라. 자신이 시작한 인생이라는 여행에 대해, 그리고 세상에서 자신을 기다리는 모험에 대해 아버지에게 터놓고 이야기하는 청년. 그가 세상에서 아버지에게 가져와 들려주는 메시지. 그런 거라면, 마음을 연 아들이 아버지의 후계자로서 생을 이어갈 것이라는 뜻일까? 페테르는 자신이 아버지의 횃불을 받아들 것임을 알리려는 건가? 그럴 수도 있었다. 그럴 수도. 아무리 설교하는 듯한 말투라 해도, 어쨌든 '아들'로서 그에게 말하는 것일 수 있었다. 아버지와 멀게 느껴지지만 그래도 여전히 '아들'로서. 그는 아버지에게 말을 걸고, 아버지에게 손을 뻗으려 했다. 아들로서. 비에른 한센은 감동을 느끼면서 동시에 마음이 불편해졌다. 아들의 메시지에는, 그러니까 그것이 정말로 '아들'의 메시지라면, 거기에는 한참 떨어져 있는 아버지가 그를 인정해주어야 하지 않느냐는 무언의 질문이나 비밀스러운 희망 같은 것이 있지 않았던가? 두 사람 사이에서 불을 피워올릴 작은 불꽃도 있었나? 페테르가 정말로 그렇게 했을까? 확실히 페테르가 할 수 있는 일이긴 했지만, 스스로 가능성을 없애버린 일이기도 했다. 페테르가 이제야 제 뜻을 알리려 하는 건가? 그가 몇 달 전부터 줄곧 기다리던 '공격'의 형태가 아니라, 이토록 놀라운 방식으로? 비에른 한센은 설교하는 말투로 자신 있게 자랑하듯, 선심을 베풀 듯 계속 떠들어대던 아들이 사실은 "나한테 뭐라고 말 좀 해봐요, 아빠. 내 모습을 있는 그대로 인정해줘요. 앞으로 내가 살아갈 인생, 내가 준비하는 인생을 인정해줘요. 그렇게 해줘요, 아빠"라고 말하고 있었던 건지도 모른다는 생각이 퍼뜩 들었다. 혹시 아들은 몇 달 전부터, 콩스베르그에 와서 아버지의 아파트에 손님으로 자리를 잡은 순간부터 몇 번이나 아버지에게 자신을 인정해달라고 말하고 있었던 걸까? 그래, 그럴 수도 있었다. 정말로 '아들'이 '아버지'의 인정을 받고 싶어서 자신의 인생에 관심을 가져달라고 말하고 있었던 걸까? 비에른 한센은 이런 가능성을 무시할 수 없음을, 놀란 마음으로 인정해야 했다. 만약 이 생각이 옳다면, 그는 아들을 인정해줌으로써 페테르의 아버지가 되어 진정한 아들을 다시 만날 수 있을 것이다. 그가 인정의 말을 하면, 두 사람 사이를 막고 있던 저주가 효력을 잃을 것이다. 하지만 설사 그의 생각이 옳다 해도, 이런 방법은 소용이 없었다. 오히려 정확히 역효과가 날 수 있었다. 그는 페테르에게 인정한다는 말을 할 수 없었으니까. 아주 간단하고 충격적이었다. 페테르는 그저 계속 떠들어대는 수밖에 없었다. 지나치게 커다란 특유의 목소리로 계속 설교하듯 이야기를 늘어놓아도 아무것도 변화시킬 수 없었다. 가엾은 녀석, 아버지가 없는 아들. 그는 속으로 생각했다.

콩스베르그에도 크리스마스가 다가왔다. 페테르는 연휴 직전에 일종의 모의시험을 치렀다. 시험이 끝나자 그는 짐을 꾸려 집이 있는 나르비크로 갔다. 거기서 크리스마스를 즐길 생각이었다. 떠날 때 페테르는 여행가방을 한 개만 들고 있었다. 아버지가 역까지 그를 바래다주었다. 기차가 도착하자 비에른이 아들에게 한 손을 내밀었다. "크리스마스 지나고 돌아올게요. 여기서 같이 사는 게 좋아요." 페테르가 말했다. 아버지는 미소를 지으며, 즐거운 여행을 기원해주었다. 크리스마스 지나고 돌아온단 말이지. 하지만 오래 머물지는 않을 거다. 그건 내가 알아. 그는 속으로 생각했다.

크리스마스가 왔다. 비에른 한센은 혼자서 조용히 크리스마스를 지냈다. 연휴 둘째 날, 여느 때처럼 베리트 부스크와 헤르만 부스크의 집에서 저녁식사를 한 것만이 예외였다. 페테르는 1월 초에 돌아왔고, 그달 중순에 비에른 한센은 빌뉴스로 떠났다.

빌뉴스는 어디인가? 유럽의 어딘가에 있는 곳이다. 이보다 더 정확하게 말하기는 불가능하다. 콩스베르그에서 오슬로까지 기차로 간 뒤, 포르네부에서 비행기를 타고 코펜하겐의 카스트루프공항에 내린다. 거기서 한 시간 동안 기다리다가 빌뉴스행 비행기에 올라 한 시간 이십 분 뒤 리투아니아의 수도에 있는 공항에 내린다. 민스크에서 192킬로미터 떨어진 곳이다. 동쪽으로 여행하면 그렇다는 얘기다. 북서쪽으로 288킬로미터 떨어진 곳에는 리가가 있고, 남쪽으로 384킬로미터 거리에는 바르샤바가 있다. 상트페테르부르크까지는 640킬로미터, 모스크바까지는 880킬로미터, 베를린까지는 832킬로미터다. 베를린과 모스크바 중간, 유럽의 어느 곳. 리투아니아의 가장 중요한 항구인 클라이

페다가 있는 발트 해안과 수영을 즐길 수 있는 휴양지는 240킬로미터 떨어져 있다.

그렇게 해서 비에른 한센은 빌뉴스에 왔다. 그는 전형적인 소련식 건물인 호텔 리투아니아의 십팔층에서 창문을 통해 네리스 강 건너편의 시내를 내려다보았다. 유서 깊고 장엄한 도시였다. 유럽에 있는 도시. 언덕 위에는 성이 오만하게 서 있고, 게디미나스 탑도 함께 서 있었다. 그 아래 시가지에는 교회, 고층건물, 탑, 장벽 등이 있었다. 비에른 한센은 창문으로 보이는 풍경에 마음이 움직여서 당장 외출하기로 마음을 정했다. 얼마 지나지 않아 그는 강 건너편을 향해 돌다리를 건너고 있었다. 그곳에 구시가지가 있었다. 1300년대의 해골 같은 도시. 수백 년 전에 지어진 집에서 리투아니아인, 폴란드인, 백러시아*인, 유대인이 살았다. 지금은 리투아니아인 외에 러시아인이 커다란 소수집단을 이루고 있었다. 자갈로 포장된 좁은 길들이 뻗어 있고, 코크스** 냄새가 났다. 연기가 솟아올랐다가 도시 위로 내려앉았다. 코크스 냄새와 고약한 식용유 냄새. 비에른 한센은 서구식 옷차림으로 서둘러 거리를 걸었다. 노르웨이 기준으로는 상당히 충충한

* 현재의 벨라루스.

** 석탄으로 만든 연료.

옷차림이었다. 모두들 그를 바라보았다. 좁은 마당에 서서 그를 지켜보았다. 낡고 유행이 지난 옷차림으로. 겨드랑이에는 꾸러미를 낀 채로. 허리가 구부러져서 곱사등이처럼 보이는 사람들. 하지만 그들은 호기심으로 눈을 반짝이며 그를 지켜보았다. 그는 미국에서 온 사절이었다. 양배추와 감자. 거리에 늘어선 상점들 안에는 둘둘 말린 천이 있었다. 어떤 남자가 빈 우유병이 가득 실린 수레를 끌었다. 수레가 덜컹거렸다. 비에른 한센은 서둘러 걸었다. 다소 불편한 기분이었다. 옛 성문은 1500년대에 지은 것이었다. 성카시미르성당. 1700년대의 극장. 대주교들의 궁전. 새 시청도 1700년대의 건물이었다. 1500년대의 대학에는 성요한성당이 있었다. 게디미나스광장에는 성당과 별도로 지어진 종탑이 있었다. 딩동.

날이 추워서 그는 몸을 떨었다. 한겨울이었다. 사람들은 좁은 거리를 서둘러 걸었다. 갑자기 눈이 내리기 시작했다. 빌뉴스의 하늘이 종일 엄청나게 어둡더니 갑자기 눈이 내렸다. 그래, 이곳, 이 도시에서 비에른 한센은 중부유럽식으로 내리는 눈을 보았다. 빌뉴스의 거리에 축축하고 묵직한 눈이 내렸다. 오래전 리투아니아의 예루살렘이라고 불리던 이 도시는 양대 세계전쟁 사이의 기간에는 폴란드의 지방도시였다. 크고 하얀 눈송이들이 허공에서 펄펄 내려와 땅에 흡수되어 사라졌다. 바로크 건물들 사이로, 너무 좁아서 괴로운 길 위로, 패딩을 입은 사람들의 어깨와 머리카락에도 무겁고 하얀 눈송이가 축축하게 내렸다. 갑자기 거리에 아이들이 가득해졌다. 아이들은 공중에서 눈송이를 잡으려고 했다. 아이들은 줄줄이 늘어선 주택들 사이의 작고 좁은 틈새에서 갑자기 쏟아져나왔다. 교복을 입고, 책을 넣은 책보를 멨다. 아이들은 건물 벽의 장식 선반이나 벽 사이 틈새나 계단에 재빨리 책보를 놓아두고는 거리 한복판으로 뛰어나가 눈송이를 잡겠다고 열심히 손을 펼쳤다. 그러다 허공에서 눈송이를 잡으면 서둘러 손을 꽉 쥐었다. 눈뭉치를 만들 수 있을 만큼 눈송이를 많이 잡았으면 좋겠다는 헛된 희망을 안고. 비에른 한센은 갑작스럽고 자연스럽게 눈앞에 펼쳐진 이 기묘한 광경을 바라보며 빠른 걸음으로 걸었다. 네리스강을 건너 그가 묵고 있는 외진 호텔 리투아니아로 갈 수 있는 오래된 돌다리가 또 나왔다. 호텔은 강 건너편에 옥좌처럼 서 있었다.

그는 호텔 리투아니아의 로비로 들어가면서 젖은 머리를 흔들어 눈을 털어냈다. 1960년대의 호화로운 양식으로 꾸며진 로비는 깊고 어두웠다. 바닥에는 두꺼운 카펫이 깔렸고, 조명은 어두웠다. 맨 끝에 있는 긴 프런트 데스크에서 작은 불빛들이 반짝였다. 그 앞에 사람들 한 무리가 서서 다른 무리의 사람들을 끌어안으며 과장된 동작으로 유쾌한 인사를 나눴다. 비에른 한센은 서둘러 올라갔다. 두 무리의 사람들 중 한 무리는 그가 아는 사람들이었기 때문이다. 그도 역시 그 무리에 속해 있었다. 그들이 이곳의 리투아니아인들과 인사를 나누고 있었다. 비에른 한센은 대표단의 일원으로 빌뉴스에 왔다. 리투아니아에 민주주의를 가르쳐줄 노르웨이 공무원 대표단의 일원으로 뽑혔기 때문이다. 그들이 지금 여기서 앞으로 가르치게 될 사람들과 인사를 나누고 있었다. 그들은 과거 소련 영토였다가 독립을 선포한 이 나라의 지방 관청에서 중요한 일을 맡게 될 리투아니아인들과 대화를 나누고 토론을 할 것이다. 노르웨이 대표단의 목표는 지방 관청들이 민주주의를 현명하게 운영해서 주민들이 행정의 대상인 동시에 행정에 참여하는 주체가 될 수 있도록 리투아니아인들에게 좋은 조언을 해주는 것이었다. 이런 대표단이 노르웨이 소도시의 재무관을 데려온 것은 이상한 일이 아니었다. 그 노르웨이 재무관이 비에른 한센인 것도 이상하지 않았다. 그는 거의 이십년 동안 이 일을 했고, 도중에 노르웨이 지방 재무관 연합에서 여러 중요한 자리를 역임했다.

로비에서 서로 소개가 끝난 직후, 노르웨이인들이 머물고 있는 이 호텔에서 회의가 열렸다. 그뒤로 사흘 동안 더 회의가 이어졌고, 대표단은 틈틈이 빌뉴스를 관광했다. 리투아니아 여기저기를 돌아보는 당일치기 여행도 다녀왔다. 마지막 날 저녁에는 축제 같은 만찬이 열렸다. 그러고 나서 노르웨이 대표단은 오슬로로 돌아갔다. 비에른 한센은 회의에 대해서는 할말이 별로 없었다. 조금 찌뿌드드한 기분인 것 같았다. 저녁마다 거하게 열린 파티 때문이기도 하고 자기만의 생각 때문이기도 했다. 그는 노르웨이와 리투아니아의 행정공무원들이 모인 이 회의에 독특한 분위기가 있다는 사실을 처음부터 알아차렸다. 리투아니아인들은 노르웨이인들을 우상처럼 떠받들었다. 그가 흔쾌히 받아들일 수 있는 수준보다 훨씬 더. 리투아니아인들이 그들을 떠받드는 이유는 그들이 잘나서가 아니라 그들의 나라가 부러워서였다.

리투아니아인들은 비에른 한센의 삶을 꿈꿨다. 그들은 그의 구두가 대단히 우아하다며 손가락으로 가리키기까지 했다. 그래서 비에른 한센은 구두를 신고 있는 자신의 모습이 이상하게 느껴졌다. 그의 시계도 기대를 품게 했다. 리투아니아인들은 그 시계를 찬 사람을 선천적으로 우월하다고 선포한 사람처럼 대했다. 가끔 사람들이 그에게 시간을 물었다. 리투아니아인들 역시 손목시계를 차고 있었는데도. 그러면 비에른 한센은 팔을 뻗어 자신의 손목시계를 확인한 뒤 독일어로 시간을 알려주었다. 하지만 리투아니아인들은 그의 말을 듣지 않았다. 그저 비에른 한센이 셔츠 소매를 휙 젖히면서 드러난 손목시계를 홀린 듯이 바라볼 뿐이었다. 그는 지금까지 수천 번이나 자연스럽게 이런 동작을 했지만 이렇게 소란이 벌어진 적은 없었다. 게다가 이 사람들은 리투아니아 시골에서 온 무지한 사람들, 멍청한 농노의 직계후손들이 아니었다. 교육 수준이 높고, 새로운 리투아니아의 여러 지방에서 지도자감으로 선발된 사람들이었다. 그들은 새로운 리투아니아의 기둥이었다. 하지만 평소 입던 옷을 입고 돌아다닌다는 이유만으로 한없는 찬탄의 대상이 된 것은 비에른 한센만이 아니었다. 노르웨이 대표단 전체가 같은 일을 경험했다. 원래 그들은 다소 수수한 사람들이라서 어떤 사람들이 봤다면 칙칙하다고 말할 수도 있을 정도였으므로, 이 노르웨이의 지방 관리들 중에 옷차림이 말쑥한 사람은 거의 없었다. 그러니 노르웨이 대표단이 상당히 들뜬 것도 무리가 아니었다. 그들 중 많은 사람이 극도로 우쭐해진 것도 불가피한 일이었다. 하지만 비에른 한센은 그 덕분에 자신이 리투아니아에서 실행하려는 계획이 실패할 리가 없음을 깨달았다.

그래서 그는 둘째 날 아침식사 전에 호텔을 나와 택시를 잡았다. 불안했지만 차분했다. 그는 택시기사에게 빌뉴스에서 가장 큰 병원으로 가자고 말했다. 문제는 그의 목적에 딱 맞는 사람을 찾는 것이었다. 그런 사람만 찾는다면, 모든 것이 시계처럼 정확하게 돌아갈 것이다. 시외츠 박사는 일을 진행하는 방식에 대해 좋은 충고를 몇 가지 해주었다. 어떤 전문의를 찾아야 하는지,

병원 의사들 중 얼마나 높은 사람을 만나야 하는지. 택시가 거대한 병원 단지 앞에서 멈췄을 때, 그는 독일어-리투아니아어 사전의 도움으로 루스틴바스 박사를 간신히 찾아갈 수 있었다.

그는 루스틴바스 박사에게 자신의 요구가 좀 이상해 보일지도 모르지만, 그래도 자신이 왜 박사를 찾아왔는지 설명하게 해달라고 말했다. 루스틴바스 박사는 고개를 끄덕였다. 그는 서른 살쯤 된 남자로, 전 세계 의사들과 똑같은 옷, 즉 하얀 가운을 입고 있었다. 비에른 한센은 준비한 말을 했다. 의사에게 원하는 일이 무엇인지 그가 설명하는 동안 루스틴바스 박사는 단 한 번도 감정을 드러내지 않았다. 입을 쩍 벌리지도, 눈썹을 치뜨지도 않았다. 그가 듣기에는 완전히 미친 소리 같았을 텐데도 그는 꿈쩍도 하지 않았다. 사실 무심해 보였다. 자신에게는 중요한 일이 아니라는 듯이. 비에른 한센의 말이 끝나자 루스틴바스 박사는 어깨를 한번 으쓱하고는, 정말로 그런 것을 원한다면 큰 문제 없이 해드릴 수 있을 것 같다고 말했다. 하지만 그는 당연히 그런 일을 공짜로 해드릴 수는 없다는 말을 덧붙였다. 한센 씨가 그 점을 반드시 이해해주어야 한다고. 그가 의문을 표한 것은, 반드시 현찰로 돈을 치러야 한다는 사실을 아느냐는 점뿐이었다. 그는 한센 씨가 고국을 떠나 이리로 올 때 미리 필요한 조치를 취해놓았기를 진심으로 바란다고 말했다. 비에른 한센이 그렇게 했다고 확인해주자, 루스틴바스 박사는 고개를 끄덕였다. 이 환자에게 만족했다는 뜻이었다. 하지만 비에른 한센이 예상하는 금액을 말했을 때, 루스틴바스 박사는 화들짝 놀랐다. 제대로 들은 게 맞습니까? 그게 가능해요? 서구에서 온 당신이 일만 달러를 제시한 게 맞아요? 사실상 아무것도 아닌 일에? 루스틴바스 박사는 금액을 계속 되풀이해서 말했다. 일만 달러? 현찰로요? 비에른 한센은 그렇다고 답했다. 루스틴바스 박사가 일어서서 비에른 한센에게 한 손을 내밀었다. 감격한 기색이 역력했다. 그 표정을 숨기려고 애쓰기는 했지만, 별로 소용은 없었다. 루스틴바스 박사의 손이 떨리고 있었다.

대화가 끝나고 비에른 한센이 계약금으로 천 달러를 지불한 뒤, 두 사람은 느긋하게 계획을 짰다. 비에른 한센은 회의에 참석하러 호텔 리투아니아로 돌아갔다. 그가 도착한 건 점심시간 때였다. 그가 오전에 자리를 비운 것을 아무도 이상하게 생각하지 않았다. 전날 밤에 술을 상당히 많이 마신 데다가, 리투아니아인 참가자들이 늦게야 나타난 그를 특히 유쾌하게 환영해주었기 때문이다. 그뒤로 그는 남은 회의와 관광, 만찬과 뒤풀이에 충실히 참여했다. 그동안 내내 머리로는 다른 생각을 하고 있다는 사실을 숨겼다. 술은 적당히 마셨지만, 최대한 취한 흉내를 냈다. 마지막 날 저녁 호텔 연회장에서 흥겨운 만찬이 끝난 뒤 사람들은 술집과 가까운 방으로 옮겨가 축제 분위기를 이어갔다. 영원한 우정을 맹세할 때였다. 비에른 한센은 새로운 친구들에게 기꺼이 건배를 했다. 사람들은 그에게 어느 리투아니아인의 방으로 올라가서 계속 형제애를 다지자고 초대했다. 평소 같으면 거절하지 않았을 것이다. 하지만 이번에는 조금 뒤에 가겠다고 말했다. 먼저 바람을 좀 쐬고 싶다고. 그가 조금 비뚤어진 미소를 지으며 살짝 코가 막힌 것 같은 목소리로 이 말을 했기 때문에 사람들은 과연 바람을 좀 쐴 필요가 있겠다고 이해해주었다. 비에른 한센은 외투를 입고 관습대로 프런트 데스크에 방 열쇠를 맡긴 다음 1월 말의 저녁 풍경 속으로 나갔다. 그리고 호텔 안의 사람들이 이제 자신을 볼 수 없다는 확신이 들었을 때 허리를 꼿꼿이 펴고 단호하지만 편안한 걸음으로 거리를 걸었다. 눈이 내리고 있었다. 지난번과 똑같은 눈이었다. 묵직한 하얀색 눈송이들이 드문드문 불이 켜진 유럽 도시 빌뉴스에 내려앉았다. 병원에 도착하니 루스틴바스 박사가 계단에서 그를 기다리고 있었다.

그는 루스틴바스 박사의 안내로 병원 안으로 들어가 뒷계단을 통해 어떤 방으로 갔다. 그가 쓰게 될 1인 병실이었다. 그가 준비하는 동안 루스틴바스 박사는 밖에 나가 있었다. 그는 옷을 벗어 가구가 빈약한 이 방의 높은 옷장에 걸었다. 그리고 침대에 누웠다. 얼마 뒤 루스틴바스 박사가 간호사 두 명과 함께 들어왔다. 루스틴바스 박사의 감독하에 비에른 한센의 몸에는 붕대가 감기고, 이런 경우의 일반적인 치료 방법에 따라 깁스가 고정되었다.

다음날 아침 비에른 한센의 모습이 보이지 않자 사람들이 걱정하기 시작했다. 아침식사 때도, 노르웨이 대표단이 공항으로 출발하기 위해 프런트 데스크에 모였을 때도 그는 없었다. 노르웨이 대표단의 가방들 중에 그의 여행가방도 보이지 않았다. 프런트 데스크 앞에 한데 모아놓은 가방들을 외투 보관실 직원이 지키고 있었다. 사람들은 프런트 데스크에 물어본 결과, 비에른 한센이 전날 저녁에 맡긴 열쇠가 그대로 있다는 사실을 알아냈다. 사람들이 그의 방에 들어가 살펴보니 방에는 아무도 없었다. 하지만 그의 소지품은 그대로였다. 사람들은 공항에 전화를 걸어 구내방송으로 그를 호출하게 했다. 이유는 알 수 없지만, 혹시 그가 짐가방을 내버려둔 채 공항으로 곧장 갔을지도 모른다고 생각해서였다. 사람들은 점점 심각해졌다. 공항으로 가는 버스가 벌써 밖에 기다리고 있는데, 비에른 한센의 흔적을 찾을 길이 없었다. 그때 리투아니아 대표단 한 명이 몹시 흥분해서 노르웨이 대표단장을 한쪽으로 데려갔다. 그리고 비에른 한센이 교통사고로 입원해서 수술을 받았다는 연락이 병원에서 왔다고 말했다. 중상이지만 생명은 위험하지 않다고 했다.

이제 어쩐다? 비행기 시간이 임박했으므로 공항으로 가야 했다. 하지만 중상을 입은 비에른 한센을 리투아니아 병원에 남겨두고 그냥 떠나도 될까? 한두 명이 남아서 그를 돌봐줘야 하지 않을까? 리투아니아 대표단장이 그럴 필요 없다고 말했다. 첫째, 그를 오랫동안 돌봐줄 수도 없을 것이고, 둘째, 의사들의 실력이 좋으니 걱정할 필요 없다는 것이었다. 혹시 무슨 일이 생기는 경우를 대비해서, 바르샤바의 대사관에도 이미 연락해두었다고 했다. 기회가 생기는 대로 대사관 직원이 그를 만나러 올 터였다. 노르웨이 대표단은 이 말을 듣고 마음이 놓여서 예정대로 떠나기로 했다.

비에른 한센은 몇 주 동안 빌뉴스병원에 남아 있었다. 그는 루스틴바스 박사의 환자였으므로, 박사의 허락 없이는 아무도 그에게 접근할 수 없었다. 가끔 루스틴바스 박사가 다른 의사들과 함께 그를 찾아왔다. 다른 의사들은 방 한복판에 서 있었다. 루스틴바스 박사가 낮은 목소리로 그들에게 말하는 소리가 들렸다. 루스틴바스 박사가 간호사들을 데리고 올 때도 있었다. 한 명씩 줄지어 들어오는 간호사들에게 이 서구인과의 만남은 포괄적인 회진의 일부일 뿐이었다. 하루에 한 번씩 간호사가 와서 온몸에 연고를 바르고 붕대를 갈아주었다. 두 간호사가 번갈아가며 이 일을 했다. 처음에 그의 몸을 붕대로 감고 깁스를 고정해준 사람들이었다. 그들은 젊고 다정했으며, 그를 최대한 보살펴 주었다. 어떤 때는 그에게 리투아니아어로 말을 걸다가 그가 한 마디도 알아듣지 못한다는 사실을 깨닫고 빙긋 웃었다. 가끔 한 번씩 루스틴바스 박사와 함께 두 사람이 모두 오기도 했다. 그럴 때면 그들이 자기들끼리 비에른 한센에 대해 이야기했는데, 간호사들의 목소리가 슬프게 들렸다. 루스틴바스 박사는 병상으로 다가와 걱정스러운 눈빛으로 그를 바라보곤 했다. 아니면 병상 옆에 앉아 그의 손을 잡고 맥박을 재거나 청진기로 심장 소리를 듣기도 했다. 매일 병상 옆 벽에 걸린 차트에 새로운 커브가 덧붙여졌다.

어느 날 루스틴바스 박사가 주사를 놓은 뒤 기분좋은 졸음이 밀려왔다. 곧 다시 돌아온 루스틴바스 박사 옆에는 노르웨이어를 하는 남자가 있었다. 비에른 한센은 그것이 노르웨이어라는 사실은 알 수 있었지만, 안타깝게도 너무 졸려서 그가 무슨 말을 하는지 잘 알아들을 수 없었다. 나중에 루스틴바스 박사가 바르샤바의 노르웨이 대사관에서 온 사람이었다고 설명해주었다. 그리고 조잡한 협탁 위에 놓인 꽃과 초콜릿을 가리켰다. 그는 대사관 직원에게 다음번에는 비에른 한센의 상태가 더 좋아져 있을 것이라고 말했고, 대사관 직원은 노르웨이 신문과 기타 읽을거리를 가져오겠다고 말했다고 전해주었다.

루스틴바스 박사는 비에른 한센을 대단히 정중하게 대하면서, 평범한 치료를 했다. 비에른은 자신이 먹는 음식이 평범한 병원 음식이 아니라 특별식인 것 같다는 생각이 들었다. 흠잡을 데 없는 식사가 나왔기 때문이다. 루스틴바스 박사는 그에게 격려하는 말을 하기도 하고, 연민을 보이기도 했다. 그가 이미 이루어진 일을 돌이킬 방법이 없으며, 따라서 앞으로 남은 평생 동안 휠체어 신세를 져야 한다는 사실을 알리러 온 날, 박사는 양손을 꽉 잡았다. 그는 비에른 한센의 바로 옆에 앉아 있었다. 그렇지 않아도 병상 가까이에 있던 의자를 더 가까이 가져와서 환자와 정확히 눈을 마주칠 수 있는 위치에 앉았다. 그날 그는 간호사들을 거느리고 들어왔다. 그가 비에른 한센에게 이제 돌이킬 수 없다는 소식을 전하는 동안 간호사들은 벽 앞에 늘어서 있었다. 그들은 심각한 얼굴로 똑바로 앞만 바라보며 깊이 걱정하는 표정을 지었다. 첫날 그를 돌봐주고 그뒤에도 번갈아가며 그를 보살펴준 두 간호사도 거기에 포함되어 있었다. 그들은 비록 하얀 옷을 입었지만, 그리스 연극의 울부짖는 코러스처럼 그렇게 뒤편에 서 있었다.

비에른에게 손님들이 찾아왔다. 가장 먼저 온 사람은 리투아니아 대표단장이었다. 그는 빌뉴스에 살았다. 그뒤에는 바르샤바에 있는 노르웨이 대사관의 직원이 왔다. 두 사람이 오면 루스틴바스 박사도 항상 옆에 있었다. 박사는 리투아니아 대표단장을 밖으로 자주 데리고 나갔다. 자기들끼리 자기네 말로 사고에 대해서, 그리고 이 노르웨이인 환자의 예후에 대해서 말하는 모양이었다. 대사관 직원이 왔을 때는 루스틴바스 박사가 아무 말도 하지 않았다. 그냥 배경처럼 줄곧 자리를 지키기만 했다. 어쨌든, 대사관 직원과의 만남은 매끄럽게 잘 끝났다. 두 사람은 이런저런 이야기를 나눴다. 대사관 직원 역시 비에른 한센이 왜 빌뉴스병원에 들어오게 되었는지 직접 물어보기를 꺼리는 것 같았다.

그는 루스틴바스 박사의 환자였고, 박사가 열성적으로 지켜보고 있었다. 박사는 비에른 한센의 침상 옆에 느닷없이 불쑥 나타나곤 했다. 혼자일 때가 많았다. 그는 의자에 앉아 환자를 바라보며 몸은 좀 어떤지, 치료에 불만은 없는지 물었다. 그러다 갑자기 자기 이야기를 하기도 했다. 자신은 리투아니아인이고 가톨릭신자라는 것. 리투아니아의 초원에서 유년시절을 보냈다는 것. 러시아와 공산주의를 몹시 싫어하지만 그들에게 고마워하는 점도 많다는 것. 그들이 아니었다면 그는 의사가 되지 못하고 땅의 노예가 되었을 것이다. 그들이 아니었다면, 빌뉴스는 리투아니아의 수도가 아니라 폴란드의 도시가 되었을 것이다. “어쩌면 내일 빌뉴스가 다시 폴란드의 도시가 될지도 모릅니다. 독일이 어떻게 하는지에 달렸죠. 우리는 지금까지 많이 방랑했으며 앞으로도 계속 방랑할 겁니다. 어쩌면 드네프르강 가까지 가게 될까요? 저야 모르죠. 하지만 독일이 슈테틴, 브레슬라우, 쾨니히스베르크, 단치히, 메멜을 되찾고 싶어한다면, 폴란드는 빌뉴스를 다시 손에 넣으려 할 것이고 우리는 동쪽으로 다시 방랑을 떠나야 할 겁니다. 그래도 저는 어떻게든 해나갈 거예요." 루스틴바스 박사는 말을 덧붙였다. "모든 것이 하느님의 역사니까요." 그는 환자에게 이렇게 말했다. 부유한 서구에서 온 이 놀라운 남자. 그는 교과서에 나온 대로 깁스와 붕대에 감싸인 채 병상에 몸을 쭉 펴고 누워 있었다. 그의 병상 옆에 앉아서 환자의 관점에서 그에게 일어난 일을 생각해보면 눈물을 흘리며 울어주어야 할 것이다. 하지만 루스틴바스 박사는 그 점에 대해서는 생각하지 않았다. 그런 문제를 건드릴 때 그의 말은 아주 모호했다. 하지만 비에른 한센의 병상 옆에 앉아 있는 것은 좋아했다. 비에른 한센이 보기에는 다정한 두 간호사도 틀림없이 이 비밀에 동참하고 있는 것 같았다. 하지만 그 밖의 사람들에게는 아무것도 알릴 필요가 없었다. 루스틴바스 박사와 검은 머리의 두 미인 간호사만 알면 됐다.

루스틴바스 박사는 이 놀라운 남자의 병상 옆에 앉았다. 그가 박사의 삶을 바꿔놓은 것 같았다. 어쩌면 그래서 박사가 이렇게 자주 찾아오는 것인지도 모른다. 그에게 완전히 새로운 삶을 가능하게 해준 이 남자의 옆에 있고 싶어서. 비에른 한센이 나타나기 전에 그는 그런 미래를 감히 꿈꾸지도 못했다. 돈 일만 달러가 하늘에서 루스틴바스 박사의 무릎으로 곧장 떨어졌다. 미친 생각을 지닌 부유한 남자가 그의 앞에 나타났다. 서구에서 와서 붕대와 깁스에 감싸인 채 누워 있는 이 남자는 하느님이 루스틴바스 박사에게 보낸 선물이었다. 그래서 박사는 비에른 한센을 그렇게 대우했다. 언젠가 루스틴바스 박사는 당연히 고해할 것이다. 비에른 한센은 그렇게 생각했다. 하지만 그가 떠날 때까지는 고해하지 않을 것이다. 그가 떠난 뒤에야 자신이 죄를 지었다고 말할 것이다. 아니면 자신이 감히 받을 자격도 없는 기적과 축복이었다고 말하려나?

다정한 두 간호사도 비에른 한센을 똑같이 대했다. 아주 정중하고 깊이 배려하는 태도로. 어느 날 루스틴바스 박사가 비에른 한센의 병실로 휠체어를 밀고 들어왔다. 두 간호사도 따라 들어왔다. 간호사들이 비에른 한센을 부축해 휠체어에 앉혔다. 루스틴바스 박사는 휠체어 사용법을 가르쳐주었을 뿐만 아니라, 몸이 마비된 사람들이 남의 부축을 받아 휠체어에 앉을 때나 휠체어에 이미 앉아 있을 때 어떻게 행동하는지에 대해서도 모호한 말로 좋은 충고를 해주었다. 두 간호사가 휠체어를 밀고 복도로 나가 지붕이 있는 베란다로 비에른 한센을 데려갔다. 비에른 한센은 리투아니아에 봄이 왔음을 비로소 확인했다. 새들이 노래하고, 나무에는 새싹이 돋았다. 그는 곧 이 병원을 나서서 빌뉴스를 떠나게 될 것이다. 그는 일주일을 더 머무르면서 주로 휠체어에 익숙해지는 데 시간을 쏟았다. 그는 휠체어를 굴리며 복도를 왔다갔다하거나, 무릎에 담요를 덮고 지붕이 있는 베란다에 앉아 있었다. 루스틴바스 박사가 가끔 베란다로 찾아와 비에른 옆에 앉아서 리투아니아에서 태어나 살아가는 삶에 대해 이야기해주었다. 낡은 앨범을 가져와 사진들을 보여주기도 했다. 집단농장의 농부였던 아버지. 리투아니아의 덩치 큰 시골 아낙네인 어머니. 세 형제와 누이. 그는 누이의 펜던트를 보여주었다. 누이는 이미 이 세상 사람이 아니었다. 열여섯 살에 세상을 떠난 누이의 사진이 들어 있는 펜던트를 루스틴바스 박사는 목에 걸고 다녔다. 비에른은 루스틴바스 박사의 어린 시절 사진, 젊은 시절 사진, 학생 때 사진, 신참 의사 시절의 사진을 보았다. 루스틴바스 부인과 두 자녀가 비좁고 가구가 지나치게 많은 아파트에서 찍은 사진도 보았다. 루스틴바스 부인도 의사였다. 여기 같은 병원에서. "당신이 제 아내를 만나지 못한 게 아쉽네요." 루스틴바스 박사가 말했다. 아이들은 각각 여섯 살, 여덟 살이었다. 모든 사진이 인위적으로 보이는 것이 특징이었다. 마치 사진관에서 찍은 사진들처럼. 사진기를 든 사람이 아이들의 아버지이자, 루스틴바스 부인의 남편이자, 부모의 아들인데도 그랬다. 방안에는 뭔가가 가득했다. 휘청거리는 식탁에 온갖 물건이 쌓여 있고, 루스틴바스 일가가 모두 식탁에 둘러앉아 있었다. 사진을 찍어야 하는 루스틴바스 박사만 예외였다. 루스틴바스 박사는 팍스 로마나를 꿈꿨다. 독일과 로마의 후예들이 사는 이 신생국의 담장 안에서 리투아니아인들이 평화롭기를. 이 나라는 발트해안을 따라 오데르-나이세 선*까지 독일이 팽창하지 못하게 견제할 것이며, 이 나라 안에서 폴란드인, 리투아니아인, 백러시아인이 영원히 평화롭게 살 것이다. 야만인인 러시아인들은 담장 너머에 있을 것이고. 루스틴바스 박사의 아이들이 식탁에 앉아 비에른을 빤히 바라보았다. 루스틴바스 부인도 그를 빤히 바라보았다. 젊은 학생 시절의 루스틴바스 박사도 그를 빤히 바라보았다. 박사가 어깨에 손을 얹고 있는 다른 학생도 비에른 박사를 빤히 바라보았다. 속을 알 수 없는 시선이었다. 루스틴바스 박사의 어머니가 아들을 빤히 바라보았다. 아들이 신참 의사 시절 고향으로 돌아와 카메라를 들고 찍은 어머니의 사진이었다. 그 사진 속에서 그녀가 비에른 한센을 빤히 바라보았다. 서쪽에

* 폴란드와 독일 사이의 국경선.

서 온 남자. 루스틴바스 박사는 비에른 한센의 가족에 대해 아무 것도 묻지 않았다. 그는 저편에서 온 사람이며, 그에게 과거는 존재하지 않았다. 부유한 미지의 존재인 그가 루스틴바스 박사를 찾아와 부탁을 했고, 그 부탁이 루스틴바스 박사의 인생을 바꿔놓았다. 그리고 그 자신은 짐작도 할 수 없는 모종의 이유로 장애인이 되어 휠체어에 앉아 있었다. 루스틴바스 박사는 그에게 물어볼 것이 없었다. 그가 살다 온 부유한 세상에 대해서도 루스틴바스 박사는 전혀 묻지 않았다.

비에른 한센은 그렇게 퇴원했다. 그는 휠체어를 타고 루스틴바스 박사의 진찰실로 들어가 서명과 도장이 이미 다 처리된 서류 여러 장을 받았다. 그가 빌뉴스병원에 입원한 동안의 일들을 자세히 설명한 서류였다. 그다음에는 차에 태워져서 공항으로 향했다. 검은 머리의 간호사 두 명이 그의 휠체어를 밀고 출국장으로 들어갔다. 두 사람은 휠체어 뒤에 나란히 서서 휠체어 손잡이를 꼭 잡고 그를 체크인 창구로 데려갔다. 두 사람 중 한 명이 수속을 대신해주는 동안, 다른 한 명은 휠체어 뒤에 서서 기다렸다. 일이 끝난 뒤 두 사람은 출국수속 창구와 국제선 출국장 쪽으로 휠체어를 밀었다. 여전히 자매처럼 나란히 걸었다. 출국수속 창구에서 스칸디나비아 항공의 스튜어디스가 그를 기다리고 있었다. 리투아니아인 간호사 두 명이 이 여성에게 휠체어를 넘겨주었다. 이제부터는 그녀가 그를 책임질 터였다. 그를 스튜어디스에게 넘겨주기 전에 두 간호사는 차례로 허리를 숙여 그를 포옹하며 눈물을 터뜨렸다.

미처 짐작하지 못한 일이라 스튜어디스는 조금 뒷걸음질을 쳤고, 비에른 한센은 휠체어에 늘어졌다. 빨리 출국수속을 마치고 긴 복도를 지나 비행기에 오르고 싶은 마음이 간절했다. 그다음에 어떤 일이 벌어질지도 불안했다. 스튜어디스가 휠체어 손잡이를 잡고 출국수속 창구를 통과한 뒤 문을 지났다. 두 사람 뒤에서 문이 닫혔다. 비에른은 똑바로 앞을 바라보며 앉아 있어서 뒤를 돌아볼 수 없으므로, 더이상 두 간호사를 볼 수 없었다. 간호사들은 나란히 서서 자동문을 통과해 자신의 세계로 사라져가는 그를 지켜보았다. 두 사람이 그 세계를 잠깐 엿볼 틈조차 없이 문이 닫혔다.

비행기에서 그는 맨 뒷좌석을 배정받았다. 승무원들이 앉을 일인용 좌석 옆자리였다. 스튜어디스가 거기에 앉아, 기체가 상승하는 동안 한 손으로 휠체어 손잡이를 단단히 잡아주었다. 그는 먹을 것이 담긴 쟁반을 스튜어디스들이 가져왔을 때 고개를 저었다. 비행기 객실의 이쪽 구역에서 음료수 서빙을 맡은 사람은 바로 '그의' 스튜어디스였다. 그는 몸을 웅크린 채 똑바로 앞만 바라보며 깊이 생각에 잠겼다. 이제 집으로 돌아가는 길이었다. 지금처럼 두려운 적이 없었다. 게다가 두려운 마음에 온몸이 부들부들 떨릴까봐 걱정스러웠다. 자신의 계획을 끝까지 완수하지 못할까봐 두렵기도 했다. 그는 유럽 어딘가의 상공에 앉아 있었다. 비좁고 긴 비행기 안, 맨 뒷자리에. 그는 휠체어에 웅크리고 앉아 음울한 얼굴로 똑바로 앞만 바라보았다. 비행기가 착륙을 위해 하강하자, 스튜어디스가 그의 옆자리에 앉아 또 휠체어 손잡이를 단단히 붙잡아주었다. 카스트루프공항에서 그는 마지막 여정, 즉 코펜하겐에서 오슬로까지 가는 여정을 위해 또다른 스튜어디스 손에 맡겨졌다. 포르네부공항에서는 콩스베르그병원에서 온 구급차가 그를 맡았다. 스튜어디스가 휠체어를 밀며 문을 통과해 공항 로비로 나가는 동안 구급요원들이 그를 기다리고 있었다. 국제선 입국장을 나서면 노르웨이 사람들의 커다란 목소리가 귀를 후려친다. 세관을 통과하자마자. 그는 곧바로 흰 가운을 입은 두 남자에게 넘겨졌다.

노르웨이는 봄이 되어 있었다. 하지만 그는 공항 출구에서 주차된 구급차까지 가는 짧은 시간 동안 날이 아직 서늘하다는 것을 느낄 수 있었다. 4월 중순, 성주간*의 화요일, 즉 세족 목요일 이틀 전이었다. 올해는 부활절이 늦었다. 그는 여덟 주 동안 집

* 부활절 전 주.

을 떠나 있었다. 구급차는 드람멘과 호크순을 통해 콩스베르그로 달려갔다. 그는 옛날부터 노르웨이의 풍경, 특히 드람멘과 호크순 사이, 그리고 호크순과 콩스베르그 사이 드람멘강 가의 풍경, 평평한 벌판과 가파른 산이 있는 풍경을 늘 좋아하지 않았던가? 하얀 가운을 입은 두 남자는 앞좌석에 앉아 부활절 연휴 때 무엇을 할 것인지 서로 이야기했다. 비에른 한센은 그 뒤에서 휠체어에 앉아 비행기에서처럼 웅크리고 있었다. 차가 콩스베르그 병원에 도착하자, 사람들이 그의 휠체어를 들어 차에서 내린 뒤, 그를 기다리고 있는 시외츠 박사에게 곧장 데려갔다.

시외츠 박사는 노련한 의사다운 태도로 그를 맞이했다. 친절하지만 거리감이 느껴지는 태도. 진찰실에 간호사도 한 명 들어와서 그를 보조해주었다. 간호사는 무엇보다 비에른 한센을 휠체어에서 진찰대로 옮기는 데 도움이 되었다. 다리에 힘이 없지. 그걸 기억해야 돼. 비에른 한센은 속으로 생각했다. 하지만 진찰을 한 사람은 시외츠 박사이고, 간호사는 한 번도 비에른 한센의 몸에 직접 손을 대지 않았다. 진찰이 끝난 뒤 비에른 한센은 X선 검사실로 옮겨졌다. 시외츠 박사도 동행했다. 박사는 직접 X선 사진을 찍으면서 도와주는 사람 없이 혼자 비에른 한센의 몸을 뒤집어 엎드리게 했다. 촬영이 끝난 뒤에는 사진이 현상될 때까지 기다리려고 뒤에 남았다. 그동안 비에른 한센은 다시 휠체어에 실려 시외츠 박사의 진찰실로 돌아왔다. 간호사와 단둘이 있게 되었지만 이야기는 나누지 않았다. 그는 시외츠 박사가 X선 사진들을 들고 돌아올 때까지 이불을 덮고 누워 눈을 감고 있었다. 시외츠 박사는 걱정스러운 표정이었다. 그는 간호사를 손짓으로 불러서 함께 비에른 한센을 진찰대에서 내려 다시 휠체어에 앉혔다. 다리에 힘이 없지. 비에른 한센은 생각했다. 시외츠 박사는 어떤 서류를 가져오라는 핑계를 만들어서 간호사를 내보냈다. 두 사람만 남기 위해서였다. 간호사도 상황을 이해했다.

걱정스러운 표정과 연민이 가득한 다정하고 나지막한 목소리로 시외츠 박사는 방금 끝낸 진찰 결과 빌뉴스의 진단이 확인되었다고 말했다. 빌뉴스의 진단서 한 부가 이미 콩스베르그병원에 도착해 있었다. 따라서 비에른 한센은 남자답게 그 결과를 받아들여야 했다. 달리 할 수 있는 일이 없었다. 시외츠 박사는 아무 희망이 없는 상황에 적응하기가 고통스럽다는 걸 알지만, 어쩔 수 없는 일이라고 말했다. 시외츠 박사는 비에른 한센이 이제 아마도 몇 달 동안 자기연민에 빠질 것임을 금방 이해했다. 그것은 전적으로 인간적인 반응이었다. 하지만 그는 비에른 한센이 앞으로도 계속 살아나가야 한다는 사실을 점차 깨닫기를 바랐다. 게다가 이 사회는 장애인들이 만족스러운 삶을 살 수 있게 많은 자원을 투입하고 있었다.

비에른 한센은 의사와 눈을 마주치려고 필사적으로 시도했다. 그는 의사의 마음속 깊은 곳에서 우러난 시선을 보고 싶었다. 비에른 한센은 두 눈을 크게 뜨고 앉아서 시외츠 박사의 눈, 언제나 멀기만 한 눈을 뚫어져라 바라보았다. 박사의 눈은 지금도 거리를 유지하며, 비에른 한센의 시선이 닿는 것을 거부하고 있었다. 박사는 비에른 한센의 시선을 피했다. 비에른 한센은 자신이 잘 살아갈 수 있도록 이 사회가 최선을 다할 것이라고 약에 중독된 의사가 말하는 것을 들었다. 그는 비에른 한센이 지금 힘든 시기를 겪고 있다는 걸 안다면서, 그를 돕기 위해 다른 사람들이 할 수 있는 일을 다 할 것임을 알아달라고 말했다. 이 말을 하면서 그는 휠체어에 앉은 남자에게로 눈을 돌려, 거리감이 있지만 친절한 시선으로 그를 바라보았다. 두 사람이 공유한 비밀을 그 시선만으로는 도저히 눈치챌 수 없을 것이다. 시외츠 박사는 그 비밀을 인정해도 손해볼 일은 없었을 텐데. 비에른 한센은 친절한 의사의 눈을 바라보았다. 의사의 눈은 여전히 냉정하고 친절하게 그의 시선에 답했다. 누군가가 문을 부드럽게 두드리더니 간호사가 들어와 서류철을 의사의 책상 위에 펼쳐놓았다. 의사가 지시한 그대로였다.

사람들은 비에른 한센을 아파트로 데려다주고 떠났다. 그는 혼자 남았다. 비에른 한센은 자기 아파트에서 휠체어에 앉아 있었다. 얼마 뒤 초인종이 울리자 비에른 한센은 휠체어를 굴려 문을 열어주러 갔다. 결코 간단한 일이 아니었다. 먼저 그는 문의 잠금장치를 푼 뒤 문을 살짝 열어놓고, 휠체어를 돌려 뒤로 물러나야 했다. 문 앞에 서 있는 사람이 문을 열고 들어올 수 있는 공간을 마련해주기 위해서. 찾아온 사람은 시에서 파견한 간병인이었다. 그를 도우려고 온 예순 살가량의 유쾌한 여성이었다.

그녀가 저녁식사로 무엇을 먹고 싶으냐고 물었다. 그가 특별히 먹고 싶은 것을 생각해내지 못하자 그녀는 알겠다는 듯이 웃으면서, 그렇다면 자기가 적당한 것으로 사오겠다고 말했다. 그녀는 음식이 가득 담긴 봉지를 들고 돌아왔고, 그가 값을 치렀다. 그녀는 그에게 오이 샐러드를 곁들인 연어를 내놓았다. 그가 식사하는 동안 그녀는 아파트 안을 돌아다니며 깨끗하게 치웠다. 꽃과 장식품도 사다놓았다. 탁자와 선반에는 노란색 꽃무리가 달린 가지들을 놓아두었다. 노란색 튤립 열 송이를 꽃병 두 개에 나눠 꽂아 하나는 커피 탁자에 놓고, 다른 하나는 창턱에 놓았다. 그의 접시 옆에는 타는 듯한 노란색 냅킨을 놓아주었다. 이제 부활절을 맞이할 수 있겠다고 그녀가 말했다. 그의 식사가 끝난 뒤 그녀는 접시와 유리잔과 식기를 가져가 씻었다. 그리고 돌아갔다.

그는 (마리 안이) 깨끗하게 청소하고 깔끔하게 정리한 아파트에서 휠체어에 앉아 있었다. 아들은 없었지만, 아들의 편지가 남아 있었다. 가구가 딸린 방을 찾았으며, 그편이 가장 실용적이라는 내용이었다. 어차피 아들은 이 집에 필요 이상 길게 머무를 생각이 없었다. 다른 방을 구할 때까지만 있을 생각이었다. 마침 주택가에서 그런 방을 구했다. 시내에서 가까운 주택의 지하로, 출입구가 별도로 나 있는 독신자용 방이었다. 참고로 부활절에 하루 동안 그를 만나러 오겠다는 말도 있었다. 어디에 가지 않고 집에서 책이나 읽을 예정이었으니까. 페테르는 안녕히 계시라는 말로 편지를 끝맺었다.

부활절 연휴 때 간병인이 매일 와서 음식을 만들어주고, 살림을 해주고, 기타 필요한 일을 도와주었다. 간병인 두 명이 번갈아가며 이 일을 맡았다. 연휴가 끝난 뒤에는 더 많은 간병인들이 차례로 찾아올 터였다. 그들 모두 열쇠로 직접 문을 열고 들어왔다. 부활절 연휴가 끝나기도 전에 그들은 비에른 한센이 직접 식사 준비를 시도해봐야 한다고 강력히 주장했다. 그것이 최선이에요. 그들이 말했다. 최대한 스스로 하는 법을 익혀야 돼요. "그편이 당신에게 좋아요. 혼자서 살아갈 수 있게 되면 인생을 긍정적으로 바라보게 되니까요." 그들이 말했다.

어느 날 초인종이 울렸다. 두 번. 하지만 비에른 한센은 문을 열어주지 않았다. 이유는 잘 모르겠지만, 투리 람메르스일지도 모른다는 생각이 들었다. 그는 그녀를 만나고 싶지 않았다. 람메르스의 집에서 나온 뒤로 오 년 동안 그는 그녀를 만난 적이 없었다. 아주 가끔 한번씩 몇 번 멀리서 본 것이 전부였다. 그뒤로 그는 일부러 멀리 돌아가는 길을 택했다. 그녀가 그를 찾아오지도 않았다. 그래도 그는 초인종이 울렸을 때 투리 람메르스일 것 같다는 생각이 들었다. 그녀는 틀림없이 그를 꼭 만나야 한다는 욕구를 느끼고 있을 것이다. 그가 휠체어에 앉은 모습을 자기 눈으로 직접 봐야 한다는 욕구. 그러고 나면 두 사람은 서로 체념할 수 있을 것이다. 그녀는 연민에 몸을 맡기고, 그는 자신을 정화하는 데 몸을 맡길 수 있을 것이다. 그는 남의 눈에 보이지 않기 위해, 지금 이 상태로 투리 람메르스와 이야기를 나누는 일을 피하기 위해 자신이 할 수 있는 일이라면 무엇이든 할 생각이었다. 하지만 초인종을 누른 사람이 반드시 투리 람메르스가 아닐 수도 있었다. 예를 들어, 헤르만 부스크일 수도 있었다. 하지만 그는 그에게도 문을 열어주고 싶지 않았다. 지금은 아니었다. 아직은.

그 사람은 헤르만 부스크가 아니었다. 그는 부활절 직후에 비에른 한센에게 전화를 걸었는데, 다른 곳에 있다고 했다. 그는 비에른 한센을 만나러 오고 싶다고 말했지만, 비에른 한센은 솔직히 아직 그러고 싶지 않다면서 먼저 마음을 더 단단히 다져야 한다고 말했다. 헤르만 부스크는 이해했다. 하지만 일주일 뒤 그에게서 다시 전화가 왔고, 그뒤로 한동안 대략 일주일에 한 번씩 전화가 이어졌다. 비에른 한센은 만나자는 요청을 거절했다. 하지만 투리 람메르스를 피하는 이유와는 완전히 다른 이유 때문이었다.

부활절이 지나고 얼마 뒤 그는 휠체어를 스스로 굴려서 시내를 지나 시청으로 갔다. 재무관실이 그 건물에 있었다. 휠체어로 콩스베르그 거리를 돌아다니는 데는 아무 문제가 없었다. 신체적으로도 심리적으로도. 그가 어렴풋이 아는 사람들에게 인사를 건네자, 그들은 최대한 자연스럽게 그와 인사했다. 시청 일층까지는 어떻게든 들어갈 수 있었지만, 그 위의 이층에는 갈 수 없었다. 재무관실이 이층에 있었다. 그의 부하직원들은 휠체어에 앉은 그를 이층으로 들고 올라가느라 힘을 쓰는 대신, 그냥 일층으로 내려왔다. 그는 안내 데스크 뒤편 공간으로 휠체어를 몰고 갔다. 사람들이 그에게 커피와 롤빵과 패스트리를 대접했다. 신참 직원이 서둘러 달려가서 사온 것이었다. 그들은 그에게 좋아 보인다고 말했다.

그가 작별인사를 하고 휠체어를 굴려 다시 거리로 나가려는데 시의원이 들어오는 바람에 그는 시의원과 이야기를 나눴다. 그동안 재무관실 직원들은 사무실로 돌아갔다. 시의원은 모호한 말로 조금 시간을 끌면서 그에게 유머감각은 여전하냐고 물었다(여기 시청에서 내가 뛰어난 유머감각으로 두각을 나타냈다면, 그건 내가 아니지. 비에른 한센은 퉁명스럽게 생각했다). 그러고 나서 본론을 꺼냈다. 그의 병가가 끝난 뒤의 일에 대해서. 시의원은 비에른 한센이 장애연금을 신청할 것이라고 짐작했다. 그러면 그들은 새로운 재무관을 지체 없이 임명하기 위한 절차를 시작할 수 있을 것이다. 시의원은 요룬 메크가 후보로서 두각을 나타내고 있는 것 같다면서 비에른 한센의 의견을 물었다. 비에른 한센은 당황했다. 그는 사직할 생각이 전혀 없었다. 당연히 예전처럼 일을 계속하게 될 것이라고 생각했다. 사실 일층에서 이층으로 올라가기가 힘들다는 현실적인 문제 외에는 일에 방해가 되는 요소가 전혀 없었다. 하지만 시의원이 보기에는 비에른 한센이 장애인이 된 이상 재무관 일을 그만두는 게 거의 기정사실인 것 같았다. 그가 비에른 한센에게 시청 일에서 완전히 손을 놓을 필요는 없다고 말하기는 했다. "자네의 전문지식을 컨설턴트로 활용할 수 있으면 좋겠지." 그가 말했다. 비에른은 아무 말도 하지 않았다. 만약 그가 정말로 장애인이 되었다면 누구보다 날카롭게 항의했겠지만 지금은 아니었다. 지금은 그럴 기운이 없었다. 머릿속이 빙빙 도는 것 같았다. 그는 휠체어를 굴려 시청을 나와서 다리 건너편에 있는 아파트로 향했다.

집. 그의 아파트. 휠체어. 콩스베르그시의 전직 재무관. 나이 오십일 세. 하루하루 시간이 흘렀다. 간병인 서비스를 제공해주는 부서에서는 그에게 몹시 만족했다. 그들은 그가 긍정적인 태도를 보인다고 생각했다. 그는 일상의 소소한 일을 혼자 해내겠다는 강력한 의욕을 보여주었다. 그리고 놀라울 정도로 짧은 시간 안에 혼자서 장보기, 식사 준비, 설거지, 빨래를 할 수 있게 되었다(침대보처럼 빨기 힘든 것들은 제외). 이제 당국에서 도와줄 일은 일주일에 한 번씩 청소와 힘든 빨래를 해주는 것뿐이었다(마리 안은 아르바이트를 그만두었다. 봄이 가기 전에 그녀는 대입 자격시험을 치를 것이다). 그래도 간병인이 스물네 시간에 한 번씩 그를 보러 왔다. 혹시 그에게 도움이 필요할지도 모르니 확인하려고. 예를 들어, 책꽂이 맨 위칸에서 책을 가져오는 일 같은 것. 또는 모종의 사고가 일어나서 그가 움직일 수 없게 될 수도 있었다. 그렇게 시간이 흘렀다. 하루 중 최고의 순간은 슈퍼마켓으로 장을 보러 나갈 때였다. 먼저 아파트의 현관문을 통과하기가 쉽지 않았다. 그다음에는 승강기를 타고 내리는 일. 그다음에는 건물 출입문을 통과해서 슈퍼마켓까지 거리를 지나가는 일. 슈퍼마켓 안의 공기는 서늘하고, 바닥은 평평해서 휠체어를 굴리기에 좋았다. 오전에는 손님이 거의 없었다. 산처럼 쌓인 상품들 속에 그가 거의 혼자 있는 거나 마찬가지였다. 그는 거리

한복판에서 움직일 때처럼 진열대 사이의 통로를 돌아다녔다. 치약, 세제, 오렌지, 살라미, 치즈, 우유, 초록색 사과, 빨간색 사과, 햄버거가 양편에 엄청나게 쌓여 있었다. 그는 서두르지 않고 천천히 돌아보았다. 어떤 때는 한 시간도 넘게 휠체어를 이리저리 굴리며 필요한 물건들을 집었다. 이곳 직원들과도 친해졌다. 카운터의 여자들과 진열대에 신선한 토마토, 다진 고기, 크림, 섬유유연제 등을 계속 채워놓느라 뛰어다니는 직원들 모두. 그들이 그에게 호감을 품은 것 같았다. 그는 말하자면 품위 있는 장애인이었다. 지나치게 소란스럽지도 않고 명랑하지도 않은 사람. 고통에 깊이 젖어 있지 않은 사람. 그는 언제나 상냥했으며, 체념한 듯 보였다.

가끔 그는 휠체어를 굴려 로겐강으로 가서 강물을 바라보기도 했다. 거리를 돌아다닐 때도 있었다. 그러다 예전에 알던 사람을 만나 이야기를 나눌 때도 많았다. 그들은 그가 침착하게 운명을 받아들인 모습을 보고 모두 안심하는 것 같았다. 그럼 비에른은 그런 반응에서 수치심을 느꼈을까? 아니, 그는 설명하기 힘든 초연한 태도로 그들의 반응을 바라보았다. 부활절 직후에 아들이 다니러 왔을 때도 마찬가지였다. 이제는 초인종이 울리면 그가 문을 열어주었다. 투리 람메르스가 문 앞에 서 있을지도 모른다는 걱정이 이제는 공상으로만 보였다. 헤르만 부스크도 찾아오지 않았다. 그는 전화로 비에른 한센과 대화했다. 그러다 대화를 계속하기 어렵게 만드는 어떤 것이 마음속 깊은 곳에서 올라온다는 느낌이 들면 비에른 한센이 대화를 중단했다. 문 앞에 서 있는 사람이 어쩌면 기금 모금 복권 외판원이나 아이일 수도 있었다. 아니면 시에서 파견한 간병인(세 명 중 한 명)일 수도 있고, 가사 도우미일 수도 있었다. 일주일에 한 번씩 오는 가사 도우미는 서른 살가량의 흑인 남자였다. 사실이 들통날까봐 무섭지는 않냐고? 전혀. 이렇게 믿기 힘든 이야기가 쉽게 들통나지는 않을 것이다. 간병인이 올 때도 그는 자기가 혹시 실수를 하지 않았는지 조바심칠 필요가 없었다. 설사 그가 흥분하거나 부주의해져서 훈련된 간병인의 눈에 하반신 마비 환자라면 결코 할 수 없을 것 같은 동작을 하더라도 그녀는 알아차리지 못할 것이다. 그가 그런 행동을 할 수 있다는 가능성 자체가 그녀의 머릿속에 존재하지 않기 때문이다. 따라서 그녀는 눈으로 뭔가를 보았을 때조차 아무것도 보지 못한 것이나 마찬가지다. 설사 그가 책꽂이의 책을 꺼내려고 휠체어에서 반쯤 일어선 광경을 보더라도, 간병인은 자신의 눈을 믿으려 하지 않을 터였다. 이 점에 대해 그는 절대적인 확신을 갖고 있었다.

비에른 한센이 들킬 걱정을 전혀 하지 않고 살아갈 수 있게 뒤에서 손을 써준 사람이 시외츠 박사였다. 비에른 한센에게 걱정할 필요가 전혀 없다고 설명해준 사람도 시외츠 박사였다. 병원에서 처음 진찰할 때도 시외츠 박사는 차갑고 차분한 태도로 간호사의 보조를 받아들였다. 그리고 정말로 간호사는 아무것도 의심하지 않았다. 비에른 한센을 휠체어에서 들어 진찰대로 옮기는 일을 도왔으면서도. 비에른 한센은 하반신이 마비된 사람을 흉내내는 데 온 정신을 집중했지만, 아직 아마추어에 불과하기 때문에 간호사의 날카로운 눈에 언제든 들킬 위험이 있었다. 하지만 이런 상황에서 그렇게 열심히 감시의 눈을 번득이는 사람은 없었다. 그래서 비밀은 존재하지 않게 되었다.

모든 것을 준비해준 사람은 시외츠 박사였다. 비에른 한센은 그의 시뮬레이션을 실행하는 배우로서 시외츠 박사의 지시와 설득력 있는 해석을 따랐다. 시외츠 박사의 준비 중에 가장 중요한 것은, 혹시라도 비에른 한센의 가면을 벗겨버릴지 모르는 사람들과 접촉할 기회를 없애는 일이었다. 시외츠 박사가 없는 자리에서 다른 의사들이나 운동치료사나 물리치료사를 만나는 일 같은 것. 다시 말해서, 비에른 한센이 요양원 같은 곳에서 지내며 전문적인 재활치료를 받을 가능성을 없애버렸다는 뜻이다. 순나스병원이 두 사람에게 위협이 되었지만, 시외츠 박사의 권위 덕분에 비에른 한센은 그 병원에 갈 일이 없어졌다. 시외츠 박사는 환자를 굳이 그 병원에 보낼 필요가 없다고 주장했다. 집에서 훈

련프로그램을 시행하면 훨씬 적은 비용으로 똑같은 효과를 낼 수 있다는 시외츠 박사의 주장에 아무도 저항하지 못했다. 하지만 시외츠 박사는 콩스베르그에서 비에른 한센이 물리치료를 받지 못하게 하기 위해 조금 재주를 부려야 했다고 말해주었다. 그래도 일이 잘 끝나서, 다른 이유로 이 일이 통째로 들통나지 않는 한 들통날 염려가 없다고 했다.

비에른 한센은 휠체어에 앉아 있었다. 자기 아파트에서. 휠체어를 굴려 아파트 안을 돌아다니며 시간을 보냈다. 서늘한 슈퍼마켓에 가서 진열대 사이를 힘들게 탐험할 생각을 하며 즐거워했다. 그는 불평할 수 없는 처지였다. 사실 불평할 생각을 할 수도 없었다. 그가 직접 세운 계획을 실천한 것이니까. 그래도 근본을 따지자면, 그는 시외츠 박사의 창작물이었다.

그는 적잖은 불쾌감을 느끼며, 점점 자신을 '시외츠 박사'라고 서명된 예술품으로 생각하게 되었다. 비에른 한센은 시외츠 박사가 다 알면서도 자신을 평생 휠체어에 묶어버렸다는 사실을 이제 깨달았다. 그는 이런 상황을 막을 수도 있었다(비에른 한센이 성주간의 화요일에 휠체어를 타고 빌뉴스를 출발해 콩스베르그병원의 진찰실로 옮겨졌을 때, 그렇게 해서 진찰실 안에 둘만 남게 되었을 때, 그가 "이제 그만둡시다"라고 말할 수도 있었다. 그랬다면 비에른 한센은 더이상 계속할 수 없었을 것이다). 하지만 그는 그렇게 하지 않았다. 오히려 비에른 한센이 벗어날 수 없게 더욱더 밀어붙였다. 견디기 힘든 분위기('위험한 게임') 속에서 그는 다른 세상으로 가는 마지막 여행을 연출해냈다. 거기서 돌아오려면 두 사람 모두(그리고 루스틴바스 박사도) 재앙과도 같은 결과를 감수해야 했다. 이때까지는 두 사람이 자유로워질 수 있는 가능성이 있었다(하지만 루스틴바스 박사는 아니었다). 시외츠 박사가 비에른 한센의 속임수를 폭로하면서 자신과 연결될 수 있는 단서를 모두 없애버린다면(비에른 한센이 시외츠 박사가 공범일 가능성을 제기할 수 있기 때문에) 가능했다. 비에른 한센은 아마 미쳤다는 판정을 받고 정신과 치료를 받은 뒤에 콩스베르그시 재무관으로 복직할 수 있을 것이다. 하지만 시외츠 박사는 그렇게 하지 않고 계획을 무자비하게 밀어붙였다. 비에른 한센에게 정말로 이 프로젝트를 계속하고 싶으냐고 묻지도 않았다. 그가 정말로 평생을 이 계획에 바치게 되기 전, 몇 초 정도 시간이 있었는데도. 비에른 한센이 저항하지 않고 이 마지막 한 걸음을 내디딘다면 그럴 필요가 없는데도 평생 휠체어에서 생활해야 한다는 사실을 알기 때문에 이 터무니없고 위험한 게임이 정말로 심각해지기 전 마지막 순간에 경보를 울릴지 모른다고 마치 시외츠 박사가 걱정하는 것 같았다. 시외츠 박사는 무슨 동기로 이 일을 시작한 걸까? 무엇이 그를 몰아붙이고 있는 걸까?

시외츠 박사는 왜 이 일을 끝까지 밀어붙였을까? 건강한 사람을 이런 식으로 휠체어에 묶어두는 데서 그가 얻을 수 있는 기쁨이 과연 무엇일까? 그냥 그가 휠체어에 앉아 있는 모습을 보고 싶어서가 아님은 분명했다. 콩스베르그병원에서 '진찰'을 받은 지 오 개월이 지난 9월 초까지 비에른 한센은 시외츠 박사를 한 번도 만나지 못했다. 처음에 그는 시외츠 박사가 위험해서 그를 찾아오지 않는 줄 알았다. 둘이 함께 있을 때, 예를 들어 시에서 파견한 간병인 같은 사람이 '갑자기' 나타날 수도 있기 때문이다. 하지만 그게 무슨 문제가 될까? 의사가 환자를 찾아온 데에 의심스러운 부분이 어디 있단 말인가? 의심을 살 걱정은 전혀 없었다. 적어도 그런 '갑작스러운' 상황이 한 번뿐이라면. 게다가 시외츠 박사가 비에른 한센을 자주 정기적으로 찾아온다 하더라도, 누군가와 갑자기 마주칠 가능성은 별로 없었다. 시외츠 박사가 비에른 한센에게 전화를 걸기는 했다. 비에른 한센은 전화로 박사와 이야기를 나눴다. 지난 두 달 동안 세 번. 그때 박사는 환자를 격려하려고 전화를 건 다정한 의사처럼 굴었다. 점잖은 목소리로 안부를 묻고, 비에른 한센이 "그래도 계속 살아가야죠"라고 대답하자 칭찬해주었다. 팔 힘을 기르는 방법에 대해 좋은 조언도 해주었다. 예전에 팔다리가 함께 능숙하게 해내던 일들을 이제는 팔만으로 해내야 하기 때문이었다. 마지막으로 그는 몇 가지 현실적인 문제에 대해 질문했다. 비에른 한센이 시의원의 추천으로 장애연금을 신청한 일 같은 것. 비에른 한센에게 보험금도 제대로 수령했느냐는 질문도 던졌다. 그리 큰 액수는 아니었다. 평범한 여행자보험이었으니까 겨우 십육만 크로네 정도. 하지만 보험금에 관해 질문함으로써(그는 전화할 때마다 이것을 물었다), 시외츠 박사는 자신들의 운명을 무엇이 하나로 묶어주고 있는지 암시했다. 보험금 중 절반은 시외츠 박사가 가져간다는 것이 두 사람의 합의 내용이었다. 사실 계획단계의 어느 시점에서 두 사람은 비에른 한센이 더 큰 액수의 보험을 들어놓아야 하지 않을까를 놓고 의논한 결과 그러지 않기로 했다. 사고 직전에 그런 액수의 보험을 드는 것은 너무 위험했다. 하지만 시외츠 박사는 전화할 때마다 이 소박한 액수의 여행자보험을 언급함으로써 비에른 한센에게 자신이 그를 '잊지' 않았으며, 이제 현실이 된 공동 프로젝트를 그만둘 생각도 없다는 비밀스러운 신호를 보냈다. 비에른 한센은 시외츠 박사가 아직 이 계획에 묶여 있음을 뜻하는 이런 신호를 듣고 안도감을 느꼈다.

9월 초에 보험회사에서 돈을 은행계좌로 송금했다는 연락이 왔다. 그는 간병인에게 부탁해서 이만 크로네를 인출했다. 며칠 뒤에는 페테르에게 연락해서 이만오천 크로네를 인출해달라고 부탁했다. 그리고 그중 오천 크로네를 아들에게 주자, 아들이 몹시 기뻐했다. 그는 콩스베르그공과대학 앞의 광장에서 아들을 만났다. 밝은 가을 햇빛을 흠뻑 받고 있는 곳이었다. 그는 휠체어에 앉아 격자무늬 담요를 무릎에 덮고, 아들에게 오천 크로네를 건넨 뒤 휠체어를 굴려 집으로 향했다. 그리고 병원에 있는 시외츠 박사에게 전화를 걸었다. 대화 도중에 그는 보험금이 지급되었다고 말했다. 그리고 봉투에 사만 크로네를 넣어 기다렸다. 그날 저녁 시외츠 박사가 왔다.

비에른 한센은 휠체어에 앉아 박사를 맞이했다. 그는 힘들게 문을 열어준 뒤 먼저 휠체어를 굴려 거실로 들어왔다. 시외츠 박사는 자신의 창작물이자 비에른 한센의 프로젝트 결과물과 맞닥뜨렸다. 이날의 만남은 비에른 한센의 시각에서 볼 때, 황망하게 끝났다. 시외츠 박사가 떠난 뒤, 비에른 한센은 철저한 소외감을 느꼈다. 자신의 모습을 생각하니 진심으로 겁이 났다. 처음에 그는 박사와 접촉하려는 시도가 거부당한 것에 실망감을 느꼈다. 서로를 이해할 수 있는 말을 꺼낼 때마다 박사는 그 시도를 거부했다. 시외츠 박사는 가볍게 약에 취해 있는 상태였으며, 오로지 돈에만 관심을 보였다. 비에른 한센은 돈을 건네는 것이 그와 자신의 약속을 공식적으로 확인하는 행위라고 생각했다. 비에른 한센이 시외츠 박사에게 돈이 든 봉투를 건넴으로써 자신의 의무를 다하고, 시외츠 박사는 그 봉투를 받음으로써 자신 역시 의무가 있음을 확인하는 행위라고 생각했다. 따라서 그가 돈을 건네는 것은 두 사람을 더욱더 가깝게 묶어주는 상징적인 행동이었다. 하지만 시외츠 박사는 그것을 알아차리지 못했다. 그에게는 '돈'이 가장 중요했다. 그가 이곳에 온 이유도 순전히 돈 때문이었다. 이 점이 그의 행동에 분명히 드러났다. 주위를 불안하게 두리번거리던 그의 얼굴이 돈봉투를 보고 환히 밝아졌다. 비에른 한센이 그 봉투를 놓아둔 선반에는 봉투 외에 아무것도 없었다. "저것이……?" 박사가 물었다. 비에른 한센이 고개를 끄덕이자 그는 봉투를 낚아채듯 집어들었다. 그리고 그것을 안주머니에 넣은 뒤 손목시계를 보았다. "정말 미안하지만 이제 가봐야 합니다." 그가 말했다. "중요한 약속이 있어요." 비에른 한센은 그를 보았다. 그리고 그 순간 황망함을 느꼈다.

이건 말이 되지 않았다. 이건 그저 게임이었다. 돈이 중요한 게 아니었다. 처음부터 시외츠 박사는 자기 몫의 돈에 대해 항상 회피적인 태도를 보였다. 박사는 이 일에 합류하는 조건으로 반드시 보험금의 절반을 받아야겠다고 말했다. 하지만 나중에는 더 액수가 큰 보험을 들자는 말을 거부했다. 너무 위험하다는 이유로. 하지만 정말 그랬을까? 비에른 한센이 보기에는 아닌 것 같았다. 전혀 위험하지 않았다. 그래도 시외츠 박사는 조금도 위험을 부담하려 하지 않았다. 어쩌면 일백만 크로네쯤 되는 돈이 곧장 주머니에 들어올지 모르는데도. 그는 고작 팔만 크로네를 위해 이 일을 하겠다고 나섰다. 그리고 그 돈을 손에 넣는 데 극도로 열성적이었다. 세 번이나 전화를 걸어서 돈이 들어왔느냐고 묻기도 했다. 그리고 돈이 지급되었다는 소식에 곧바로 달려왔다. 앞뒤가 전혀 맞지 않았다. 그는 자기가 돈 때문에 이 일을 한 것처럼 비에른 한센에게 보이고 싶은 걸까? 팔만 크로네 때문에? 시외츠 박사에게 팔만 크로네가 뭐라고. 아무것도 아니었다. 물론 약물중독자이긴 하지만, 그는 병원에서 약을 구했다. 공짜로. 돈도 아주 많았을 뿐만 아니라, 비에른 한센과 알고 지낸 오랜 세월 동안 탐욕스럽거나 인색한 사람이라는 인상을 준 적이 한 번도 없었다. 그렇다면 왜 지금 자신이 바로 이런 사람이라고, 즉 팔만 크로네를 위해서라면 못 하는 일이 거의 없는 사람이라고 비에른 한센을 설득하려는 것처럼 구는 걸까?

시외츠 박사는 스스로 용납하고 견디며 살 수 있는 핑계를 찾고 있는 듯했다. 비에른 한센이 찾아낼 수 있는 이유는 이것뿐이었다. 박사 자신과 비에른 한센 앞에서 견뎌낼 수 있는 핑계. 하지만 이것은 또한 최후의 의지처이기도 한 것 같았다. 만약 자신이 몰락하는 경우, 그러니까 이 일이 전부 들통나서 자신이 파멸하는 경우에도 스스로 납득할 수 있는 핑계. 이제 와서 이 일이 발각되는 경우는 딱 하나뿐이었다. 비에른 한센이나 시외츠 박사가 '무너지는 것.' 만약 박사가 무너진다면, 자신의 행동을 설명해줄 핑계가 필요해질 것이다. 그래서 그가 돈 때문에 그 일을 했다고 말한다면, 비에른 한센이 확인해줄 것이다. 그동안 시외츠 박사의 행동을 봤으니까. 비에른 한센이 돈을 지급받자마자 그가 달려왔고, 그가 오로지 돈만 생각하는 것을 봤으니까. 의사가 이 일에 참여한 동기는 바로 탐욕과 금전적인 이득이었다. 사람들은 이런 이야기를 당연히 덥석 받아들일 것이다. 어쩔 수 없는 상황이 아니라면 이렇게 창피한 사실을 시인할 사람은 없을 테니까. 하지만 시외츠 박사는 이렇게 창피한 거짓 핑계에 반드시 매달릴 필요가 있다고 생각하는 것 같았다. 사실이 들통나면, 그의 인생도 끝이라는 사실을 그는 아주 잘 알고 있었다. 그런데도 그는 사실이 들통나서 인생이 끝장나는 경우, 자신이 돈 때문에 그랬다고 말해야 한다고 생각했다. 그래서 지금 그에게 비에른 한센이 필요했다. 만약 사실이 드러나는 경우 그가 주장하는 동기가 진실임을 확인해줄 사람으로. 그에게는 이것이 몹시 중요했기 때문에, 사실이 들통날 위험이 증가하는 것까지 감수할 각오가 되어 있었다. 시외츠 박사의 관점에서 볼 때, 그가 함께 계획을 짠 공모자가 아니라는 것을 이제 비에른 한센이 깨달았을 테니, 그가 무너질 가능성이 크게 증가한 상태였다. 그가 공모자라면, 비에른 한센은 그를 보호해줄 도덕적 의무가 있으므로, 절대 무너질 수 없었다. 자신이 무너지면 공모자는 파멸할 테니까. 하지만 순전히 돈 때문에 동참한 사람이라면, 설사 이 프로젝트에 대해 어느 정도 지적인 호기심을 갖고 있었다 해도, 얘기가 달랐다. 비에른 한센은 시외츠 박사가 자신의 생각을 이렇게 짐작하고 있을 것이라고 추측했다. 하지만 이것이 박사에게 왜 이렇게 중요한 걸까? 시외츠 박사가 자신의 진짜 동기를 사람들 앞에 드러내기 싫어서라고밖에는 생각할 수 없었다. 그는 돈 때문에 이 일을 했다. 다른 동기는…… 아, 시외츠 박사의 동기가 도대체 무엇일까!

비에른 한센은 알아낼 길이 없었다. 하지만 시외츠 박사가 스스로 인정할 수 없는 성질의 것임은 알 수 있었다. 필요하다면, 그는 자신이 순전히 돈 때문에 기꺼이 비에른 한센을 휠체어에 앉혀버렸다고 인정할 것이다. 이 순간 비에른 한센은 이 일에 숨은 진정한 공포를 깨달았다. 비에른 한센이 누구인가? (자발적으로) 휠체어에 앉은 사람이 누구인가? 그와 함께 이 일을 공모한 시외츠 박사는 얼마나 무서운 비밀이 있기에, 진정한 이유에 조명이 쏟아지는 것보다 차라리 경멸스럽고 탐욕스러운 사람 취급을 받는 쪽을 선택한 걸까?

"절반만 넣었어요." 비에른 한센이 힘없이 말했다. "팔만이 아니라 사만입니다. 돈을 더 인출하면 위험할 것 같아서요. 앞으로 한동안은 그래요. 나머지는 육 개월 뒤에 줄게요." 박사는 그를 보며 고개를 끄덕였다. "좋습니다." 박사가 말했다. 그는 양발을 꼼지락거리며 빨리 떠나고 싶어 안달하고 있었다. 비에른 한센은 양손을 하늘로 들어올렸다. "오늘부터 육 개월 뒤입니다. 같은 장소, 같은 시각." 시외츠 박사는 고개를 끄덕였다. 그리고 짧게 작별인사를 했다. 환자를 찾아온 사려 깊은 의사 행세는 하지도 않았다.

시외츠 박사가 떠난 뒤 비에른 한센은 혼자 남았다. 그는 자신의 운명이 두려웠다. 철저히 혼자였지만, 누군가 다른 사람의 창작물이었다. 그는 다른 사람의 창작물인데도, 그 다른 사람은 자신의 작품을 대면할 용기가 없었다. 자신의 눈으로도, 다른 사람들의 눈으로도. 그가 무슨 짓을 한 것인가? 이 일의 무엇이 그토록 끔찍해서, 시외츠 박사조차 비에른 한센의 프로젝트에 동참했다는 비난에서 도망칠 길을 준비해둔 건가? 비에른 한센이 자발적으로 휠체어에 앉은 것, 시외츠 박사가 그 일을 도운 것의 어떤 점이 그토록 무서운 건가? 박사 본인에게는 어떤가? 그가 무서워하는 것은 그의 동기인가, 아니면 이 행위 자체인가? 그가 이 일을 하게 된 이유인가, 아니면 비에른 한센이 자의로 휠체어에 앉았다는 끔찍한 사실인가? 그가 이 일에 동참한 이유는 틀림없이 비에른 한센의 이유와 비슷할 것이다. 다른 사람이 스스로 이런 상황을 초래하는 데에 동참하는 것과 실제로 그 사람이 되는 것은 조금 다른 문제이긴 하지만. 비에른 한센은 이제 자신의 동기에 대해서는 별로 생각하지 않았다. 자신이 왜 이 프로젝트에 그토록 집착했는지 이제는 기억나지 않았다. 자신이 집착했다는 사실은 알고 있지만, 이유는 설명할 수 없었다. 그는 그대로 앉아서 과거를 돌아보며, 자신을 실제로 이 길로 인도한 원인을 한 가닥 찾아보려고 애썼다. 그가 휠체어 사용자의 삶에 매혹된 것은 분명 아니었다. 몸이 마비된 척하면서 휠체어에 앉아 사람들을 속이고 싶어서도 아니었다. 온 사회를, 친구와 지인은 물론 아들까지 속여서 바보로 만들어버리겠다는 저항할 수 없는 매혹이 그를 이 길로 몰아넣은 것은 아니었다. 그럼 뭐지? 알 수 없었다. 어쨌든 그는 이 일을 저질렀다. 그는 처음 이 일의 아이디어가 떠올랐을 때 정신 나간 사람처럼 마음이 끌렸던 것을 떠올리면서, 자신이 이 일을 해낸 데 대한 깊은 만족감이 마음속 깊은 곳에 있음을 인정할 수 있었다. 그의 아이디어가 이제는 기정사실이 되었다. 그의 깊은 만족감은 그가 이런 행동을 해낼 수 있을 것이라고 생각했을 때 느꼈던 매혹과 완벽히 상응했다. 메아리처럼, 내면의 확인처럼, 서로 이어진 것처럼, 마침내 제 길을 찾아 그의 가장 깊은 곳에 자리한 자아 속을 남의 눈에 띄지 않게 조용히 흐르는 강처럼. 그는 이 일을 합리적으로, 또는 칭찬할 만한 일로 설명하기 위해 자신이 떠올릴 수 있는 생각이나 개념을 쉽사리 물리쳐버렸다. 설명할 길이 없기 때문이었다. 설명하려고 시도할 때마다 그는 얼마간 시간이 흐른 뒤 가차 없이 그만두었다. 그의 이 프로젝트를 '공적功績'이나 '반항'이나 '도전'이라고 표현하는 것은 그가 보기에 과장스럽고 조금 우스꽝스러웠다. 게다가 실제로는 아무런 이상이 없는데도(위장이 계속 욱신거리고, 치아 또한 계속 욱신거리는 문제가 있을 뿐이었다), 자신의 몸이 마비되어서 휠체어에 앉아 생활해야 한다고 사람들을 속이는 일이 대단하다는 생각도 들지 않았다. 사실 이것은 어리석다못해 창피한 일이었다. 특히 그가 사회의 자원을 가져다 쓰는 바람에, 대체로 마음이 따뜻하고 이상주의적인 공중보건 분야 사람들이 냉정한 시선으로 바라보게 되는 날, 창피해서 거의 속이 메스꺼워질 것 같은 장난에 휘말리고 말았다는 사실을 생각하면 더욱 그러했다. 그래도 이 프로젝트를 완수했다는 사실을 생각하면 그의 마음이 축축하고 어두운 평화로 가득 차는 것 또한 사실이었다. 그는 이 점을 부정할 수도 없고, 부정할 생각도 없었다. 설사 시외츠 박사가 이 프로젝트에 대해 느끼는 두려움이 비에른 한센에게도 역시 두려움을 안겨준다 하더라도, 그 평화가 사라지지는 않았다. 그는 말없이 고독하게 앉아서 자신의 연극이 빚어낸 결과를 감내하며 이제 모든 것이 자신에게 달렸음을 인정해야 했다. 그 덕분에 그는 눈을 뜬 채로 '곧장 지옥으로 이끌려간다'는 표현의 뒤에 무엇이 숨어 있는지 살펴볼 수 있는 근본적인 통찰력을 얻었다.

그는 시외츠 박사와 만나고서 정말로 충격을 받았다. 이제 그는 진정 혼자였다. 자신의 아파트에서 밤이나 낮이나. 그런데 그때 전화벨이 울렸다. 헤르만 부스크였다. 비에른 한센은 반가웠다. 헤르만 부스크는 그의 기분을 느꼈는지 당장 비에른을 일요일 만찬에 초대했다. 비에른은 고맙게 초대를 받아들였다. 그는 '사고' 이후로 헤르만 부스크를 만난 적이 없었다. 마음이 내키지 않았다. 하지만 헤르만 부스크는 전화로만 이야기를 나누지 말고 다시 서로를 만나는 사이가 되어야 한다고 자주 암시했다. 그리고 이번에는 그가 초대를 받아들였다.

헤르만 부스크가 일요일에 그를 데리러 왔다. 그가 아파트로 와서 비에른 한센과 함께 문을 나서 승강기를 타고 일층으로 내려가 거리로 나갔다. 헤르만 부스크는 콩스베르그의 오래된 주택가에 있는 자기 집까지 휠체어를 밀며 거리를 걸었다. 화창한 가을날이었다. 이파리들이 눌려 있던 것을 분출하듯 빛나고 있었다. 살짝 차가운 바람이 불어왔지만, 휠체어에 앉아 친구 헤르만 부스크의 손에 자신을 맡긴 비에른 한센에게는 오히려 기운을 북돋아주었다. 헤르만 부스크도 기분이 좋은 것 같았다. 반가워하는 것은 분명했다. 그는 휠체어를 밀면서 가볍고 생기 있게 이야기를 늘어놓았다. 집에 도착하자 헤르만 부스크는 자갈로 포장된 진입로에서 휠체어를 조심스럽게 밀며 올라갔다. 그는 가끔 깜짝깜짝 놀라면서도 조심스럽게 계단을 올라가 복도로 들어섰다. 베리트가 그를 맞으러 나왔다. 그녀는 앞치마를 입고 부엌문에서 나왔다. 부엌에서 구운 양고기의 맛있는 냄새가 났다.

헤르만 부스크가 비에른 한센의 휠체어를 밀고 응접실로 들어갔다. 두 사람은 거기서 저녁식사 전에 가벼운 음료를 즐겼다. 그러는 동안 베리트가 부엌과 식당을 오가며 분주히 움직이는 모습이 보였다. 베리트는 상차림을 최종적으로 점검하는 중이었다. 마침내 그녀가 나와서 저녁식사가 준비되었다고 알렸다. 헤르만 부스크가 일어나서 비에른 한센의 휠체어를 밀었다. 식탁은 그가 예전에 몇 번이나 보았던 것과 똑같은 모습으로 차려져 있었다. 다만 그의 의자가 있던 자리가 비어 있다는 점만 다를 뿐이었다. 헤르만 부스크가 그를 그 자리에 밀어넣었다. 하얀 식탁보. 매력적인 도자기 그릇, 크리스털 잔, 은식기, 자리마다 멋지게 접혀 있는 하얀 냅킨. 헤르만 부스크가 평소에 앉던 자리에 앉았다. 베리트가 요리들을 가져왔다. 구운 양고기, 하얀 콩과 구운 감자. 양고기에서 흘러나온 육즙이 곧 소스였다. 소박하고 풍미 있는 상차림. 베리트는 예전과 마찬가지로 양고기를 요즘 유행보다 살짝 더 굽는 쪽을 고집했다. 그래서 고기는 안쪽에 분홍색이 남은 상태가 아니라 잘 구워져 있었다. 비에른 한센은 보통 분홍색인 쪽을 더 좋아하지만, 그래도 베리트의 구운 양고기와 비교할 수 있는 요리는 없었다. 그는 직접 먹어본 경험으로 이 사실을 알고 있었으므로, 지금 진심으로 식사를 고대했다. 헤르만 부스크가 적포도주를 잔에 따르고, 요리를 담은 접시들이 세 사람 사이를 돌아다녔다. 치과의사 부스크의 집에서 먹는 콩스베르그의 일요일 만찬.

대화는 편안했다. 당연한 일이었다. 베리트와 헤르만은 오랜 손님이자 친구인 비에른 한센이 다시 자기 집 식탁에 앉아 있다는 사실에 얼굴을 빛냈다. 하지만 식사 도중에 비에른 한센은 화장실에 가고 싶어졌다. 점점 자신에게 짜증이 나기 시작했다. 헤르만 부스크가 데리러 오기 전에 집에서 화장실에 다녀왔어야 하는데, 틀림없이 너무 흥분해서 잊어버린 것 같았다. 그는 참아보려고 했지만, 얼마쯤 시간이 흐른 뒤 어쩔 수 없다는 사실을 인정해야 했다. 몹시 미안했다. "너무 소란을 피우는 것 같군. 자네도 반갑지 않을 것 같고." 헤르만 부스크가 일어나서 화장실까지 휠체어를 밀어주는 동안 그가 말했다. 그런데 그곳에 새로운 시련이 기다리고 있었다. 휠체어가 들어가기에는 화장실이 너무

작았다. 비에른 한센의 아파트와 달리 헤르만 부스크의 집은 휠체어 사용자에게 적합하지 않았다(비에른 한센은 장애인 시설 설치가 의무화된 1980년대 중반 이후에 지어진 현대적인 아파트에서 살았다. 비에른 한센은 자기가 이런 아파트에 살지 않았다면 지금 이런 결과로 이어진 계획을 떠올리지도 않았을 거라고 반쯤 농담처럼 자주 생각했다). 헤르만 부스크는 절망적인 표정이었다. 그가 당황한 얼굴로 비에른 한센을 바라보았다.

"내가 알아서 하지." 비에른 한센이 말했다. "혼자 있게 해주겠어?"

헤르만 부스크는 화장실 문을 열고, 비에른 한센의 휠체어를 벽 앞에 놓아준 뒤 재빨리 사라졌다. 그가 식당으로 돌아가 있는 동안에, 비에른 한센은 조용히 휠체어에서 일어섰다. 그리고 까치발로 살금살금 화장실로 들어갔다. 그동안 아파트에 혼자 있으면서 상당히 힘든 과제와 직면했을 때도 내내 휠체어 사용자의 관점에서 행동한다는 규칙을 철저히 지켜온 그에게 이런 일은 처음이었다. 하지만 지금 그는 세상에서 가장 자연스러운 일을 하듯이 똑바로 일어서서 오줌을 싸고 있었다.

부스크 부부는 식당에서 기다리고 있었다. 비에른 한센은 여기서 똑바로 서서 오줌을 쌌다. 저들이 알아차린다면! 갑자기 비에른 한센은 헤르만 부스크가 우연히 이쪽 복도로 들어왔다가 그가 서서 오줌 싸는 모습을 봤으면 좋겠다는 강렬한 충동을 느꼈다. 그것은 그리 터무니없는 상상이 아니었다. 헤르만 부스크는 비에른 한센이 혼자서 화장실에 들어가 볼일을 봤는지, 아니면 어떻게든 자기가 도와줘야 하는지 걱정하고 있을 터였다. 하지만 그것은 또한 불가능한 일이었다. 헤르만 부스크는 결코 그렇게 눈치없는 사람이 아니었고, 비에른 한센은 그에게 혼자 있게 해달라고 부탁했다. 헤르만 부스크는 그 이유를 이해했다. 그가 굴욕스러운 모습을 남에게 보이고 싶지 않을 것이라고. 예를 들어 네발로 기어서 화장실에 들어가는 모습이나, 손으로 몸을 지탱하면서 변기 위로 몸을 끌어올려 볼일을 본 다음에 또다시 굴욕스러운 방법으로 휠체어로 돌아가는 모습 같은 것(굴욕감은 누군가가 지켜볼 때 느끼는 것이다). 그는 헤르만 부스크를 믿었다. 그와 베리트는 식탁에 앉아 열심히 귀를 기울이면서 혹시라도 그가 쓰러지면서 쿵 하는 소리가 나기라도 하면 도우러 달려올 준비를 하고 있을 것이다. 하지만 그런 소리가 나지 않는다면 그들은 나타나지 않을 것이다. 그는 세상에서 가장 자연스러운 일처럼 똑바로 서 있는 모습을 누구에게도 들키지 않을 것이라고 완벽하게 자신했다.

하지만 누군가에게 보이고 싶다는 강렬한 욕망을 억누를 수 없었다. 친구 헤르만 부스크가 갑자기 이 복도에 나타나 그가

'사고'로 그토록 어처구니없이 쓰러지기 전처럼 서 있는 모습을 보게 된다면 좋겠다는 욕망. 그는 헤르만 부스크가 이해해줄 것이라고 확신했다. 비에른은 입을 쩍 벌린 헤르만 부스크 앞에서 입술에 집게손가락을 대고 쉿 하고 속삭일 것이다. 헤르만 부스크는 자기 눈을 믿을 수 없다는 표정을 지을 테지. 하지만 비에른 한센이 쉿 하고 조용히 하라는 신호를 보내면 헤르만 부스크는 다시 정신을 차리고 고개를 끄덕이며, 놀라기는 했지만 기쁘다는 뜻을 손짓으로 표현해줄 것이다. 그렇게 그는 비밀에 동참할 것이다. 비에른 한센이 스스로 저지른 이 이해 불가능한 일에 친구 헤르만 부스크를 동참시키는 것 외에 또 무엇을 바랄 수 있을까? 어쩌면 베리트도 끌어들일 수 있을지 모른다. 하지만 비에른 한센은 베리트에 대해서는 그렇게 확신하지 못했다. 그래도 헤르만 부스크는 그를 이해해줄 것이다. 그가 이 일을 실행한 '이유'가 아니라, 그가 이 일을 실행했다는 '사실'을. 그는 이 사실을 받아들이며 비에른 한센의 비밀에 동참하는 일을 거부하지 않을 것이다. 비에른 한센은 헤르만 부스크가 이 일을 이해하고 받아들일 것이라고 확신했다. 그가 이곳에 아주 오랫동안 서 있다보면, 헤르만 부스크가 곧 나와볼 것이다. 비에른이 돌아오지 않으면, 그와 부인이 불안하게 시선을 교환할 것이고, 헤르만은 꺼리는 마음을 억누르며 밖으로 나올 테니까. 그는 친구가 남에게 보이고 싶지 않은 모습을 보게 될까봐, 즉 친구의 뜻에 따라 자신 역시 보고 싶지 않은 모습을 보게 될까봐 걱정할 것이다. 하지만 화장실 쪽이 아주 조용하고 비에른이 아직 돌아오지 않은 것을 보니 뭔가 일이 벌어졌음이 분명하다고 생각할 것이다. 비에른 한센은 생각했다. 내가 여기 서서 오래 시간을 끌면 친구가 나와서 나를 볼 거야. 그러면 내 인생의 동맹이 한 명 생기는 거야. 하지만 그는 욕망을 눌렀다. 그는 오줌을 다 싼 뒤 성기를 흔들어 털고 (까치발로) 복도로 나와서 조용히 휠체어에 다시 앉았다. 그런 짓을 하는 것은 옳지 않았다. 그가 저지른 짓 또한 옳지 않았지만, 이제 이것이 그의 인생이었다. 그가 이 인생을 바꿀 길은 없었다. 친구가 동맹이 되어줄지도 모른다는 아름다운 (그리고 어쩌면 불확실한) 꿈이 있다 하더라도. 그가 사실은 몸이 마비되지 않았으면서 마비된 척 휠체어에 앉아 있다는 오싹한 진실 속으로 아무도 끌어들이지 못한 채 살아가는 것이 그의 운명이었다. 그는 휠체어를 굴려 좁은 복도를 지나서 식당으로 들어갔다. 헤르만 부스크가 그를 위해 미리 활짝 열어둔 문을 통해서. 그들은 불행한 일을 당한 친구, 오랜만에 결단을 내려 손님으로 다시 찾아온 친구를 보고 얼굴이 환해졌다.

지은이 **다그 솔스타**

1941년 노르웨이 사네피오르에서 태어났다. 1965년 단편집 『나선형』을 출간하며 작품활동을 시작했다. 그후 소설가, 극작가로 활발히 활동하며 『안데르센 교수의 밤』 『소설 11, 책 18』 등 삼십여 권의 책을 냈다. 그의 작품은 20여 개국 언어로 번역되었으며, 그는 북유럽의 주요 문학상을 다수 수상하였다. 노르웨이 문학비평가상을 세 번이나 수상한 유일한 작가이기도 하다. 그의 소설은 노르웨이의 일상을 배경으로 지식인 화자의 철학적 사색을 담고 있는 작품부터 극사실주의, 인간의 내면에 대한 고찰, 시대 비판, 정치적 담론, 형식적 실험주의까지 폭넓은 주제와 형식을 다룬다. 매년 노벨문학상 후보로 거론되고 있는 그는 현재 베를린과 오슬로를 오가며 작품활동을 계속해나가고 있다.

옮긴이 **김승욱**

성균관대학교 영문학과를 졸업하고 뉴욕시립대학교에서 여성학을 공부했다. 동아일보 문화부 기자로 근무했으며, 현재 전문번역가로 활동하고 있다. 옮긴 책으로 『스토너』 『푸줏간 소년』 『이 얼마나 천국 같은가』 『왑샷 가문 연대기』 『왑샷 가문 몰락기』 『깊은 밤을 날아서』 『시간 밖으로』 『그들』 『풀이 있는 여름별장』 『분노의 포도』 『리스본 쟁탈전』 『도플갱어』 등 100여 권이 있다.

문학동네 세계문학

소설 11, 책 18

초판 인쇄 2019년 8월 5일 | 초판 발행 2019년 8월 16일

지은이 다그 솔스타 | 옮긴이 김승욱 | 펴낸이 염현숙

책임편집 손예린 | 편집 김정희 임선영 이현정
디자인 최윤미 최미영 | 저작권 한문숙 김지영
마케팅 정민호 정진아 함유지 김혜연 박지영 김수현 | 홍보 김희숙 김상만 오혜림
제작 강신은 김동욱 임현식 | 제작처 한영문화사(인쇄) 신안제책사(제본)

펴낸곳 (주)문학동네
출판등록 1993년 10월 22일 제406-2003-000045호
주소 10881 경기도 파주시 회동길 210
전자우편 editor@munhak.com | 대표전화 031) 955-8888 | 팩스 031) 955-8855
문의전화 031) 955-3579(마케팅) 031) 955-7972(편집)
문학동네카페 http://cafe.naver.com/mhdn | 트위터 @munhakdongne
북클럽문학동네 http://bookclubmunhak.com

ISBN 978-89-546-5728-0 03850

www.munhak.com